5

2초판 1쇄 인쇄일 2019년 4월 15일 | **초판 1쇄 발행일** 2019년 4월 17일

지은이 조휘 | **펴낸이** 곽동현 | **담당편집 팀장** 이범수
편집부 정요한 홍현주

펴낸곳 (주)조은세상 | 출판등록 제2002-23호
주소 경기도 연천군 미산면 청정로1355
TEL 02)587-2966 | FAX 02)587-2922
E-mail bukdu@comics21c.co.kr

조휘ⓒ2019
ISBN 979-11-6432-173-5 | ISBN 979-1-89785-63-5(set)
값 8,000원

독재자

조휘 대체역사장편소설

ALTERNATIVE HISTORY FICTION

5

북두
(주)좋은세상

조휘 대체 역사 장편소설

NEO ALTERNATIVE HISTORY FICTION

CONTENTS

독재자

1장. 독재의 초석

이준성은 부산진성에 처영이 지휘하는 금강여단을 남겨
놓았다. 왜군 잔당이 남해안에 산재한 섬과 산에 숨어 백성을
괴롭힐 가능성이 있으므로 미리 대비를 해 두는 차원이었다.
금강여단은 앞으로 한산도 삼도수군통제영과 힘을 합쳐 육
지와 바다에서 왜군 잔당 소탕 작전을 진행할 계획이었다.

금강여단을 부산에 남겨 경상도 남해안의 치안을 정상으
로 돌려놓은 그는 나머지 병력과 서둘러 도성으로 귀환했다.

이준성은 도성으로 가는 틈틈이 정보를 관장하는 은호원
장 강태봉을 만나 반란군의 동향과 관련된 보고를 받았다.

"그래, 도성은 상황이 좀 어때?"

"도성을 수비하던 병력을 제압하는 데 성공한 반란군은 행궁으로 몰려가 상왕에게 복위를 청했사옵니다. 한데 상왕은 청을 받아들이기는커녕, 그들을 만나 주지조차 않았사옵니다."

이준성은 피식 웃었다.

"상왕은 역시 눈치가 빨라. 그 점 하나는 마음에 든단 말이지. 반란군이 그다음엔 어떻게 했나? 다른 쪽을 쑤셔 보던가?"

"예. 상왕에게 거절당한 반란군은 조선 왕실의 피를 물려받은 다른 왕족을 찾아 왕으로 추대해 보려 했는데 모두 거절했다 하옵니다. 상왕이 집안 단속을 제대로 한 모양이었사옵니다. 결국 왕으로 추대할 왕족을 찾지 못한 반란군은 도성을 나가 평양성에 있는 다른 반란군과 합류했사옵니다."

"도성 반란군이 평양성 반란군과 합류한 다음에는?"

"평양성 반란군과 합류한 다음에는 팔도 각지에 파발을 날려 자신들의 세력을 불리려 했던 것 같사옵니다. 그러나 그들은 전하께서 왜군을 이렇게 빨리 몰아낼 수 있으리라곤 전혀 생각하지 못한 듯하옵니다. 반란군에 잠입한 은호원 요원에 따르면 왜군을 쳐부순 전하께서 도성으로 급히 복귀 중이란 소식을 들은 반란군 수뇌의 얼굴이…… 그게……."

이준성은 미간을 찌푸리며 재촉했다.

"이봐, 말을 시작했으면 마무리를 확실히 지어야 할 거 아냐?"

머뭇거리던 강태봉은 결국 한숨을 내쉬며 대답했다.

"주상전하 앞에서 꺼내기가 송구스러운 내용이라 그렇사옵니다."

"괜찮아. 난 그렇게 격식을 따지는 성격이 아니야."

"그 요원에 따르면 된장인 줄 알고 찍어 먹었는데 된장이 아니라 똥이란 것을 알았을 때 얼굴과 비슷하다 했사옵니다."

이준성은 배까지 잡아가며 낄낄 웃었다.

"하하, 기막힌 묘사로군. 표현이 상스럽긴 하지만 그 대신에 반란군 수뇌가 당황하는 모습이 한눈에 그려지지 않는가?"

"신 역시 그렇게 느꼈사옵니다."

웃음을 멈춘 이준성이 불쑥 물었다.

"그 친구 이름이 뭔가? 반란군에 잠입해 있다는 그 친구 말이야."

"이홍발이라 하옵니다."

"이홍발이 살아서 돌아오면 좋은 자리를 하나 내주도록 해. 앞으로 기대를 걸어 볼 만한 가치가 있는 친구처럼 보이니까."

강태봉은 조금 의외라는 기색으로 물었다.

"그 정도이옵니까?"

"조금만 생각해 보면 이홍발이란 친구가 얼마나 어려운

임무를 해냈는지 알 수 있을 거야. 우선 반란군은 누가 배신할지, 또 누가 적이 보낸 첩자일지 모르기 때문에 아주 폐쇄적인 형태를 보이기 마련이지. 특히 수뇌 쪽은 더 그래. 수뇌가 배신하면 조직 전체가 무너지기 십상이니까. 한데 그 친구는 반란군 속에 자연스레 스며들었을 뿐만 아니라, 반란군 수뇌의 표정이 바뀌는 모습을 볼 수 있을 만큼 가까이 접근했다는 거잖아. 그렇다면 이건 이홍발이 반란군 수뇌의 신임을 받는다는 증거나 다름없지 않겠어? 앞으로 은호원은 이런 재능 있는 친구들을 많이 양성해야 할 거야."

"명심하겠사옵니다."

"아, 한 가지 더. 은호원은 앞으로 조직 내부의 자원을 이용해 뛰어난 정보요원을 계속 양성함과 동시에 조직 밖에 있는 사람을 포섭해 우리를 위해 일하는 정보원, 즉 간첩으로 만드는 방법을 깊이 연구해야 할 거야. 정보가 무엇보다 중요하다는 사실을 절대 잊어버리는 일이 없게 하라고."

"알겠사옵니다."

"잔소리가 길었군. 그래서 그다음에는?"

"전하께서 도성으로 환도 중이란 소식을 들은 반란군은 혼비백산해 이제 그들을 받아 줄 수 있는 곳은 명나라밖에 없다며 의주로 향했사옵니다. 그러나 그들은 의주를 뚫는 데 실패했사옵니다. 의주를 수비하던 권율 장군에게 막힌 거지요. 하여 현재는 청천강 유역에서 국군을 상대로 유격전을 벌이며 요동에 구원요청을 시도하는 중이라 들었사옵니다."

이준성은 껄껄 웃었다.

"하하, 권 영감님이 실력 자랑을 한 모양이군."

이준성이 경상도에 내려와 있는 동안, 도원수 권율은 황진이 지휘하는 자유여단과 의주에 주둔하며 명군의 침입을 경계하는 중이었다.

한데 적은 북쪽이 아니라 남쪽에서 올라왔다. 반란군을 손쉽게 격퇴한 권율은 그들을 청천강 유역에 몰아넣은 상태에서 이준성이 올라오기를 기다리는 중이었다.

이준성은 곧 강태봉에게 가장 중요한 질문을 던졌다.

"이시언 외에 또 누가 반란군에 가담했나?"

"현직은 얼마 없는 것으로 아옵니다."

"그럼 그들 대부분은 조정을 잠시 떠나 있던 자들이라 이건가?"

"그렇사옵니다. 우선 문관 쪽에서는 전 좌의정 한 명, 전 우의정 두 명, 전 판서 네 명, 전 승지 세 명이 가담했음을 확인했사옵니다. 한데 무관 쪽에선 이름을 알 만한 장수가 이시언을 포함해 네다섯에 불과하옵니다. 이름을 알 만한 무관들은 대부분 재작년에 벌어진 소양강 전투에서 전사했거나, 아니면 포로로 잡혀 광산에서 노역하는 중이기 때문이옵니다."

"그 외에는 또 누가 있나?"

"산림이 대거 가담했습니다."

"산림이면 관직에 진출하지 않은 유학자들 말인가?"

"그렇사옵니다."

"흐음……."

이준성은 부산진성을 출발한 지 불과 보름 만에 도성에 복귀했다. 류성룡, 이항복, 정문부, 이덕형, 이원익 등이 승전을 축하하기 위해 남대문 앞에 나와 있었지만, 그는 도성 안으로 들어가지 않았고 곧장 북쪽으로 계속 올라갔다.

개성과 평양을 통과한 이준성은 불과 아흐레 만에 도성에서 청천강 인근 약산에 도착하는 수완을 보였다. 김소월의 시 진달래꽃에 나오는 영변의 약산이 바로 이 약산이었다. 20세기 후반에는 북한이 만든 핵시설이 있는 곳으로 유명해졌는데, 지금은 반란군이 숨어 저항하는 거점이었다.

이준성은 약산 북쪽을 찾아 거기 있던 권율과 황진을 만났다. 며칠 전 반란군을 약산에 몰아넣는 데 성공한 두 사람이었다.

권율, 황진 두 장수는 즉시 군례를 취했다.

"승전을 경하드리옵니다, 전하."

"경하드리옵니다!"

이준성은 두 사람을 일으켜 세우고선 등을 두드려 주며 물었다.

"그동안 고생 많았소. 그래, 반란군은 지금 약산에 있는 거요?"

권율은 남쪽에 있는 약산을 지목하며 대답했다.

"그렇사옵니다. 며칠 전에 벌어진 청천강 전투에서 패한 반란군이 약산에 있는 산성에 들어가 정비를 하는 중이옵니다."

이준성은 고개를 돌려 약산을 보았다. 장마가 지난 한여름이기 때문에 약산에 흐드러지게 핀다는 진달래꽃을 보긴 무리지만 그 대신 돌을 쌓아 만든 산성 귀퉁이를 볼 수 있었다.

산성은 예전부터 철옹성으로 이름을 날린 약산산성이었다. 철옹성은 괜히 철옹성이 아니었다. 반란군과 같은 오합지졸조차 정규군을 막아 낼 수 있었기에 철옹성으로 불렸다. 반란군이 생각보다 꽤 골치 아픈 곳으로 숨어 버린 셈이었다.

이준성은 고개를 들어 기상 상황을 확인했다. 바람이 서쪽으로 세게 불었다. 풀과 나뭇가지가 서쪽으로 휙 꺾여 있었다.

이준성은 권율에게 슬쩍 물었다.

"도원수 대감은 산불을 어찌 생각하시오?"

예상치 못한 질문을 받은 듯 권율이 약간 당황한 표정을 지었다.

"별로 좋은 건 아니라 생각하옵니다."

"맞소. 그리 좋은 건 아니지. 하지만 가끔은 산불이 날 필요가 있소. 숲에 같은 종류의 식물이 많이 자생하면 위험해지기 때문이오. 병에 취약해지는 거지. 하지만 산불을 겪은 숲은 그렇지 않소. 당장은 괴롭지만, 그 후엔 전보다 훨씬 다양한 종류의 식물과 곤충이 서식해 더 건강해지는 거요."

권율은 알았다는 듯 고개를 끄덕이며 물었다.

"화공을 쓰시겠사옵니까?"

"그렇소. 지친 병력을 산성에 밀어 넣어 반란군과 백병전을 치르게 하는 것보다는 화공을 쓰는 편이 훨씬 수월할 거요."

지금 있는 병사들 대부분은 불과 20여 일 전에 경상도 남부 해안지역에서 왜군과 전투를 치른 병력이었다. 그런 상황에서 반란군을 막기 위해 쉴 틈 없이 다시 평안도로 북상했기 때문에 지치지 않으면 그게 더 이상한 상황이었다.

이런 상황은 자유여단 역시 다르지 않았다. 권율, 황진이 지휘한 자유여단 역시 반란군을 상대하느라 쉴 틈이 없긴 마찬가지였다. 다시 말해 모두가 휴식이 절실한 상황이었다.

이준성은 바로 명령을 내렸다.

"산성이 보이는 서쪽에 천궁포병여단을 배치해 반란군이 숨은 산성을 포격하도록 하시오. 또 절강, 자유 두 여단을 산 동쪽으로 이동시켜 불화살로 화공을 펼치도록 하시오. 동서 양쪽에서 불벼락을 내려 놈들을 불길 속에 가둬 두는 거요."

"알겠사옵니다."

권율은 즉시 군단장 강문우에게 명령해 이준성이 말한 포진대로 병력을 배치했다. 잠시 후, 서쪽에 배치한 천궁포병여단이 포탄을 쏟아붓기 시작했다. 또 동쪽에서는 절강, 자유두 여단이 불화살로 화공을 전개해 산불이 나도록 만들었다.

산 동쪽을 태우던 산불은 곧 바람을 타고 서쪽으로 넘어가약산 서쪽에 있는 약산산성에 큰 화재를 일으켰다. 바람이 갈수록 거세진 탓에 곧 약산산성 전체에 불길이 치솟았다.

또 서쪽에서는 유성 3호가 날아들었기 때문에 앞뒤로 화염에 포위당한 반란군은 곧 산 북쪽과 남쪽으로 빠져나갔다.

그러나 그들이 빠져나간 곳에는 이미 이준성의 명령을 받은 아시온군단 병력이 진을 친 상태였다. 반란군은 결국 불에 타죽은 사람 반, 북쪽과 남쪽으로 도주하다 잡힌 사람 반으로 나뉘어 그들이 일으킨 반란은 허무하게 실패해 버렸다.

약산을 태우던 산불이 자연 소멸하는 모습을 잠시 지켜보던 이준성은 이번에 잡은 포로를 앞세워 도성으로 돌아갔다.

이젠 사람들에게 두려움을 심어 줄 차례였다.

도성에 복귀한 이준성은 바로 국문이 이루어지는 의금부 국청을 찾았다. 국문은 피의자에게 자백을 받기 위해 형구를 이용하는 신문을 뜻했다. 16세기 말에 피의자의 권리를 보장

17

해 주는 미란다 원칙이 있을 리 만무했으므로 형구를 이용해 자백을 받는단 얘기는 즉 죄인을 고문한다는 뜻이었다.

고문은 의자에 앉혀 놓은 죄인의 발목을 묶은 다음 사타구니 사이에 형구를 넣어 좌우로 벌리는 주리형부터 깨진 사기그릇 조각 위에 죄인을 앉혀 놓고서는 무릎 위에 다시 무거운 물건을 올려 압력을 가하는 압슬형까지 아주 다양했다.

한데 이준성이 주도한 이번 국문은 지금까지 수없이 행해졌던 국문과 다른 점이 하나 있었다. 바로 고문 도구가 없단 점이었다.

물론 이준성이 고문을 싫어하기 때문은 아니었다. 이번에 체포한 대역죄인은 모두 현행범이기 때문에 자기 죄를 자백할 필요가 없어 고문 도구가 없을 뿐이었다.

이준성은 은호원이 준 정보를 바탕으로 대역죄인을 수뇌부와 중간관리자, 어중이떠중이 등 세 등급으로 나눴다. 이준성은 그중 어중이떠중이는 바로 노역 형에 처해 광산으로 보냈다.

그다음에는 수뇌부와 중간관리자 100여 명을 국청에 있는 너른 마당에 모두 꿇어앉혀 놓았다. 국청 맨 앞에는 이시언과 함께 전에 좌의정, 우의정, 판서를 역임했던 전조의 대신 여럿이 꿇어 앉아 있었다. 이준성은 국청 계단 위에 놓인 옥좌에 앉아 한쪽 다리를 꼰 상태에서 이시언을 쳐다보았다.

이시언은 약산산성을 탈출할 때 불길에 그을린 듯 머리카락과 콧수염이 반쯤 타서 자글자글해져 있었다. 또 얼굴 왼쪽엔 화상을 입었으며 오른쪽 어깨에는 말라붙은 핏자국이 눌어붙어 있었다. 체포당할 때 반항했던 모양이었다.

이준성은 이시언의 처참한 몰골을 보며 옛일을 잠시 떠올렸다. 평양성 탈환 전투가 벌어졌을 때, 그는 가명을 써서 일반 병졸로 참전했다. 그때 그가 속한 부대의 대장이 바로 이이시언이었다.

장교에는 여러 가지 타입이 있었다. 한데 이시언은 그중 최악의 타입에 해당했다. 바로 전공을 탐하는 장교였다. 그는 전황을 바꾸는 공을 두 번이나 세웠지만 모두 이시언이 중간에 가로채 상을 받지 못했다.

거기까진 참을 수 있었다. 어차피 공을 세우기 위해 참전한 전투가 아니기 때문이었다. 한데 문제는 그다음에 발생했다.

고니시군이 도성으로 도망칠 때, 이시언은 고니시군을 추격하는 추격부대 중 하나를 지휘했다.

물론 이준성 역시 이시언이 지휘하는 추격부대에 속해 있었는데, 문제는 이시언이 맡은 부대에 권분동처럼 머리는 쓸 만하지만, 체력이 달리는 병사가 많은 탓에 이시언이 만족할 수준의 공을 세우지 못한 데서 발생했다.

말 그대로 뚜껑이 열린 이시언은 다른 병사에게 본보기를 보일 목적으로 권분동 등 체력이 약한 병사 100여 명을 불러내 그 자리에서 참수하려 들었다.

그때, 이준성이 나서서 그가 지금까지 세운 공을 군말 없이 이시언에게 넘겨주는 대가로 권분동 등의 목숨을 구해 주었다. 그 권분동 등이 나중에는 108번뇌라 불리며 그가 계획한 기초 교육 프로젝트를 추진하는 핵심 인력으로 성장했다.

한데 이시언 처지에서 보면 그와 악연을 맺은 사람이 한반도의 주인으로 등극한 최악의 상황이었다.

아마 그는 그 주인 밑에서는 본인이 목숨을 보전할 방법이 없을 거라 여겼을 것이다. 사실상 반란밖에는 남은 선택지가 없는 셈이었다.

그때, 류성룡과 정현룡, 정문부, 이항복, 이덕형, 이원익 등 당상관에 해당하는 모든 관원이 국청에 모습을 드러냈다. 대신들을 힐끗 본 이준성은 꼰 다리를 푼 다음 옥좌 위에서 일어나 계단 밑에 있는 죄인들 쪽으로 천천히 걸어갔다.

잠시 후, 죄인들 앞에 우뚝 선 이준성은 목청을 높여 소리쳤다.

"난 너희들에게 생각을 고쳐먹을 기회를 주었다! 너희들이 명나라에 사대하든 말든 너희들 역시 내 백성이기 때문이다! 한데 너희들은 가장 비열한 방법으로 내 등에 비수를 꽂았다! 너희들은 내가 왜적을 우리 땅에서 몰아내기 위해 남쪽으로 원정을 떠난 틈에 반란을 일으켰다! 세상에 어떤 백성이 자기 나라의 국왕이 외적과 싸우는 틈을 노려 반란을 일으킨단 말이냐! 너희들이 저지른 이 비열한 행동은 사람들의 입에서 입으로, 사람들이 쓴 글에서 글로 이어져 천년만년 전해질 것이다! 너희들은 우리 민족의 역사가 끝나는 그날까지 민족반역자란 오명을 덮어써야 할 것이다!"

소리친 이준성은 눈앞에 있는 이시언을 쏘아보았다.

"할 말이 있나?"

이시언은 반쯤 체념한 표정으로 대꾸했다.

"씨알도 안 먹히는 허튼소리는 그쯤하고 빨리 죽여. 난 네 백성으론 한순간도 살고 싶지 않으니까. 넌 우리가 우리 민족의 역사가 끝나는 그날까지 민족반역자란 오명을 덮어쓸 거라 했는데, 그건 너 역시 마찬가지야. 역사가 끝나는 그날까지 왕위를 찬탈한 역적으로 사람들 입에 오르내릴 거니까."

이준성은 화를 내기는커녕 오히려 껄껄 웃었다.

"하하, 아직 세상 물정을 잘 모르는 놈이군. 네가 사는 세상에선 조선을 건국한 태조가 역적으로 불리던가? 분명 아닐 것이다. 역사는 알다시피 승자의 기록이니까. 내가 만들 역사에서 넌 영원히 민족반역자로 남을 테지만, 난 우리 민족을 위해 살다 간 위대한 군주로 남겠지. 그게 패자인 너와 승자인 나의 차이다. 너와는 인연이 많으니 왕이 직접 형을 집행하는 성은을 내려 주마. 고개를 들어 나를 보아라."

이시언은 이준성을 잡아먹을 듯이 쏘아보며 소리쳤다.

"염병할! 내가 지금 오라에 묶여 있지만 않았어도 네놈은 벌써 내 손에 짓이겨져 죽었을 거야! 한주먹거리도 안 된다고!"

이준성은 다시 한 번 껄껄 웃었다.

"하하, 나를 화나게 만들어 너와 싸우도록 만들려는 속셈인가? 재미있군. 아주 재미있어. 뭐, 네게 평생 한 번 올까 말까 한 행운이 찾아온다면 승산이 전혀 없지는 않을 테지."

이시언은 의도를 들킨 사람처럼 입술을 잘근 깨물었다. 그때, 장내에 자리한 모든 사람이 경악할 만한 행동이 벌어졌다.

이준성이 갑자기 그를 호위 중이던 한명련의 손에서 칼을 받아 이시언의 팔과 발목을 묶은 오라를 직접 잘라 준 것이다.

"일어나라."

이시언은 이준성의 말이 다 끝나기도 전에 이미 일어나 있었다.

"공평해야 서로 싸울 맛이 나겠지. 강 실장, 내 칼을 가져와라."

강주봉은 기다렸다는 듯 칼을 두 손으로 받쳐 올렸다.

"여기 있사옵니다, 전하."

"하하, 역시 강 실장이군. 내 맘을 나보다 더 잘 아는 것 같아."

이시언을 보며 히죽 웃은 이준성은 강주봉이 가져온 칼을 뽑아 오른손에 쥔 다음, 한명련의 칼은 이시언에게 건넸다.

이시언은 즉시 이준성이 내민 칼을 건네받아 양손으로 단단히 쥐었다. 이시언 역시 천생 무인이었다. 칼을 잡기 무섭게 동태 눈알처럼 썩어 있던 눈빛에 갑자기 생기가 돌아왔다.

그 모습을 보고 얼굴이 핼쑥해진 류성룡, 이항복, 이원익 등은 급히 계단 밑으로 달려 내려와 이준성에게 간곡히 청했다.

"전하, 부디 옥체를 보중하시옵소서!"

"맞사옵니다. 이쯤에서 그만둬 주시옵소서!"

"대역죄인의 하찮은 격장지계에 넘어가셔서는 아니 되옵니다!"

한데 그를 말리는 사람들에게는 한 가지 공통점이 있었다. 바로 그가 싸우는 광경을 보지 못한 사람들이란 점이었다.

반면 이준성이 싸우는 모습을 목격한 사람들은 그를 말리지 않았다. 그들에게 이준성은 무신과 같은 존재였다. 이준성이 다른 사람에게 패하는 광경은 상상조차 할 수 없는 그들이었다.

이준성은 대신들을 보며 히죽 웃었다.

"경들은 물러나서 조용히 구경이나 하는 게 신상에 좋을 거요. 괜히 옆에서 기웃거리다가 칼에 맞으면 책임 못 지니까."

모난 놈 옆에 있다가 정 맞는단 속담처럼 대신들 역시 이
준성을 노리는 칼에 자기가 당하긴 싫었는지 곧 자리를 피했
다.

이준성은 고개를 돌려 이시언을 바라보았다.

"이러다 해가 지겠군. 뭐 해? 칼을 쥐니까 갑자기 겁이 난
거야?"

이시언은 이를 바득바득 갈며 이준성을 노려보았다.

"기필코 너를 저승길 동무로 데려가 주마."

이준성은 심드렁한 표정으로 대꾸했다.

"아, 글쎄 빨리하라니까 그러네."

"오냐! 소원대로 네 아가리부터 찢어 주마!"

이시언은 곧 양손으로 쥔 칼을 이준성의 어깨에 내리쳤다.
무과에 급제한 경력이 거짓은 아닌 듯 제법 날카로운 공격이
었다. 그러나 이준성은 복싱 스텝을 이용해 가볍게 피했다.

허공을 친 이시언은 급히 상체를 회전시키며 칼을 옆으로
베어 갔다.

내려치는 공격은 종적인 움직임이기 때문에 피하기 쉽지
만, 옆으로 베는 동작은 횡적인 움직임이기 때문에 피하기
훨씬 어려웠다.

그러나 이준성은 허리를 뒤로 젖혀 피했다.

이를 악문 이시언은 굳은 표정으로 칼을 중단으로 내린 다
음, 이준성의 가슴 쪽으로 황소처럼 돌격해 왔다.

성난 황소가 돌격해 오기를 기다리는 투우사처럼 여유만만한 표정을 짓던 이준성은 재빨리 옆으로 돌아 돌격을 피했다.

이준성은 다시 히죽 웃었다.

"우리 민족은 역시 삼세판 아니겠어? 네 공격을 세 번 받아 줬으니 이젠 내 차례군. 내 공격은 피하기 쉽지 않을 거야."

이준성은 가만히 서 있다가 갑자기 이시언의 오른쪽 어깨 위에 칼을 내리쳤다. 이시언이 처음 사용한 수법과 같았다. 공격 방법이 같다면 수비 방법 역시 같을 수밖에 없었다. 이시언은 이준성이 했던 대로 몸을 옆으로 움직여 피했다.

그러나 이준성은 이시언이 아니었다. 또 이시언 역시 이준성이 아니었다. 이준성은 피했지만, 이시언은 피하지 못했다.

이준성의 칼은 이시언이 피하는 동작보다 훨씬 빨랐다.

콰직!

칼이 이시언의 오른쪽 팔을 어깻죽지부터 자르며 지나갔다.

"크윽."

이시언은 고통에 일그러진 얼굴로 바닥에 떨어져 꿈틀거리는 자신의 오른팔을 바라보았다. 칼을 왼손으로 쥔 덕분에 무기를 잃진 않았지만, 쇼크로 인해 정신이 멍한 상태였다. 잘린 부위에서 쏟아진 피가 옷 위로 철철 흘러내렸다.

어쨌든 약졸처럼 고통에 몸부림치며 바닥을 데굴데굴 구르지 않았다는 점에서는 칭찬받을 만한 기개였다. 이준성은 내려친 칼을 위쪽으로 다시 올려쳤다. 이번엔 칼이 겨드랑이 사이로 들어가 이시언의 왼팔마저 잘라 버렸다. 이시언은 마침내 고통에 굴복한 듯 비명을 질렀다. 이준성은 다시 칼을 휘둘러 비명을 지르는 이시언의 수급을 마저 잘랐다.

그때, 이준성이 갑자기 돌아서며 차가운 목소리로 명령했다.

"국청에 잡혀 와 있는 모든 죄인의 목을 베라!"

잠시 후, 도부수 100여 명이 나타나 국청에 있던 죄인들의 목을 베기 시작했다. 끔찍한 광경이었다. 계단 위에 자리한 관원 대부분이 그 모습을 끝까지 지켜보지 못했다. 담이 약한 관원은 토악질이 나는 듯 입을 틀어막기까지 하였다.

잡역부가 시신을 수습해 내가는 동안, 관원들은 겁에 질린 표정으로 그 모습을 지켜보았다.

지금까지 국청에서 고문을 받다가 죽은 죄인은 수없이 많지만, 형장이 아닌 국청에서 100명이 넘는 죄인의 목을 베어 죽이라 명한 왕은 없었다.

또 왕이 직접 죄인과 싸워 목을 벤 역사는 더더욱 없었다.

그제야 관원들은 이준성이 어떤 사람인이 깨달은 듯했다. 몇 명은 바지에 오줌을 지린 듯 지린내가 훅 풍겨 왔다.

그는 문자 그대로 대역귀였다. 이젠 대역귀가 이 나라 왕이
었다.

◆ ◆ ◆

이준성은 다음 날 조회를 열어 대신들을 한자리에 모았다.
전날 끔찍한 광경을 보았기 때문인지 분위기는 무거운 편이
었다. 이준성은 옥좌에 앉아 대신들의 표정을 쭉 훑어보았
다.

그가 어제 대신들에게 일부러 그런 참혹한 광경을 보여 준
이유는 오늘 이 조회를 위해서였다.

1년 반 전, 류성룡의 자택을 찾은 이준성은 그에게 정부조
직 개편안을 넘겨주며 1년 안에 시행하라는 명령을 내렸다.

그러나 정부조직 개편안은 1년 반이 지난 지금까지 시행하
지 못한 상태였다. 관원들이 정부조직 개편안의 일부 내용을
반대했기 때문이다.

그들이 반대하는 내용은 바로 삼사의 폐지였다. 삼사는 사
간원, 사헌부, 홍문관을 가리키는데 쉽게 말해 왕에게 직언해
서 왕권을 견제하는 기구였다.

한데 이준성이 만든 정부조직 개편안에는 삼사의 권한과
역할을 대폭 축소해 놓은 상태였다. 일례로 사간원 같은 경우
에는 아예 정부조직에서 사라져 버렸다. 삼사가 발목을 잡길

원하지 않았기 때문이다.

이준성은 평소보다 훨씬 엄숙한 표정으로 공표했다.

"오늘부터 정부조직 개편안에 따라 정부조직을 개편할 것이오. 내 결정에 불만 있는 사람이 있으면 앞으로 나와 이유를 말하도록 하시오. 난 뒤에서 쑤군거리는 행동을 싫어하오."

그러나 예상대로 불만을 표시하는 대신은 없었다.

어제 그런 광경을 본 상태에서 불만을 제기할 만큼 간 큰 대신은 없었다. 이는 대신들에게 감히 직언할 용기가 부족하다기보다는 어제 본 광경이 워낙 충격적이기 때문이었다.

이준성은 바로 두 번째 어명을 내렸다.

"내일부터 한 달간 모든 관원은 내가 나눠 준 초등, 중등교과서에 나오는 내용으로 반드시 시험을 봐야 하오. 특히 한글과 국어 두 과목을 집중해 볼 거요. 자신의 공부가 미진하다고 생각하는 사람들은 집에 돌아가 교과서를 다시 읽어 보는 편이 좋을 거요. 시험성적이 나쁜 사람들은 녹봉, 인사고과 등에서 불이익을 받을 테니까. 또한 시험을 보는 동안 부정을 저지르는 자는 국법으로 엄히 다스릴 것이오. 인생 조지기 싫으면 자기 실력대로 봐야 한단 뜻이오. 마지막으로 정당한 사유 없이 시험을 연기하려 들거나 시험을 보기 싫어 퇴직을 신청하는 행위는 절대 용납하지 않을 것이오."

대신들이 술렁거릴 때, 이준성은 류성룡에게 조회의 주도

권을 넘기고선 대청을 떠났다. 남은 국사는 류성룡이 대신들과 상의해 결정한 뒤, 그 결과를 이준성에게 보고할 예정이었다.

요즘 들어 일상적인 업무는 총리가 대부분 처리했다.

대청을 나온 이준성은 바로 중전의 침소를 찾았다. 어제는 국청에 머물다가 강남으로 내려가 그곳에 있는 조선소를 둘러봤기 때문에 원정 이후에 만나는 건 오늘이 처음이었다.

중전은 마음고생을 심하게 한 듯했다.

얼굴이 전보다 많이 야위어 있었다.

"얼마 전에 왜군을 몰아내셨다는 말을 들었어요. 경하드려요."

이준성은 시치미를 떼며 물었다.

"그보다 중전 얼굴이 왜 이렇게 야위었소?"

중전은 머뭇거리다가 고개를 들며 물었다.

"반란군이 아바마마가 계신 행궁에 들렀단 이야기는 당연히 들으셨겠죠. 그 일 때문에 아바마마의 심려가 크세요. 신첩에게 말씀을 잘 드려 달라 했는데 전하께선 어찌 생각하세요?"

이준성은 걱정하지 말라는 듯 큰 소리로 웃었다.

"하하, 이번 반란으로 장인어른께 피해가 가는 일은 없을 거요. 내 이미 그간의 사정을 다 파악한 상태요. 반란군이 행궁을 찾았지만, 장인어른이 혼쭐을 내서 쫓아 보냈단 얘기를 들었소. 또 반란군 무리가 다른 왕족에게 집적거릴 때 장인어른이 적극적으로 나서서 반란군에게 넘어가지 못하게 단속하셨단 말도 들었소. 오히려 내가 장인어른께 신세를 졌으면 졌지, 장인어른이 내게 신세를 진 건 없단 뜻이오."

그 말을 들은 중전의 표정이 전보다 한결 밝아졌다.

그날 밤, 이준성은 중전 침소에 들어가 서둘러 그녀의 옷고름을 벗겼다. 혼인하기 전에는 여자를 안고 싶다는 생각이 별로 없었는데 지금은 아니었다. 혼인한 후에는 오히려 성욕이 부쩍 늘었고, 원정을 떠나 있는 동안 그녀의 냄새와 아름다운 얼굴, 비단처럼 매끈한 살결이 무척이나 그리웠다.

이준성이 그녀의 옷고름을 거의 다 풀었을 때, 중전이 미간을 약간 찌푸리며 오늘은 안 된다는 듯 고개를 살짝 저었다.

이준성은 약간 실망해 물었다.

"혹시 오늘이 그 날이요?"

중전이 고개를 갸웃거리며 물었다.

"무슨 날이요?"

"으음, 거 있지 않소. 여인들이 한 달마다 하는 그거 말이오."

중전은 부끄러워하며 대답했다.

"아니에요. 오히려 그 반대예요."

이준성은 깜짝 놀라 물었다.

"그 반대라면? 그럼 그걸 안 한다는 거요?"

중전은 이준성의 가슴팍에 얼굴을 묻으며 속삭였다.

"예……."

"내가 알기론 여인이 그걸 안 할 때는 아이를 가졌을 때가 많다 들었는데, 내 추측이 맞는 거요? 정말 아이를 가진 거요?"

중전이 고개를 살짝 끄덕였다.

"예, 며칠 전에 어의가 진맥해 보고는 회임이 틀림없다 했어요."

"어의라면 허준 말이오?"

"예, 어의 허준이요."

이준성은 중전의 머리카락에 입을 맞추었다.

"아이를 가졌다니 아주 기쁜 소식이구려. 정말 기쁜 소식이야."

중전은 행복한 표정으로 이준성을 올려다보았다.

"전하께서 좋아하시니 기뻐요."

"친정 부모님에게는 알려 드렸소?"

"예. 어제 문후를 여쭈러 가서 말씀드렸어요."

"좋아하시겠군."

"예, 아주 좋아하셨어요."

이준성은 선조가 정말로 좋아했을 거란 생각이 들었다. 이제 선조는 왕의 장인일 뿐만 아니라 곧 태어날 왕자와 공주의

외할아버지였다. 든든한 방패를 하나 더 마련한 셈이었다.

고개를 든 중전이 조심스러운 목소리로 물었다.

"한데 전하께서는 신첩이 아직 미덥지 못하신가요?"

"갑자기 그게 무슨 소리요?"

"전하께선 그동안 신첩에게 전하의 부모님에 관해선 말씀해 주신 적이 없으니까요. 며느리라면 당연히 시부모님이 살아 계신지, 아니면 이미 돌아가셨는지를 알아야 할 의무가 있잖아요. 그래야 며느리의 의무를 다할 수 있으니까요. 한데 전하께서는 지금까지 본인의 가족사에 관해서는 말씀해 주신 적이 없으세요. 그동안은 묻기가 조심스러워 전하께서 직접 말씀해 주시기를 기다렸지만, 신첩이 묻기 전에는 말씀해 주시지 않을 것 같아 이번 기회에 물어보는 거예요."

이준성은 약간 당황했지만 따지고 보면 그녀의 말에 틀린 구석이 없었다. 밤마다 살을 섞는 사이며 지금은 그의 아이까지 가진 아내에게 자신의 가족사를 숨겨서는 안 되었다.

물론 즉위할 때 대신들이 그의 가족사에 관해 물어본 적은 있었다. 그가 왕으로 즉위했으니 그의 조상 역시 추존을 받아야 한단 것이다. 그래야 왕조에 정통성을 좀 더 부여할 수 있다는 이유에서였다.

태조 또한 왕으로 즉위한 후에 5대조까지 추존하는 작업을 했었다. 하지만 그는 그런 낯 뜨거운 짓을 할 마음이 별로 들지 않아 알려 주지 않았다.

"으음, 우선 먼저 말해 주지 못해 미안하오. 사실, 우리 부모님은 일찍 돌아가셨소. 이쪽 말로 하자면 조실부모한 셈이요."

중전은 슬픈 표정을 지으며 그를 위로했다.

"아직 살아 계셨다면 장성한 전하께서 새로운 나라를 창건하신 모습을 보곤 무척 자랑스러워하셨을 텐데…… 정말 안타까운 일이에요. 시부모님 생일과 기일은 알고 계시지요? 지금 알려 주세요. 전하께선 바쁘실 테니 신첩이 챙길게요."

이준성은 사실 부모님 제사를 챙기는 타입이 아니었다. 그는 부모님이 생전에 그에게 준 추억과 기억을 소중히 보관하는 성격이었지, 생일이나 제사를 따로 챙겨 고인을 추모하는 행동에는 별 관심이 없었다. 그러나 중전이 물어보는데 안 가르쳐 주긴 뭣하여 부모님의 생일과 기일을 알려 주었다.

아예 일어난 중전이 방에 다시 불을 켠 다음 종이에 부모님의 생일과 기일을 적으며 형제자매가 있는지를 물었다. 이준성은 고개를 저었다. 중전은 다시 그녀가 챙겨야 할 친척이 있느냐 물었다. 그는 다시 고개를 저었다. 그에게는 얼굴 몇 번 본 게 다인 외가 쪽 먼 친척이 한 명 있을 뿐이었다.

그날 밤, 이준성은 중전 옆에 누워 천장을 멍하니 바라보다가 돌아가신 부모님에 관해 잠시 생각했다. 그러나 두 분 다 일찍 돌아가시는 바람에 지금은 기억조차 잘 나지 않았다.

아버지와 어머니는 대학교 1학년 때 처음 만나 사랑을 키워 오다가 아버지가 학사 장교로 임관한 해에 결혼식을 올렸다.

혼인하는 나이가 점점 더 늦어지던 추세를 생각하면 아주 이른 나이에 한 결혼이었다. 아마 두 분이 열렬히 사랑했던 모양이었다. 그는 그다음 해에 태어났다. 아버지는 그처럼 특수부대 장교로 근무했는데, 그가 다섯 살일 무렵에는 치안이 불안한 북아프리카의 어느 유엔기지에서 근무했다. 그때, 그는 어머니와 국내에 남아 유치원을 다니던 중이었다.

근무하던 기지가 과격 테러리스트에게 네 차례나 공격을 받았지만, 아버지는 생채기 하나 없이 귀국 비행기에 올랐다.

아버지가 귀국하던 날 그는 곧 가족이 다시 모여 살 수 있을 거란 희망에 아침부터 들떠 있었다.

한데 그날 오후에 유치원으로 그를 데리러 온 사람은 부모님이 아니었다.

그를 데리러 온 사람은 얼굴에 당황한 기색이 역력한 아버지의 친구였다. 그분은 부모님이 오지 않았다는 사실에서 이미 불안감을 느끼던 그에게 부모님이 공항에서 만나 서울로 돌아오던 중에 교통사고를 당했다는 말씀을 해 주셨다.

과속 차량과 충돌해 두 분 다 그 자리에서 즉사하셨다는 것이다. 전쟁 통에서 생채기 하나 없이 돌아오신 분이 교통

사고로 돌아가셨다는 말을 듣고는 어린 마음에 세상이 참 이상하다는 생각을 했었다. 졸지에 양친을 한꺼번에 잃은 그는 그때부터 위탁시설과 임시 보호 가정을 전전하다가 아버지처럼 군인이 될 생각으로 육군사관학교에 입학했다.

이준성은 부모님이 살아 계셨다면 지금의 이런 그를 보고 기뻐하셨을지 잠시 생각해 보았다. 결론은 아니었다. 그는 군대에서 실시한 여러 심리테스트에서 군인으로서는 아주 뛰어나지만 한 명의 인간으로서는 최악이라는 평가를 받았다.

다음 날, 이준성은 조회에 나가 정부조직 개편안에 따른 인사를 대대적으로 단행했다. 전에 한 언질대로 국무총리에는 류성룡을 임명했다. 또 국방부장관에는 권율, 경제부장관에는 이항복, 행정부장관에는 정문부, 외교부장관에는 이덕형, 법무부장관에는 이원익, 한양시장에는 정현룡, 합동참모본부 의장에는 이순신 등을 임명해 정부와 군을 일신했다.

또 종 9품 이상 모든 문무관원을 대상으로 시험을 보아 그 결과를 인사고과에 반영했다.

처음엔 시험 점수가 그가 생각한 하한선을 밑도는 관원이 많았지만, 계속 압박을 가해 3개월이 지났을 무렵엔 모두 하한선을 웃도는 점수를 받았다.

이준성은 다시 1달이란 유예기간을 준 상태에서 군과 정부의 모든 문서를 한글로 작성하란 어명을 내렸다. 헷갈리기

쉬운 단어 옆엔 한자를 비롯한 외국어를 같이 표기해 행정체계 내에서 혼란이 일어나지 않도록 하는 데 최선을 다했다.

강남에 건설한 조선소에서 사흘을 보내며 작업 진척 사항을 직접 살핀 이준성은 오랜만에 행궁으로 돌아와 중전을 찾았다.

중전은 그새 배가 많이 나와 행동하는 데 조심을 기하는 중이었다. 지금은 산부인과가 없으므로 알아서 조심해야 했다.

한데 찾던 중전 대신 전혀 생각하지 못한 사람이 그를 맞이했다. 바로 유진이었다. 정확히 말하면 권개의 딸 권유진이었다. 거의 2년 만에 보는 그녀는 그사이 미모가 더 물이 올라 있었다. 중전이 만개한 장미면 그녀는 이제 막 꽃을 피울 준비를 하는 한 송이의 청초한 수선화를 보는 듯했다.

이준성은 놀라 물었다.

"유진이 네가 이곳엔 어떻게 온 거야?"

"그게 저……."

얼굴을 붉힌 유진이 대답을 못 하며 망설일 때였다.

뒤에서 배가 전보다 더 불어난 것 같은 중전이 나와 대답했다.

"신첩이 이젠 배가 불러 수발을 들어 드리지 못하잖아요. 전하께서 누워 계실 때 유진이란 소저가 병간호했단 말을 들었어요. 해서 유진에게 신첩 대신 전하 수발을 들어 달라

부탁했어요. 모르는 사람보단 아는 사람이 낫겠다 싶어서
요."

이준성은 황당한 표정으로 중전과 유진을 번갈아 쳐다보
았다.

독재자

2장. 여자가 사랑하는 방식

이준성은 두 미인을 번갈아 보며 재빨리 머리를 굴렸다.

이게 혹시 중전이 파 놓은 함정은 아닐까? 그의 애정이 확고한 기반 위에 서 있는지를 확인할 목적으로 유진을 미끼로 사용하는 건 아닐까? 아니면 그녀가 너무 순진한 탓에 그와 유진 사이에 아무런 일도 없으리라 생각하는 것일까?

이준성은 어쩌면 이게 그녀의 생각이 아닐지 모른다는 의심이 들었다. 즉 남녀 간의 문제라기보다는 정치적인 문제일 수 있었다. 유진은 권개의 딸이었다. 한데 그 권개는 국방부 장관 권율의 친형이며 경제부장관 이항복의 사돈이었다.

이를테면 유진은 권신 집안의 금지옥엽인 셈이었다.

권 씨 집안이 권력 기반을 다질 목적으로 어떤 술수를 써서 그녀를 궁 안으로 들여보낸 건 아닐까? 아니면 선조와 권율 사이에 모종의 합의가 이루어져 이런 일이 생긴 것일까?

그때, 중전이 고개를 갸웃거리며 물었다.

"무슨 생각을 그리 골똘히 하세요?"

"별거 아니오. 그보다 정말 괜찮은 거요?"

중전은 어리둥절한 표정으로 되물었다.

"예?"

"아니, 그러니까 중전은 이 상황이 정말 괜찮은지 묻는 거요."

"신첩은 괜찮아요. 아무 문제 없어요."

이준성은 미간을 약간 찌푸리며 대꾸했다.

"뭐, 그렇다면 어쩔 수 없지. 중전의 결정을 존중하는 수밖에."

그날 밤, 이준성은 운동실에 들러 체력을 단련했다. 1시간가량 운동한 다음에는 욕실에 들어가 몸을 닦았다. 그는 뜨거운 김이 펑펑 올라오는 욕조에 앉아 욕실 문을 지긋이 바라보았다. 마치 그렇게 바라보면 욕실 문이 열릴 것처럼 말이다. 그러나 목욕을 마칠 때까지 욕실 문은 열리지 않았다.

이준성은 피식 웃으며 고개를 저었다.

"뭘 기대한 건지 모르겠군."

욕실을 나온 그는 옷걸이에 걸려 있는 수건으로 몸을 깨끗하게 닦은 다음, 그 옆에 걸려 있는 새 옷으로 갈아입었다. 행궁이 다른 궁에 비해 내부가 좁기는 하지만 어쨌든 왕실 규범에 따라 왕의 처소와 중전의 처소가 따로 떨어져 있었다.

침전으로 걸어가던 이준성은 중전의 처소를 힐끔 보았다. 불이 꺼져 있었다. 그는 고개를 절레 저으며 중전이 대체 무슨 의도로 유진을 궁으로 부른 건지 모르겠단 생각을 하였다.

무심코 침전 방문을 연 이준성은 깜짝 놀라 문간에 그대로 멈춰 섰다. 속저고리와 속치마만 걸친 유진이 희미한 등잔 불빛 속에서 다소곳한 자세로 앉아 있었다. 또 그런 유진 앞에는 술병과 안주가 놓여진 주안상 하나가 차려져 있었다.

이준성은 안으로 들어가 얼른 문을 닫은 다음, 유진에게 물었다.

"이게 대체 무슨 짓이야?"

유진은 뒤로 갈수록 점점 잦아드는 목소리로 대답했다.

"중전마마께서 소녀에게……."

"중전이 너에게 이런 짓을 하라 시켰다는 거야?"

"그렇사옵니다."

"흠, 중전이 무슨 뜻으로 이러는지 점점 더 모르겠군."

고개를 절레절레 저은 이준성은 유진을 바라보며 물었다.

"술상은 그럴 수 있다 치지만 그 차림은 대체 뭐야? 왜 속저고리와 속치마만 입었어? 너는 그게 무슨 뜻인지 아는 거야?"

유진은 안다는 듯 얼굴을 붉히며 대답했다.

"예……."

"정말 오늘 밤에 나랑 끝까지 갈 수 있다는 생각으로 온 거야?"

유진은 갑자기 입술을 깨물며 고개를 돌렸다.

"소녀가 싫으시다면 이만 나가 보겠사옵니다."

"아니, 잠깐만. 네가 싫은 게 아니야. 좀 갑작스러워서 그래."

두 사람이 사이에 어색한 침묵이 흘렀다.

이준성은 어색함을 깨기 위해 빈 술잔을 그녀에게 내밀었다.

유진은 희미한 불빛 속에서 섬섬옥수를 내밀어 술잔에 술을 따랐다. 그녀의 긴 손가락이 불빛을 받아 하얗게 빛났다.

"한 잔 받아."

이준성은 술을 단숨에 비운 다음, 술잔에 술을 따라 그녀에게 돌려 주었다. 술잔을 받아 든 유진은 고개를 돌려 술을 비웠다. 독한 술이기 때문에 유진의 눈썹이 살짝 찌푸려졌다.

이준성은 유진의 얼굴에 떠올라 있던 홍조가 술기운으로 인해 더 붉어지는 모습을 보면서 조심스러운 목소리로 물었다.

"네 생각은 어때?"

유진은 속눈썹이 길게 뻗은 눈을 깜박거리며 물었다.

"소녀의 생각이요?"

"그래. 유진 너의 생각. 싫다는데 중전이 억지로 내 방에 밀어 넣은 거야? 아니면, 나에게 호감이 있어 승낙한 거야?"

머리를 밑으로 푹 숙여 방바닥만 하염없이 쳐다보던 유진은 다시 한 번 기어들어 가는 목소리로 조그맣게 중얼거렸다.

"소녀는…… 전하를 좋아하는 것 같아요."

"나 역시 네가 좋아. 솔직히 말하면 권개 대감의 집에서 너를 처음 봤을 때부터 끌렸지. 그럼 서로 좋아하는 셈이로군."

이준성은 술을 따라서 한 잔 마신 다음, 다시 그녀에게 한 잔 주었다. 유진은 거절하지 않았다. 이번에는 조금 남겼지만, 그녀가 술이 약해 그런 듯했다. 그는 갑자기 일어나서 유진의 겨드랑이를 잡아 일으켜 세웠다. 유진은 얼떨결에 따라 일어나 그의 가슴팍에 얼굴을 묻었다. 그는 그에게 안긴 유진의 머리카락에서 싱그러운 향기를 맡을 수 있었다.

유진은 앞으로 벌어질 일 때문인지 몸을 약간 떨었다. 이준성은 유진의 턱을 잡아 살짝 들어 올린 다음, 깊은 입맞춤을 하였다. 유진은 약간 놀란 듯 얼른 눈을 감으며 그의 허리를 잡았다. 그녀는 남녀가 이런 식으로 입을 맞출 수 있단 사실을 전혀 몰랐던 듯 약간 당황하다가 긴장을 풀었다.

이준성이 입술을 떼었을 때는 이미 그녀의 숨결이 거칠어져 있었다. 술기운이 올라와서인지, 아니면 그가 한 입맞춤 때문인지는 알 수 없었다. 그는 그녀의 옷을 재빨리 벗겼다.

유진은 부끄러워하며 속삭였다.

"불을 꺼 주세요……."

"괜찮아. 부끄러워할 필요 없어."

이준성은 속옷만 걸친 유진을 이불 위에 조심스레 눕힌 다음, 서둘러 옷을 벗었다. 곧 근육으로 둘러싸인 철갑 같은 몸이 드러났다. 유진은 그제야 겁이 나는지 입술을 깨물었다.

이준성은 그녀 위에 올라가 그녀의 남은 속옷을 마저 벗겼다. 조금 작긴 하지만 봉긋하게 솟아오른 아름다운 가슴과 매끈하게 뻗은 허리, 엉덩이의 곡선이 한눈에 들어왔다.

잠시 후, 이준성은 그녀가 받아들일 준비를 끝냈음을 느꼈다.

"괜찮겠어?"

고개를 옆으로 돌린 그녀가 입술을 잘근 깨물었다.

"예……."

이윽고 정사를 마친 그는 땀으로 얼룩진 유진의 몸을 수건으로 부드럽게 닦아 주었다. 그가 수건으로 땀을 닦아 주는 동안, 유진은 마치 탈진한 사람처럼 몸을 꼼짝하지 못했다.

이불을 당겨 유진의 벗은 몸을 덮어 준 이준성이 물었다.

"괜찮아?"

"예……."

"아침엔 좀 아플 거야. 중전 역시 첫날밤엔 그랬으니까."

그녀는 이 세상에 같은 고통을 겪은 사람이 한 명 더 있다는 사실에서 안도감을 느낀 듯 표정이 한결 편안해 보였다.

이준성은 그제야 그녀의 집이 생각났다.

"한데 부모님은? 네가 궁에 들어온 사실은 당연히 아시겠지?"

"예, 아세요. 사실은 아주 좋아하셨어요."

"좋아하셨어?"

"예, 부모님은 소녀가 전하께 소박맞은 줄 아셨거든요."

이준성은 그녀를 내려다보며 황당하단 표정으로 물었다.

"소박이라니 그건 또 무슨 뚱딴지같은 소리야?"

"전하께서 소녀를 집으로 다시 돌려보내셨으니까요."

"그건 내 병이 다 나아서 돌려보낸 거였는데."

"하지만 부모님은 소녀가 처음부터 전하의 후궁으로 들어간 줄 아셨기 때문에 전하의 병이 다 나아서 집으로 돌아갔을 땐 소녀가 잘못을 저질러 소박을 맞은 거로 오해하셨어요."

그런 사정을 전혀 몰랐던 이준성은 깊은 한숨을 내쉬었다. 유진이 그를 간호할 때 그는 아직 즉위하기 전이었다.

물론 거의 즉위한 상황이나 마찬가지였기 때문에 권개로서는 딸이 이준성의 후궁으로 들어간 거로 생각하기 쉬웠다. 한데 그런 딸이 다시 집으로 돌아왔으니 난리가 날 만했다.

이준성은 고개를 끄덕였다.

"그 점은 내가 미처 신경 쓰지 못했군. 미안해. 여염집 처자에게 병간호를 시켰으면 내가 좀 더 신경을 썼어야 했는데."

"아니에요. 사과하실 필요 없으세요."

"한데 중전은 어떻게 널 궁으로 데려올 생각을 한 거야? 그 안에 내가 모르는 어떤 이야기가 있는 거야? 이를테면 어른들끼리 뭔가 협의를 했다던가? 아니면, 다른 의도가 있다던가?"

유진은 잠시 고민하다가 불쑥 물었다.

"전하께선 소녀가 솔직하길 원하세요?"

"당연하지. 이런 상황에선 거짓말보다는 솔직한 게 훨씬 좋아. 어차피 내가 나중에 사람을 시켜 다 알아낼 수 있으니까."

"그럼 솔직히 말씀드릴게요. 원래 소녀는 왜란이 터지기 전에 이미 어떤 대갓집 도령과 혼담을 주고받는 중이었어요. 하지만 왜란이 터지는 바람에 혼담을 미룰 수밖에 없었지요. 특히 숙부가 나라의 중책을 맡은 상황에서는 더더욱 그럴 수밖에 없었어요. 한데 소녀가 궁에 들어간 후에는 혼담이 뚝 끊겼어요. 그 대갓집에서 소녀를 이미 전하의 여자로 생각했기 때문일 거예요. 그런 시점에서 소녀가 다시 집으로 돌아왔으니 이제 소녀는 앞으로 시집가긴 틀린 상황이었어요. 아마 처녀로 늙어 죽을 팔자였을 거예요. 한데 그런 소문을 중전마마께서 들으셨는지 소녀의 집에 중궁전의 제조상궁을 직접 보내시어 소녀를 궁으로 데려오셨어요."

이준성은 놀라움을 감추지 못했다.

그녀의 말이 사실인지는 모르겠지만 사실이라면 중전은 참으로 희한한 여자란 생각이 들었다. 여염집의 정실조차 남편이 첩을 들이는 행위를 끔찍이 싫어했다. 하물며 대궐에서라면 그 싫어하는 수준이 차원이 다를 수밖에 없었다.

여염집에서는 첩이지만 대궐에서는 후궁이었다. 만약 그 후궁이 아들까지 낳는다면, 후계 구도가 복잡해질 위험이 있었다. 물론 중전이 아들을 낳는다면 그녀가 낳은 적장자가 1순위지만 원래 사람 일이란 게 예측하기가 힘들기 때문이었다.

한데 중전은 이준성 때문에 본의 아니게 피해를 본 유진을 데려와 후궁으로 삼게 했다. 중전의 배포가 커서 그런 건지, 아니면 같은 여자로서 딱한 사정에 공감했기 때문에 그런 건지는 알 수 없지만, 어쨌든 희한한 일임엔 분명했다.

어쨌든 유진과 초야를 치렀으니 그녀를 그냥 둘 순 없었다. 바로 류성룡에게 연락해 그녀가 첩지를 받을 수 있도록 조치했다. 첩지란 왕실 여인들이 쓰는 화려한 비녀를 가리키는데, 여기서 첩지는 비녀란 뜻보단 직첩에 더 가까웠다.

왕실 규범에는 후궁의 종류가 많은 모양이었다. 조선 왕실에서는 숙원, 소원, 숙용, 소용, 숙의, 소의, 귀인, 빈으로 올라가는 모양인데 이준성은 유진에게 바로 빈의 첩지를 주었다.

그가 졸지에 아내를 두 명이나 거느리는 순간이었다.

◆　◈　◆

유진에게 수빈 권 씨란 직첩을 내린 날, 이준성은 중궁전에 들러 밤을 보냈다. 중전이 서운할 수 있다는 생각에서였다.

한데 중전은 정말 아무렇지 않아 보였다. 그녀가 연기를 잘하는 건지, 아니면 정말로 아무렇지 않은지는 알 수 없지만.

이준성은 중전의 부어오른 팔다리를 마사지하며 물었다.

"입덧은 이제 괜찮은 거요?"

중전은 미소를 지으며 대답했다.

"입덧 끝난 지가 언제인데요."

"그렇군. 그럼 뭐 먹고 싶은 건 없소?"

"수라간의 궁녀들이 잘 챙겨 줘서 매일 맛있는 것만 먹고 있어요."

이준성은 팔을 마사지하다가 가슴 부위를 슬쩍 건드려 보았다. 중전은 미간을 살짝 찌푸렸지만, 손을 밀어내지는 않았다.

그녀의 가슴을 만지던 이준성은 조금 놀란 목소리로 물었다.

"가슴이 전보다 조금 커진 것 같지 않소?"

중전은 약간 달뜬 목소리로 대답했다.

"산실청 궁인에게 들었는데 아이를 가지면 가슴이 커지는 게 정상이래요. 곧 태어날 아기에게 젖을 물려야 하니까요."

"흐흠, 그렇군."

그녀 옆에 누운 이준성은 손을 그녀의 속치마 속에 집어넣으려 했다. 그러나 중전은 지금은 안 된다는 듯 손을 잡았다.

"아기가 무사히 태어날 때까지는 잠자리를 피하는 게 좋대요."

이준성은 두 팔을 들어 항복 선언을 하며 대꾸했다.

"알겠소. 내 오늘은 얌전히 있으리다."

"그러지 말고 오늘은 수빈 처소로 가시는 게 어때요?"

"흠, 수빈 역시 가끔은 쉬는 날이 있어야 하지 않겠소?"

그 말에 중전이 미소를 지었다.

"수빈 생각은 끔찍이 하시네요."

"그런 말 마시오. 수빈을 데려온 건 중전이니까."

중전은 손으로 이준성의 짧은 턱수염을 부드럽게 쓰다듬었다.

"질투하는 거 아니니까 걱정하지 마세요."

이준성은 그녀의 얼굴을 내려다보며 말했다.

"그보다 전부터 중전에게 묻고 싶은 게 하나 있었소."

"뭔데요?"

"수빈은 권개의 딸이잖소. 또 그 권개는 국방부장관 권율의 친형인 데다 경제부장관 이항복과는 사돈에 해당하는데, 권개의 딸을 후궁으로 들이는 일이 마음에 걸리지는 않았소?"

중전은 고개를 저었다.

"그런 결정을 내리는 데 있어 수빈이 누구의 딸인지는 중요하지 않았어요. 물론 친정 부모님은 싫어하셨죠. 만약 신첩이 딸을 낳은 상황에서 수빈이 아들을 낳으면 문제가 복잡해지니까요. 하지만 신첩에겐 그보다 더 중요한 게 있었어요."

"그보다 중요한 일이 대체 뭐요?"

"신첩은 얼마 전에 전하께서 위중하셨을 때 수빈이 잠깐 병간호를 했단 이유로 그녀에게 오던 혼담이 끊어졌단 소문을 들었어요. 아마 그건 세상 사람들이 그녀를 전하의 여자로 생각했다는 뜻일 거예요. 거기다 그런 상황에서 마치 궁에서 내쳐진 것처럼 다시 집으로 돌아가기까지 했으니 누가 감히 수빈에게 혼담을 넣겠어요? 아마 사람들은 수빈에게 혼담을 넣으면 전하께서 혼담을 넣은 가문에 복수할지 모른다는 두려움을 가졌을 거예요. 신첩은 그저 그런 수빈의 처지가 안타까워 그녀를 궁으로 부른 것뿐이에요. 그녀를 도와줄 수 있는 유일한 방법이 바로 그거였으니까요."

이준성은 중전의 부어오른 배를 쓰다듬으며 물었다.

"보통은 그 반대 아니오? 여자들은 남편이 첩을 들이는 것을 싫어하지 않소? 더욱이 그게 후궁이라면 더 싫을 것 같은데."

"신첩에겐 아니에요."

"그것참 희한한 일이구려."

중전은 전에 없이 심각한 표정으로 대꾸했다.

"그런 생각을 최근에 한 건 아니에요. 신첩은 대궐에 살 때부터 궁녀들이 불쌍하단 생각을 쭉 해 왔어요. 궁녀는 아바마마의 성은을 입지 못하면 평생 독신으로 살아야 하잖아요. 물론 독신으로 사는 게 좋은 궁녀가 전혀 없진 않겠지만, 일단 그녀들에게 선택할 수 있는 권리를 빼앗은 거니까요."

이준성은 잠시 생각해 보다가 고개를 끄덕였다.

"궁녀 제도를 바꾸는 건 그리 어렵지 않을 거요."

중전이 기대에 찬 눈빛으로 물었다.

"그렇게 해 주실 수 있으세요?"

"내일 조회에 나가 법무부장관에게 법령을 바꾸라 명령하겠소."

"그렇게 해 주시면 전하께서 후궁을 100명 들여도 신첩은 개의치 않을 자신 있어요. 물론 전하께서 그 후궁 100명을 모두 똑같이 사랑하실 수 있다는 조건에서는요. 이 세상에 사랑받지 못하는 후궁만큼 불쌍한 여인은 또 없으니까요."

이준성은 껄껄 웃었다.

"하하, 중전에게 이런 말솜씨가 있는 걸 진작 알았다면 중전이 아니라 외교부장관으로 임명했어야 하는 건데 아쉽군."

그 말을 들은 중전은 말없이 빙그레 웃기만 하였다.

다음 날, 이준성은 조회에 나가 법무부장관 이원익에게 궁인제도 전체를 개선하란 어명을 내렸다.

궁에서 일하는 사람은 크게 두 부류였다. 한 부류는 내관, 궁녀처럼 궁에서 살며 왕실 살림을 책임지고 왕족을 보필하는 사람들이었다. 물론 왕이 사는 궁이란 특수성 때문에 내관의 경우에는 여인과 잠자리를 가질 수 없는 몸이었으며, 궁녀의 경우엔 왕의 성은을 입지 못하면 죽을 때까지 처녀로 지내야 했다.

다른 한 부류는 내관과 궁녀가 아닌 모든 궁인이 이에 해당했다. 그들은 궁으로 출퇴근하는 전문 인력이거나, 아니면 잡일을 하며 궁에 거주하는 궁인들이었다. 그들은 궁에서 일하기는 하지만 내관과 궁녀가 아니므로 혼인할 수 있었다.

이준성은 법무부장관 이원익에게 법령을 바꾸어 지금 있는 내관과 궁녀를 마지막으로 더는 내관과 궁녀를 뽑지 말라는 명령을 내렸다. 지금 있는 내관과 궁녀가 모두 사망하면 그다음부터는 혼인할 자유와 직업을 바꿀 수 있는 자유를 가진 일반 근로자들이 궁인이 하는 일을 할 예정이었다.

류성룡은 이준성이 조회를 빠져나가기 전에 얼른 말을 꺼냈다.

"전하, 이제 나라가 안정세에 접어들었으니 왜군 손에 불탄 경복궁과 창덕궁을 중건하라 명령하시는 게 어떻겠사옵니까?"

"시기상조요. 나 또한 이 좁아터진 행궁 대청에서 총리, 장관들과 회의하는 게 마음에 안 들기는 하지만, 지금은 돈을 아껴 배를 만들어야 하오. 그 배야말로 우리의 희망이니까."

그때, 산업부장관 오응태가 입을 열었다.

"재정은 문제없을 것이옵니다. 단천, 영흥 등에 있는 광산에서 금과 은을 상당량 채굴해 금고에 모두 저장해 뒀사옵니다."

정문부의 추천으로 일찍부터 이준성 밑에서 일한 오응태는 전에 함경도, 강원도 일대의 광산을 개발, 운영하는 일을 맡아 했었다. 지금은 그 덕에 초대 산업부장관으로 있었다.

이준성은 예전에 유진의 데이터베이스에 있는 천연자원 분포 지도를 오응태에게 준 적 있었다. 그 지도에는 광맥이 있는 정확한 위치가 전부 나와 있어서 오응태는 효율적인 방법으로 막대한 양의 금과 은, 철, 구리 등을 채굴할 수 있었다. 물론 광맥을 캐는 일은 대부분 죄인과 포로의 몫이었다.

오응태는 금고에 비축한 금과 은을 풀어 궁궐을 중건하자는 의견을 냈지만, 이준성은 단호한 표정으로 고개를 저었다.

"금과 은을 한 번에 많이 풀면 경제에 악영향을 줄 수 있소."

그때, 건설부장관 이붕수와 왕실부장관 최배천이 동시에 물었다.

"그럼 불탄 궁궐을 언제쯤 중건하실 생각이시옵니까?"

이붕수와 최배천 또한 오응태처럼 정문부의 추천을 받아 일찍부터 그 밑에서 행정을 맡아 보던 관료였다. 만약 이준성이 궁을 중건한다면 그 일은 이붕수가 장관으로 있는 건설부 소관이었다. 또 건설부가 중건하려는 건물이 대궐이란 점을 고려하면 최배천이 장관으로 있는 왕실부 업무와 겹치는 부분이 많았다. 두 장관이 궁금해하는 게 당연했다.

이준성은 그 두 장관을 바라보며 대답했다.

"몇 가지 작업을 마치면 바로 중건을 시작할 수 있을 것이오."

이번에는 경제부장관 이항복이 물었다.

"그 몇 가지 작업이란 게 무엇이옵니까?"

"경제부장관이 말을 꺼내 하는 말인데 지금으로부터 한 달후, 난 최소 1개월에서 늦으면 2, 3개월 걸리는 해외 일정을 다녀올 생각이오. 무슨 해외 일정일지 궁금해할 것 같은데 국무총리가 다 아니까 나중에 그에게 물어보도록 하시오. 내가 해외에 나가 있는 동안, 여러분은 두 가지 일을 해 줘야 하오. 첫 번째는 대대적이면서도 아주 철저한 호구조사요. 갓 태어난 아기부터 시작해 이 땅에 사는 모든 백성의 신상명세를 자세히 조사해 백성마다 특정 번호를 부여하도록 하시오.

앞으론 이렇게 해서 붙인 특정 번호를 주민등록번호라 칭하며 사법, 행정 등의 전 분야에 이용토록 할 것이오. 만약 조사에 불응하거나 정당한 사유 없이 기간 내에 조사를 받지 않는 자들은 엄하게 벌하시오. 물론 억울한 일이 안 생기도록 미리 백성들에게 충분히 홍보해 둬야 할 거요. 또 지방관청에 근무하는 공무원은 백성이 사는 곳이면 그곳이 어디든 가서 조사해야 할 거요. 만약 이번 조사에 임하는 데 있어 태만한 공무원이 있다면, 지위 고하에 막론하고 엄벌을 내리도록 하시오."

이준성은 웅성거리는 대신들을 보다가 두 번째 명령을 내렸다.

"두 번째는 양전이오. 우리 대한민국 영토에 있는 밭과 논, 임야, 개활지, 집터, 도로 등을 철저히 조사해 지적도를 만드시오. 조사해 기록하는 방법은 내가 국무총리에게 이미 가르쳐 줬으니까 관계 기관은 총리에게 조언을 받도록 하시오."

행정부장관 정문부가 놀라 물었다.

"호구조사와 양전을 동시에 하려면 관원, 아니 공무원이 많이 필요할 터인데 그 많은 인력을 구할 방법이 있겠사옵니까?"

이준성은 이미 생각해 놓았다는 듯 거침없이 대답했다.

"강남에 있는 국립학교 재학생들을 데려다 쓰시오. 아마 지금 재학생이 1,000명일 텐데, 그 정도 숫자면 충분할 것이오."

대답한 이준성은 나머지 조회는 류성룡에게 맡겼다.

이준성이 갑자기 엄청난 양의 업무를 두 가지나 안겼기 때문에 장관들은 당황한 얼굴로 국무총리 류성룡의 얼굴을 보았다.

류성룡은 먼저 이준성이 왜 해외에 나가는지부터 알려 주었다.

"전하께선 얼마 전에 본관에게 배를 타고 남쪽으로 내려가실 거라 말씀하셨소. 아마 그쪽에서 뭔가를 가져올 생각이신 것 같은데, 그게 뭔지는 본관 역시 듣지 못해 모르는 상태요."

해외에 관련한 일이라면 외교부의 소관이었다.

외교부장관 이덕형이 급히 물었다.

"남쪽 어디로 가신다는 말씀은 안 하셨습니까?"

"왜국 근처라 들었소."

이덕형은 깜짝 놀라 다시 물었다.

"그럼 전하께서 지금 왜국을 공격할지도 모른다는 뜻입니까?"

류성룡은 아니라는 듯 고개를 저었다.

"본관 역시 그렇게 물었지만, 전하께선 절대 아니라 하셨소. 지금의 전력으로 왜국을 치는 일은 자살행위라 대답하셨소."

류성룡은 분위기를 가라앉히며 이준성이 지시한 호구

조사와 양전을 어떻게 할 건지, 장관들과 의견을 나누었다. 이준성의 성격상 결과가 별로 좋지 않으면 불같이 화를 낼 게 뻔하므로 전력을 다해야 한다는 사실은 다들 잘 알고 있었다.

그로부터 한 달 후, 아내들과 작별한 이준성은 여수 앞바다로 이동했다. 지금부터는 넓은 바다로 눈을 돌려야 할 때였다.

◆ ◈ ◆

이준성은 여수 군항 앞바다에서 이순신 장군의 안내로 충무함대의 사열을 받았다. 그는 군을 개편할 때, 복잡하게 나누어져 있던 수군조직을 현대적인 해군체계로 탈바꿈시켰다.

전에는 전라좌우수영, 경상좌우수영을 필두로 충청, 경기, 황해수영으로 나누어져 있었는데, 이를 통합해 서해는 서해함대, 동해는 동해함대, 남해는 남해함대가 각각 지키게 했다. 거기에 대양함대의 초석을 쌓을 목적으로 창설한 충무함대를 더하면 해군에 총 네 개 함대가 존재하는 셈이었다.

곧 여수 군항 앞바다에 그가 제일 처음 건조한 범선인 해룡 1호가 유유히 모습을 드러냈다. 사실 이준성이 범선을 직접 만들었다기보다는 유진이 만든 범선 설계도를 글과 그림으로 풀어 조선 기술자에게 가르쳐 주었단 말이 더 맞았다.

유진은 데이터베이스에 있는 15세기 범선부터 21세기에 레저용으로 사용하는 최첨단 범선까지 두루두루 연구해 지금 실정에 딱 맞는 범선을 설계했다. 그 덕분에 해룡 1호는 적은 배수량에 비해 아주 강력한 성능을 갖추는 데 성공했다.

해룡 1호는 현재 좌현과 우현에 진천 1호 6문을 각각 탑재한 상태였다. 추가로 선수와 선미에 진천 1호 2문을 탑재했기 때문에 해룡 1호에 탑재한 함포의 수는 16문이었다.

이준성의 시선이 해룡 1호 선창에 우뚝 솟아 있는 세 개의 돛대로 이동했다. 돛대마다 특수 제작한 돛 10여 개가 바람을 잔뜩 안은 상태로 부풀어 있었다.

돛의 종류는 크게 세로돛과 가로돛 두 가지였다. 세로돛과 가로돛을 적절히 섞어 돛대에 설치하면 역풍이 부는 상황에서도 항해할 수 있었다.

유진이 해룡 1호를 설계할 때 가장 많이 신경을 쓴 부분은 역시 돛과 배의 전체적인 형태였다. 유진은 항공역학, 유체역학과 같은 최첨단 공학기술로 해룡 1호가 최고성능을 발휘할 수 있는 돛의 종류와 형태, 범선의 전체적인 형태, 함포의 위치, 닻의 위치를 찾아내 실제 모습으로 구현해 냈다.

비록 겉모습은 여전히 바람을 동력으로 쓰는 범선이긴 하지만 그 범선을 건조하는 데 쓴 기술은 전부 21세기 것이었다.

덕분에 해룡 1호는 바람처럼 빠른 데다 선회속도 역시 놀랄 만큼 신속해 해전에서는 당해 낼 적이 없는 상황이었다.

해룡 1호 열 척이 사열을 모두 마친 다음에는 해룡 1호보다 반 배가량 큰 중형 범선이 등장해 사열의 대미를 장식했다.

이순신 장군은 중형 범선을 손가락으로 가리켰다.

"저 범선이 얼마 전 진수한 충무함대의 기함 해왕 1호이옵니다."

이준성은 말없이 고개를 끄덕였다.

재작년에 그는 조선 기술자 나대용에게 범선 설계도 세 장을 주었다. 당연히 첫 번째 설계도는 소형 범선인 해룡 1호의 설계도였다. 한국에선 처음 만드는 범선이기 때문에 처음부터 큰 범선을 시도할 수 없어 소형인 해룡부터 건조했다.

해룡 1호 다섯 척을 건조한 다음에는 건조 중에 얻은 기술과 경험을 바탕으로 중형 범선인 해왕 1호 건조를 시도했다.

해왕 1호는 나대용에게 준 설계도 세 장 중에 두 번째 설계도를 바탕으로 건조했는데, 중형 범선은 건조가 훨씬 어려운 탓에 해룡 1호 다섯 척을 더 건조하는 동안, 해왕 1호 한 척을 간신히 진수할 수 있었다.

해왕 1호는 아직 시험운항을 못 한 상태이기 때문에 오늘이 처녀항해였다.

다행히 아직까진 항해하는 데 큰 문제는 없어 보였다.

그에게 시간이 더 있다면 시험운항을 통해 완벽한 상태로 만들어 투입할 수 있을 테지만 불행히 지금은 그럴 시간이 없었다.

"지금부터 함포 발사 훈련을 할 것이옵니다."

다음 일정을 설명한 이순신 장군은 해안으로 내려가 함포 발사훈련을 직접 챙겼다. 잠시 후, 지난번 해전에서 나포한 왜선 10척이 등장했다. 함포를 발사할 가상의 적함이었다.

그때, 좌현 쪽으로 재빨리 선회한 충무함대 군함 11척이 왜선을 향해 전속력으로 질주했다. 조금 전과 달리 역풍을 받는 상태지만 속도가 조금 느려졌을 뿐이었다.

이준성은 곧 인드라망으로 해군 병사들이 범선에 달린 돛줄을 조종하느라 선창을 정신없이 뛰어다니는 모습을 확인할 수 있었다.

이준성은 잠시 후 단상으로 돌아온 이순신 장군에게 물었다.

"병사들의 훈련 상태는 어떻소?"

"실전에 들어가면 아직 애를 먹는 듯 보였사옵니다."

이준성은 함대 장교들에게 범선 조종 방법이 적혀 있는 일종의 설명서를 주어 휘하 병사들을 가르치게 했다.

그러나 설명서는 설명서일 따름이었다. 설명서에 없는 상황이 발생하면 병사들뿐 아니라 장교들까지 당황하는 일이 잦았다.

이준성은 고개를 끄덕였다.

"함대가 가진 능력을 제대로 끌어내기 위해선 범선을 실제로 조종해 본 경험이 있는 선원이 대거 필요할 것 같긴 하구려."

이순신 장군 역시 그의 의견에 동의하며 말했다.

"구할 수만 있다면 그보다 좋은 일은 없을 것이옵니다."

그때, 왜선에 접근한 함대가 선수에 탑재한 진천 1호 두 문을 동시에 발사했다. 포성이 군항을 쩌렁쩌렁 울리는 가운데 왜선 세 척이 진천 1호가 쏜 유성 3호에 맞아 불타올랐다.

포탄을 맞히기 어려워 그렇지, 일단 맞히면 삼나무로 건조한 왜선은 유성 3호처럼 충격 신관을 장착한 최신형 포탄 앞에 버틸 재간이 없었다. 유성 3호가 폭발할 때 뿜어내는 엄청난 화염과 폭발에너지가 순식간에 선체를 집어삼켰다.

선수에 탑재한 진천 1호를 발사해 왜선을 공격한 충무함대는 좌현 방향으로 급히 선회하며 우현을 왜선에 겨누었다.

펑펑펑펑!

잠시 후, 조금 전에 들은 포성보다 최소 대여섯 배는 많은 포성이 연거푸 울리며 유성 3호가 왜선으로 날아갔다.

콰콰콰쾅!

유성 3호가 작렬할 때마다 왜선 위에서 연달아 폭발이 일어났다. 돛대 중간을 부러트린 유성 3호가 폭발할 때 뿜어낸 붉은 화염이 커다란 돛 하나를 순식간에 잿더미로 만들었다.

또 선창에 튕기듯이 작렬한 유성 3호는 선창 위아래 양쪽
으로 붉은 화염을 쏟아 내며 선창 전체를 불바다로 만들었
다.

그중에 가장 장관을 연출한 유성 3호는 역시 선체를 뚫고
배 안으로 빨려 들어간 경우였다. 유성 3호가 배 밑창 안에서
폭발한 듯 굉음과 함께 왜선이 산산조각 나며 가라앉았다.

충무함대는 함포를 다시 장전할 필요가 없었다. 일제 포
격 한 번으로 남아 있던 왜선 전부를 수장시키는 데 성공했
다.

충무함대가 선보인 엄청난 화력은 이순신 장군뿐만 아니
라 뒤에서 지켜보던 해군 제독들까지 놀라게 했다.

그들은 당연히 놀랄 수밖에 없었다.

물론 이순신 장군의 함대 또한 원거리에서 포격으로 왜선
을 타격하는 교리를 적극적으로 활용해 큰 전과를 거뒀지만,
그들이 쏜 포탄은 쇳덩이와 다름없는 철환이었다. 가끔은 대
장군전, 수철연의환, 조란환으로 종류를 바꿔 가며 포격하긴
했지만 어쨌든 철환에서 크게 벗어나지 못한 형태였다.

쇳덩이로 만든 철환은 적선을 공격하기보다는 적선에 탑
승한 적 수군을 공격하는 포탄으로 함포로 발사한 철환이 가
지는 물리적인 에너지를 이용하는 방식이었다. 물론 철환이
운 좋게 선체에 구멍을 뚫어 적선을 격침하기도 하지만, 대
부분은 선창에 있는 적 수군을 제거하는 용도로 쓰였다.

그러나 진천 1호로 발사한 유성 3호는 달랐다.

유성 3호는 충격 신관을 장착한 현대적인 형태의 고폭탄이었다. 적선에 작렬하는 순간, 충격 신관 덕분에 포탄이 화염을 쏟아 내며 폭발해 운이 좋다면 단 한 발로 적선을 무력화시킬 수 있었다. 더욱이 이 시대의 군함들은 대부분 목재로 선체를 만들기 때문에 그 위력이 더 커질 수밖에 없었다.

이준성은 이순신 장군을 돌아보며 말했다.

"수고한 장병과 군함을 만드는데 애를 쓴 기술자들에게 술과 고기를 하사한 다음, 오늘 하루는 푹 쉬게 해 주는 게 좋겠소."

"바로 조치하겠사옵니다."

이준성은 뒷줄에 있는 나대용을 앞으로 불러 직접 칭찬했다.

"고생이 많았군. 쉽지 않은 작업이었을 텐데 용케 성공했어."

나대용은 급히 군례를 취했다.

"황송하옵니다. 소관은 그저 전하의 지시대로 했을 뿐이옵니다."

이준성은 나대용의 어깨를 두드리며 거듭 칭찬했다.

"아닐세. 내가 아무리 잘 가르쳐도 실무를 담당하는 사람이 우둔했다면 이런 성공적인 결과가 나오지 못했을 것이네."

이준성은 고생한 나대용 등에게 따로 상을 내리며 명령했다.

"지금부턴 오늘 첫선을 보인 해왕 1호를 중심으로 군함을 건조하도록 하게. 앞으로 정찰 임무처럼 속도가 필요한 작전은 해룡 1호가, 적선과 전투를 벌이는 주력 전투함의 임무는 해왕 1호가 맡을 것이네. 또 시간이 나면 내가 준 세 번째 설계도대로 시험 삼아 대형 범선을 건조해 보게. 그 대형 범선이야말로 이 프로젝트, 아니 이 군함 건조 계획의 핵심이라 할 수 있네. 만약 내 계획대로 우리가 충분한 숫자의 군함을 가질 수 있다면, 우린 이 조막만한 땅에서 벗어나 무한한 가능성이 열려 있는 대양으로 나갈 수 있을 것이네."

나대용은 본인의 두 어깨 위에 조국의 운명이 걸려 있단 사실을 아는 사람처럼 비장하기 이를 데 없는 표정으로 대답했다.

"죽을힘을 다해 임하겠사옵니다."

나대용을 칭찬한 이준성은 이순신 장군과 애기를 나누며 여수기지로 돌아간 다음, 제독들을 모아 시연의 성공을 축하했다.

담소를 나누며 술잔을 기울이는 제독들의 표정은 무척 밝았다. 그들이 오늘 오후에 자기 눈으로 목격한 충무함대의 위력이 그렇게 만들었음에 분명했다. 그들은 충무함대와 같은 함대가 있으면 대양으로 진출한단 이준성의 야망이 어쩌면 허무맹랑한 것만은 아닐지도 모른다는 생각을 했을 것이다.

이준성은 잔치가 파한 후에 이순신 장군과 독대하는 시간을 가졌다. 이순신 장군은 본인이 이번 작전을 맡지 못해 못내 아쉬워하는 눈치였다. 이번 작전은 이순신 장군의 오른팔이라 할 수 있는 권준이 어영담, 송대립 등과 맡기로 했다.

이준성은 장군의 술잔에 술을 가득 따르며 위로했다.

"장군이 활약할 기회가 따로 있을 테니 너무 상심하지 마시오. 또 이번 임무는 손에 더러운 피를 묻힐 가능성이 큰데, 난 장군에게 그런 짓을 시키기 싫소. 더러운 피를 묻혀야 한다면 장군보다는 내 손에 묻히는 게 더 낫기 때문이오."

이순신 장군은 미간에 주름을 깊이 만들며 대꾸했다.

"감히 한 말씀 올리자면 부하들을 부리실 땐 과감하게 부리셔야 하옵니다. 또 어쩔 수 없이 버려야 할 때는 과감하게 버리셔야 하옵니다. 장수들은 장롱에 넣어 두고 가끔 꺼내 보는 보옥이 아니옵니다. 전하께서 모든 일을 직접 다 하시려든다면 소장 같은 사람은 존재할 이유가 없사옵니다."

이준성은 껄껄 웃었다.

"장군의 말이 구구절절 다 맞기는 하지만 지금은 그저 나중에 장군을 더 크게 쓰기 위해 아껴 두는 거로 생각해 주시오."

술자리가 끝나 갈 때쯤, 이순신 장군이 목소리를 낮춰 물었다.

"한데 도성을 이렇듯 오래 비워도 괜찮겠사옵니까?"

이준성은 술을 입에 털어 넣은 다음, 소매로 입가를 쓱 닦았다.

"상관없소. 만약 내가 없는 사이에 반란이 정말 크게 일어나 내가 가진 모든 것을 빼앗긴다고 해도 난 별로 두렵지 않소. 최소 3년 안엔 내가 잃어버린 것들을 다시 다 찾아올 자신이 있기 때문이오. 장군은 내가 그렇게 못 할 것 같소?"

이순신 장군은 잠시 생각하다가 대답했다.

"전하라면 능히 그렇게 하실 수 있을 것이옵니다."

다음 날, 이준성은 충무함대와 여수를 떠나 제주도로 향했다.

독재자

3장. 충무함대

제주도에는 유명한 항구가 세 군데 있었다. 우선 제주 북쪽에 본토와 제주를 연결하는 제주 항이 있었다. 또 제주 항 반대편에는 태평양으로 나가는 관문인 서귀포 항이 위치했다.

세 군데 중 마지막 항구는 제주 동쪽 우도 근처에 있는 성산 항이었다. 여수에서 출발한 충무함대는 짧은 항해를 마치고선 제주 북쪽의 제주 항에 들어가 잠시 쉬는 시간을 가졌다.

제주 항에선 제주도 도지사와 제주시 시장, 제주여단 여단장 등이 나와 이준성과 충무함대의 도착을 기다리는 중이었다.

해왕 1호가 제주 항에 정박하기 무섭게 바로 하선한 이준성은 도지사가 미리 마련해 놓은 행궁으로 이동했다. 그러나 휴식 차원의 하선은 아니었다. 사정상 제주도에는 자주 올 수 없는 관계로 도지사, 시장, 여단장 등과 함께 제주에서 존경받는 어르신 100명을 초청해 정책간담회를 열었다.

정책간담회에 참석한 그는 제주에서 태어나 제주에서만 거의 6, 70년을 살아온 제주토박이 노인들에게 주로 질문했다.

"제주에 살면서 가장 힘든 점이 무엇이오?"

그러나 노인들은 정책간담회에 참석한 도지사, 시장, 군수 등의 눈치를 살피느라 입을 쉽사리 떼지 못했다. 임금은 곧 섬을 떠날 사람이지만 도지사, 시장 등은 그렇지 않았다.

이준성은 공무원을 모두 내보낸 상태에서 다시 물었다.

"이곳엔 나와 어르신들만 있소. 공무원은 이곳에서 오간 이야기를 절대 알 수 없을 테니 허심탄회하게 이야기해 보시오."

이준성의 장담을 들은 노인들은 약간 주저하다가 곧 어떤 점이 불만인지 쏟아 내기 시작했다. 마치 한풀이 장소 같았다. 노인들의 사투리가 심해 다 알아듣기는 무리였지만, 몇 명은 육지 말을 할 줄 알아 대화하는 데 큰 문제는 없었다.

노인들이 쏟아 낸 불만은 대부분 공납에 집중되어 있었다. 제주는 본토와 멀리 떨어져 있는 덕에 본토에선 구하기 힘든 진귀한 특산품이 많았다. 그런 사실을 파악한 조정은 제주도 백성에게 매해 엄청난 양의 특산품을 진상하라 요구했다.

한데 조정의 요구가 갈수록 과도해져 그들이 요구한 진상품 종류와 수량을 맞추는 일에 부담을 느껴 도망치는 백성이 1년에만 수백 명에 달했다.

심지어 어떤 백성들은 진상품의 수량을 채우지 못해 자살하는 예도 있었다.

더욱이 제주도 진상품은 아주 귀하기 때문에 유통과정에서 이를 관리, 감독할 의무가 있는 지방공무원, 중앙공무원의 부패마저 극심해 제주도 백성들은 이중고를 겪어야 했다.

제주 백성들이 조정에 매해 바쳐야 하는 진상품은 말, 흑우, 흑돼지, 감귤, 전복, 사슴, 은갈치, 표고버섯 등으로 종류만 10여 가지에 달했으며 채워야 하는 수량 역시 엄청났다.

이준성은 그 자리에서 제주도의 공납 의무를 영구히 면제해 주었다. 또 정부가 필요한 특산품이 있을 시에는 시가에 맞게 계산해 사들이겠다는 약속을 노인들에게 직접 해 주었다.

그 말을 들은 노인들은 당연히 엄청나게 기뻐했는데 얼마나 기뻐하는지 가끔 혼절하는 노인까지 나올 지경이었다. 그만큼 제주 백성들에게 공납은 죽음보다 더 두려운 일이었다.

이준성은 노인들을 진정시킨 다음, 바로 다음 주제로 넘어
갔다.

"내가 가끔 제주에 내려와 민정을 직접 시찰하면 그보다
좋을 수 없겠지만, 불행히 나에게는 그럴 시간이 부족하오.
해서 나를 대신할 사람 두 명을 여러분에게 소개해 줄 생각
이오."

이준성은 손가락을 튕겨 간담회 장소로 사내 두 명을 불러
들였다. 두 사람 모두 40 초반의 나이에다 평상복 차림이었
다.

"지금부터 이 두 사람의 얼굴을 잘 기억해 둬야 할 거요.
이 두 사람은 은호원 제주지부장과 감사원 제주지부장이오.
은호원과 감사원 이 두 기관은 모두 내 직속 기관으로 이 사
람들은 오직 나한테만 보고하게 되어 있소. 제주에 있는 군
수, 시장, 도지사는 물론이거니와 심지어는 도성에 있는 국
무총리 역시 이들의 업무에 절대 간여할 수 있소. 만약 간여
하다가 발각당하면 바로 역모 혐의를 받아 처벌받기 때문이
오. 다시 말해 이들에게 말하는 내용은 다른 곳으로 새어 나
갈 위험 없이 나에게 곧장 전해질 수 있단 뜻이오. 이들은 앞
으로 지부 요원들과 함께 짧게는 석 달에 한 번, 길게는 6개
월에 한 번씩 제주에 있는 모든 마을을 돌며 불만 사항을 들
을 것이오. 그때, 이들에게 불만을 털어놓으시오. 어떤 불만
이든 상관없소. 어떤 공무원이 비리를 저질렀다거나, 아니면

가뭄이 들었는데 중앙에서 구휼미가 오지 않았다거나 하는 내용을 전부 말하란 뜻이오. 그럼 내가 직접 나서서 신속하게 처리해 주겠소. 그럼 나는 먼저 나가 볼 테니 이 두 사람에게 불만 사항을 말하도록 하시오."

은호원 제주지부와 감사원 제주지부 공무원들이 노인들을 만나 그들의 불만 사항을 듣는 동안, 이준성은 제주 항 근처를 시찰했다. 시찰이라기보다는 산책에 더 가까웠다.

사실 은호원과 감사원을 같이 부르기는 했지만, 그들이 맡은 임무엔 약간의 차이가 있었다. 은호원이 하는 일은 여러 가지지만 지금처럼 백성의 동향을 탐지하는 일 역시 중요한 업무에 속했다. 물론 백성의 동향을 탐지하는 이유는 민간에 반란이 일어날 조짐이 있는지 알아보기 위해서지만 평상시에는 이준성과 백성을 잇는 소통창구 역할을 겸했다.

그러나 감사원은 대상이 전혀 달랐다. 감사원은 공무원의 비리와 부패를 조사하는 전문 수사기관이었다. 한데 그런 감사원이 지금처럼 대민업무를 보는 이유는 부패한 공무원을 가장 잘 아는 이들이 바로 백성이기 때문이었다. 공무원에게 뇌물을 주는 사람이 백성인 것처럼 공무원에게 착취당하는 대상 역시 백성이었다. 백성이 몰래 알려 주는 정보가 없으면 부패한 공무원을 찾는 일은 힘들 수밖에 없었다.

제주 항을 돌아본 이준성은 다시 행궁으로 돌아가 제주도 도지사와 제주여단 여단장, 남해함대 제주 분견함대 함대장 등을 불러 제주 항, 서귀포 항, 성산 항에 이어 제주 서쪽에 있는 한림 항을 개발해 군항으로 만들라는 명령을 내렸다.

"앞으로 제주도는 본토에서 대양으로 진출할 때 거쳐가는 보급기지 역할을 맡아야 하는데, 그러려면 왜국과 접해 있는 성산 항뿐 아니라 중국 강남과 면해 있는 이 한림 항을 적극적으로 개발하여 중국 방향으로 가는 함대에게 충분한 양의 보급품을 제때에 보급할 수 있는 능력을 갖춰 놓아야 할 것이오."

도지사 등에게 명령을 내린 다음에는 은호원과 감사원의 보고를 받았다. 은호원과 감사원은 강원도에 있을 때부터 그를 열성적으로 따르던 심복으로 조직했기 때문에 부패할 가능성이 적었다.

물론 그들 역시 사람이기 때문에 재물에 혹할 가능성이 아예 없진 않았다. 이준성은 그런 이유로 두 기관이 서로를 감시하게 했다. 그러면 은호원과 감사원에 있는 부패한 요원들의 싹을 빠르게 잘라 낼 수가 있었다.

이준성은 은호원과 감사원이 올린 보고서를 바라보며 물었다.

"당연히 따로 조사했겠지?"

두 지부장은 동시에 대답했다.

"그렇사옵니다. 양측의 면담 내용을 서로 모르게 했사옵니다."

이준성은 보고서를 대충 살펴본 다음, 다시 돌려주었다.

"두 보고서에 이름이 공통으로 올라온 공무원을 조사해 체포한 다음, 주리를 틀든 살을 지지든 해서 자백을 받아 내라."

은호원 지부장이 조심스레 물었다.

"자백을 받아 낸 다음에는 어찌해야 하옵니까?"

"뭘 어떻게 해? 깡그리 죽여야지. 목을 잘라서 각 성의 성문에 걸어 놓도록 해라. 그러면 당분간은 다들 몸을 사리겠지."

"알겠사옵니다."

"제주에서 한 민정 시찰에 효과가 있단 결론이 나오면 이 방식을 전국에 확대할 거니까 정신 똑바로 차리면서 일하도록."

"명심하겠사옵니다."

대답한 두 지부장은 얼마 후 부패한 공무원 30여 명을 일제히 잡아들여 자백을 받아 낸 다음, 모두 참수형에 처했다. 참수한 다음에는 그들의 가산을 몰수하여 국고에 환수했다.

처형한 공무원의 자리에는 강남에 있는 국립 고등학교를 졸업한 학생들을 채워 넣어 행정에 공백이 생기지 않도록 했다.

이준성은 제주를 떠나기 전에 두 사람을 더 만났다.

그중 한 명은 은호원 제주지부장이었다.

"이건 제주의 공납을 영구히 폐지한다는 내용이 적힌 교지다. 넌 이 교지를 속히 국무총리 류성룡에게 전하도록 해라."

"예, 전하."

지부장이 돌아간 다음엔 생각지 못한 사내가 안으로 들어왔다.

그는 바로 절강여단장 조광이었다.

절강여단은 현재 도성 근교에 주둔 중인데 여단을 지휘할 책임이 있는 여단장이 이 먼 제주도에 내려와 있던 것이다.

이준성은 그를 보며 물었다.

"우리말은 이제 어느 정도 수준으로 하는가?"

"이제 듣고 말하는 데는 큰 문제가 없사옵니다."

"열심히 노력한 모양이군. 고생했어."

"황송하옵니다, 전하."

"그건 그렇고, 절강에서 살았으면 절강 상단을 만나 본 경험이 있을 테지? 그 상단이 합법이든 불법이든 상관없이 말이야."

"있사옵니다."

"그럼 조 장군이 나 대신 절강에 들어가 해 줘야 할 일이 몇 개 있어. 그들과 거래를 트는 일인데, 당연히 할 수 있겠지?"

"할 수 있사옵니다."

"좋아."

이준성은 조광에게 그가 정확히 무엇을 해야 하는지 알려주었다. 애초에 조광을 제주도로 부를 때 절강여단에 있는 장병 중에 절강에 있는 상단에서 일한 경험이 있거나 상단과 안면이 있는 자들을 선발해 내려오라 했기 때문에 조광은 그런 장병 100여 명과 제주도에 와 있는 상태였다.

조광은 다음 날, 자신이 데려온 장병 100여 명과 함께 한림항으로 이동해 그곳에 있던 배에 올라 절강으로 출발했다.

절강으로 돌아간 조광이 배신할 가능성이 전혀 없진 않았지만, 그가 배신한다면 그가 직접 가서 그 일을 처리할 생각이었다. 물론 그때는 배신한 자들 역시 대가를 치를 터였다.

제주 항에 머물며 시급한 업무를 다 처리한 이준성은 충무함대와 함께 제주 동쪽에 있는 성산 항으로 이동했다. 제주 동쪽 끝에 있는 이 성산 항은 왜국과 거리가 아주 가까웠다.

이준성은 해왕 1호 함장실에 충무함대장 권준과 해왕 1호 함장 어영담 등 군함을 지휘하는 모든 장교를 소집했다.

이준성은 먼저 장교들 앞에 해양지도를 한 장 펼쳤다.

"이건 한반도 남부와 왜국 규슈를 그린 해양지도다. 우리는 성산 항을 출발해 여기 이곳 고토열도란 곳으로 갈 것이다."

이준성은 제주 성산 항을 가리키던 지휘봉을 남동쪽으로 움직여 규슈 최서단에 있는 다섯 개의 크고 작은 섬을 가리켰다.

어영담이 살기가 이글거리는 눈으로 물었다.

"그럼 이 고토열도에 그놈들이 있는 것이옵니까?"

이준성은 어영담을 보며 씩 웃었다.

"그렇다. 이 고토열도에 우리가 털려는 해적들이 살고 있다."

이준성은 장교들에게 작전의 대략적인 내용을 설명한 다음, 권준에게 명령해 충무함대를 고토열도 쪽으로 출발시켰다.

◆ ◈ ◆

이준성이 살아가는 16세기 말은 동아시아 해적이 가장 잠잠하던 시기였다. 지금은 정해왕 왕직이 죽은 지 30여 년이 지났을 때이며 17세기 초반 동아시아 해상을 주름잡던 정지룡, 정성공 부자가 태어나기 직전에 해당하는 시기였다.

본인을 정해왕이라 칭했던 왕직은 명나라 소금장수 출신으로 사업이 망한 후에 손을 댄 밀무역으로 인생역전에 성공한 사람이었다.

왕직은 왜국, 필리핀, 태국, 베트남 등과 밀무역을 하여 엄청난 부를 거머쥐는 데 성공했다.

그러나 꽃이 피면 언젠가는 지기 마련. 그것은 왕직 역시 마찬가지였다.

왕직이 하는 밀무역 때문에 연안 경제에 엄청난 타격을 입은 명나라는 해금령을 강화해 밀무역을 차단하려 노력했다.

명나라가 펼친 해금령 때문에 사업에 큰 타격을 받은 왕직은 왜구와 결탁해 명나라 연안을 약탈하기 시작했다.

그 결과, 그의 최후는 아주 비참했다. 왕직은 1557년 정왜 총독 호종헌의 계략에 속아 항복했다가 결국 목이 잘려 죽었다.

한데 이 왕직의 거점이 바로 충무함대가 가려는 고토열도에 있었다. 고토열도를 거점으로 삼은 왕직은 수백 척의 선단을 이용해 명나라에서 채굴한 초석을 몰래 사들인 다음, 그 초석을 왜국에 팔아 엄청난 재산을 일구는 데 성공했다.

그러나 왕직이 죽은 지 30여 년이 지난 지금은 동아시아 해적의 세력과 영향력이 상당히 쇠퇴한 상태였다. 더욱이 동아시아 해적을 대표하던 왜구 대부분이 왜국 수군으로 편입한 바람에 쇠퇴의 속도가 훨씬 빨라지는 현상이 일어났다.

전국시대가 계속되던 왜국에선 갈수록 수군의 필요성이 커지는 상태였지만 수군을 갑자기 육성한다는 게 말처럼 쉽지 않았다. 왜국 영주들은 결국 수군을 자체적으로 육성하기보다는 노략질하던 왜구를 불러들여 그들이 저지른 죄를 용서해 주는 대가로 자기 휘하에 편입하는 방법을 선택했다.

임진왜란이 벌어졌을 때, 왜국 수군을 이끌던 대다수 수군 지휘관이 왜구 출신인 이유가 바로 이런 연유에 기인했다.

왕직과 왜구가 거의 동시에 모습을 감춘 탓에 동아시아 해적의 규모는 현재 형편없이 줄어든 상태였다. 17세기 초중반 동아시아 해상을 주름잡던 정지룡, 정성공 부자의 해적단과 19세기에 정을, 정일수, 장보가 주도하던 남중국해 해적집단과 같은 커다란 규모의 해적단은 사실상 없는 상태였다.

　　그러나 부자는 망해도 3년은 간다는 속담처럼 비록 왕직이 고토열도를 떠난 지 30여 년이 흘렀지만 왕직이 남긴 엄청난 유산 일부는 고토열도에 남아 있을 것이 분명했다. 또 고토열도에 남은 왕직의 부하들은 여전히 해적질로 먹고사는 중일 테니 빈손으로 귀환할 가능성은 거의 없었다.

　　이준성은 해왕 1호 선수에 서서 함대의 항로를 결정했다. 그가 항로를 결정하는 데 사용한 장비는 나침반과 해양지도 두 가지였다. 나침반과 정확한 해양지도를 가진 상태에서 배의 속도를 알면 목적지로 가는 도중에 헤맬 위험이 없었다.

　　더욱이 유진의 데이터베이스에 들어 있는 해양지도는 어디에 암초가 있는지, 계절마다 조류가 어떻게 변하는지 등이 다 나와 있을 정도로 아주 세밀하여 좌초할 위험이 거의 없었다.

　　사실, 속도계가 달려 있지 않은 범선의 속도를 계산하는 일은 상당히 귀찮은 편에 속하는 작업이었다. 범선에선 일정한 간격마다 매듭을 지은 끈을 바다에 풀어 시간당 끈이 풀린 거리를 계산해 속도를 알아냈다.

예를 들어 1시간 동안 풀린 끈의 길이가 1킬로미터라면 배의 속도는 1km/h인 것이다. 물론 바다에서는 미터법 대신에 해리를 주로 이용했다.

범선의 속도를 잴 때 쓰는 끈에 매듭이 있다 해서 영어로 매듭을 뜻하는 노트가 선박의 속도를 표현하는 단위로 쓰였다.

충무함대 역시 이와 비슷한 방법으로 함대의 속도를 계산하는 중이었는데, 약간 다른 점이라면 이준성이 같이 인드라망으로 배의 속도를 계산해 그 오차를 확인한다는 점이었다.

즉, 재래식 방법으로 계산한 결과와 이준성이 인드라망으로 계산한 결과의 오차를 확인한 후에 속도 측정 방법을 계속 보완하는 중이었다. 충무함대가 여수에서 제주 항으로 처음 항해할 때는 두 계산 사이의 오차가 1해리마다 3분 가까이 났지만, 지금은 많이 줄어들어 30초대에 접어들어 있었다. 아마 항해가 끝날 즈음에는 완벽한 방법을 찾아낼 것이다.

그때, 함대장 권준이 다가와 물었다.

"이제 좀 쉬시는 게 어떻겠사옵니까?"

이준성은 권준을 힐끗 본 다음, 다시 바다 정면을 바라보았다.

"그보다 내가 한 지시를 제대로 수행하는 중이오?"

"병사들을 목욕시키라는 지시 말씀이시옵니까?"

"그렇소. 함대의 모든 장병은 반드시 사흘에 한 번씩 해수로 목욕한 다음에 담수로 소금기를 씻어 내야 하오. 또 매일 절인 김치와 콩나물 요리를 만들어 장병에게 배급해야 하오. 그래야 전염병과 괴혈병이 도는 사태를 방지할 수가 있소."

"예, 지시하신 대로 하는 중이옵니다."

"또 섬에 상륙한 장병들은 배에 다시 승선할 때 반드시 목욕부터 한 후에 승선해야 하오. 그래야 그 섬에 도는 풍토병을 배 안으로 옮겨오지 않을 수 있소. 이 지시만 잘 수행하면 자연재해처럼 우리가 제어할 수 없는 부분에서 발생하는 손실 외에 추가로 발생하는 손실은 거의 없을 것이오."

"명심하겠사옵니다."

이준성은 고개를 끄덕이는 권준을 보다가 불쑥 물었다.

"해도를 가져왔소?"

"예, 여기 있사옵니다."

권준이 해도를 꺼내 이준성에게 두 손으로 건넸다.

해도를 살펴보던 이준성은 손가락으로 목적지가 있는 고토열도에서 북서쪽으로 50킬로미터쯤 떨어진 해상을 가리켰다.

"우린 지금 이쯤 와 있는데 이 근처는 서쪽에서 왜국 나가사키로 들어가는 주요 길목 중 하나요. 아마 곧 서양 무장상선과 고토열도 해적선이 출몰할 테니 병사들을 준비시키시오."

"홍염대대까지 준비시켜야 하옵니까?"

"만사 불여튼튼이란 속담은 지금 같은 경우에 써야 할 것
이오."

"알겠사옵니다."

대답한 권준은 해왕 1호 함교로 돌아가 선미 돛대 위에 노
란색 깃발과 붉은 화염이 그려진 하얀색 깃발을 같이 걸었다.

노란색 깃발은 전 함대에 전투태세를 갖추라는 신호였다.
또 붉은 화염이 그려진 하얀색 깃발은 홍염대대에게 전투가
있을지 모르니 무장을 갖춘 상태에서 대기하란 신호였다.

이준성은 선수상처럼 해왕 1호 선수에 서서 인드라망으로
주변 해역을 자세히 감시했다. 곧 해적선으로 보이는 범선 세
척이 시야에 들어왔다. 그는 인드라망으로 해적선을 탐지한
상태지만 해적선은 아직 그들을 발견하지 못한 듯했다.

이준성은 권준을 불러 함대 전체를 멈춰 세운 다음, 그가
승선한 해왕 1호만 해적선이 있는 방향으로 나아가게 했다.
함대 전체가 몰려가면 숫자에서 밀린 해적선이 도망칠 수 있
으므로 이준성은 해왕 1호를 미끼로 삼을 계획이었다.

그렇게 10분가량 항해했을 때였다. 해왕 1호를 발견한 해
적선 세 척이 급히 선수를 돌려 접근해 왔다. 해적선 돛대에
달린 깃발에 한자로 왕이란 글자가 크게 적혀 있었다. 이는
이준성과 충무함대가 번지수를 제대로 찾아왔다는 의미였
다.

권준은 나머지 함대를 지휘하기 위해 해룡 1호로 옮겨 탄 상태였기 때문에 이준성은 해왕 1호 함장인 어영담과 상의해 해적선을 물리칠 작전을 세웠다. 사실, 작전이랄 게 없었다.

　해적선이 다가오길 기다리다가 한 번에 해치우는 작전이었다. 이준성은 고개를 돌려 함교에 올라가 있는 어영담을 보았다. 어영담은 준비가 끝났다는 듯 고개를 끄덕여 보였다.

　잠시 후, 해적선 세 척 중 두 척이 해왕 1호 양 현 옆에 배를 붙여 왔다. 또 남은 해적선 한 척은 크게 우회해 해왕 1호의 퇴로를 차단했다. 해적이 즐겨 쓰는 기본 전술인 듯했다.

　해적선 두 척이 사정거리 안에 들어오기를 기다리던 이준성은 즉시 어영담에게 함포 포격을 명령했다. 명령을 받은 어영담은 곧장 2층 갑판에 있는 포술장에게 전령을 파견했다.

　그로부터 10초 후, 2층 갑판에 배치한 진천 1호 24문 중에 총 여섯 문이 사정거리에 들어온 해적선 두 척을 조준해 유성 3호를 발사했다. 귀청을 찢는 포성이 울리는 가운데 포격할 때 생긴 반동으로 선체가 우그러질 것처럼 비틀렸다.

　그러나 유진이 설계한 해왕 1호는 과연 뛰어나기 짝이 없어 곧 그 반동을 흡수해 선체를 다시 원래 상태로 돌려놓았다.

이준성의 시선이 양 현으로 접근 중이던 해적선으로 향했다.

콰앙!

우현으로 접근하던 해적선 뱃전에 유성 3호 한 발이 명중했다. 세 발 중 한 발이 명중했으니 명중률은 33센트에 불과했지만, 그 한 발만으로 해적선을 항해 불능으로 만드는 데 성공했다.

화르륵!

뱃전 안에서 폭발한 유성 3호가 불길을 뿜어내는 순간, 선체 가운데가 쪼개지며 불꽃이 크게 일어나 돛대를 불태웠다.

이준성은 고개를 돌려 좌현으로 접근하던 해적선을 관찰했다.

좌현으로 접근하던 해적선은 우현으로 접근하던 해적선보다 상태가 훨씬 좋지 않았다. 좌현으로 접근하던 해적선은 유성 3호 두 발을 선수와 선미 양쪽에 정통으로 맞아 배 전체가 불길에 휩싸이며 세 동강으로 쪼개지기 직전이었다.

갑판에 있던 해적들은 해적선이 산산조각 나기 전에 바다에 뛰어들었지만, 그 수는 그리 많지 않았다. 해적 대부분은 유성 3호가 폭발할 때 폭발반경에 서 있다가 즉사했거나, 아니면 화재와 같은 2차 피해로 인해 전열에서 이탈했다.

콰콰쾅!

그때, 엄청난 불길이 치솟으며 해적선이 통째로 터져 버렸다. 유성 3호가 만든 화재가 해적선에 실린 화약에 불을 붙인 듯했다.

해왕 1호 갑판 위에서 전투태세를 갖추던 해군 병사와 홍염대대 병사들은 깜짝 놀라 갑판 바닥에 엎드렸다.

병사들 대부분은 왜선을 상대로 진천 1호를 쏴 본 경험이 있지만, 그 배에는 화약이 실려 있지 않아 배가 통째로 폭발하는 광경을 본 적은 없었다. 병사들은 불과 5, 60미터 거리에서 벌어진 엄청난 광경에 놀라 벌어진 입을 다물지 못했다.

일제 포격 한 번으로 해적선 한 척을 격침, 다른 한 척은 항해 불능으로 만들어 버린 해왕 1호는 선수를 돌려 선회했다.

해왕 1호의 퇴로를 차단하기 위해 돌아가던 해적선 한 척이 다른 해적선이 침몰하는 모습을 보기 무섭게 도망쳤기 때문이었다. 한데 두 배는 기본적으로 속도 차이가 엄청났다.

해적선이 3, 4분 먼저 도망치기 시작했지만, 해왕 1호는 불과 10분이 지나기 전에 해적선을 완벽히 따라잡는 데 성공했다. 해적선은 해왕 1호를 떨쳐 내기 위해 갖은 애를 썼지만, 권준이 지휘하는 충무함대 본대가 학익진으로 포위망을 갖추어 나타나는 모습을 보고는 결국 돛대에 백기를 걸었다.

이준성은 즉시 홍염대대를 해적선에 투입해 해적들의 무장을 해제시켰다. 홍염대대는 해병대의 임무를 수행하는 특수부대로 그가 육군과 해군에서 심혈을 기울여 선발한 병력으로 이루어져 있었다. 홍염대대 병사들은 우선 뱃멀미에 전혀 영향을 받지 않았으며, 전투 수영에 능해 1, 2킬로미터는 수영으로 쉽게 왕복할 수 있는 기술과 체력을 갖추고 있었다.

또 홍염대대는 국군이 쓰는 모든 무기를 다룰 줄 알았으며 백병전과 원거리 교전은 물론이거니와 잠입, 암살과 같은 특수임무까지 수행할 수 있도록 강도 높은 훈련을 받았다.

홍염대대 대대장 송대립에게서 해적선을 완벽히 접수했다는 보고를 받은 이준성은 권준에게 바다에 빠진 해적을 끌어올리란 명령을 내린 다음, 나포한 해적선으로 직접 건너갔다.

해적선 선창에는 홍염대대가 제압한 해적 40여 명이 꿇어앉아 있었다. 이준성은 그들의 얼굴을 주의 깊게 살펴보았다.

대부분 중국인이지만 가끔 외국 출신으로 보이는 해적과 동남아에서 온 게 분명한 해적을 몇 명 발견할 수 있었다. 무엇보다 놀라운 점은 그들 중에 백인이 두 명이나 끼어 있다는 점이었다. 한 명은 갈색 머리에 갈색 눈을 지닌 라틴계 백인이었다. 또 다른 한 명은 붉은색 머리카락에 푸른 눈동자를 지녔는데, 북유럽이나 중부유럽 출신으로 보였다.

백인이 이 먼 아시아 끝자락에서 해적질하는 게 신기하긴 하지만 그들은 그가 찾는 해적이 아니었다. 이준성은 해적 중에 그가 찾는 해적이 있는지 찾다가 결국 두 손을 들었다.

잠시 후, 이준성은 해적들을 향해 불쑥 물었다.

"여기 조선 사람 있나?"

그때, 40대로 보이는 중년 사내가 깜짝 놀란 표정으로 이준성을 쳐다보다가 급히 고개를 숙이는 모습이 눈에 들었다.

"하하, 딱 걸렸군."

이준성은 즉시 그 중년 사내를 앞으로 불러냈다.

이준성은 중년 사내를 해적선 선실에 데려가 물었다.

"이름이 뭔가?"

사내는 지금 상황이 영 마음에 안 든다는 표정으로 되물었다.

"배에 조선인이 있는지 당신이 물었을 때, 고개를 숙이지 않았으면 내가 조선인이란 사실을 몰랐을 거요. 그렇지 않소?"

이준성은 피식 웃었다.

"질문을 질문으로 대답하는군. 별로 좋은 습관은 아니야. 하지만 초면이니 특별히 용서해 주지. 해적 중에 네가 조선인이란 사실을 아는 해적이 있겠지? 아마 있을 거야. 고토열도에 있는 조선인 해적끼리 뭉쳐 다녔을 테니까. 그렇지 않나?"

사내는 순순히 수긍했다.

"그렇소. 해적들 대부분이 알 거요. 내가 조선인이란 사실을."

"그럼 해적 방식대로 한 놈씩 바다에 빠트리다 보면 해적들이 언젠간 네가 조선인이란 사실을 불겠지. 설마 해적들이 목숨까지 버려 가며 의리를 지킬 거로 생각하는 건 아니겠지?"

사내가 이준성을 노려보며 눈을 부라렸다.

"지독한 놈이군."

"지독? 하하, 이 새끼가 감히 누구 앞에서 훈계질이야? 해적질로 벌어먹는 새끼가 감히 내 앞에서 지독하단 말을 씨불여?"

이준성은 한 손으로 사내의 목깃을 잡아 끌어올리고선 오른 무릎으로 사내의 명치를 찍었다. 사내는 숨을 쉴 수 없는지 숨을 급히 들이마시며 두 손으로 명치 부위를 부여잡았다.

"그거 가지고 뭘 아프다고 징징거려, 이 새끼야."

이준성은 사내의 머리를 잡아 선실 벽으로 냅다 던져 버렸다.

콰앙!

선실 벽에 부딪힌 사내가 일어나기 위해 버둥거리다가 머리가 핑핑 도는지 술에 취한 사람처럼 다시 벌렁 나자빠졌다.

그때, 선실 문이 벌컥 열리며 한명련이 얼굴을 들이밀었다. 흑룡대대장 한명련은 이준성의 호위를 위해 흑룡대대 안에서 가려 뽑은 정예 10여 명과 충무함대에 합류한 상태였다.

한명련은 나자빠진 사내를 힐끔 보고는 조용히 문을 닫았다.

이준성은 나자빠진 사내의 가슴 위에 다리를 올리며 물었다.

"자, 이젠 내 질문에 제대로 대답할 마음이 생겼겠지?"

그러나 사내는 대답 대신, 이준성의 얼굴 쪽으로 침을 뱉었다.

그러나 침은 이준성의 얼굴에 닿기 직전 중력의 영향을 받아 자기 얼굴로 다시 떨어졌다. 자기 얼굴에 침 뱉는다는 속담과 의미는 조금 다르지만 어쨌든 상황은 아주 비슷했다.

이준성은 사내의 가슴을 밟은 다리에 힘을 주며 이죽거렸다.

"아직 살 만한가 보군."

사내는 보기 드문 강골이지만 이준성이 자기 체중을 잔뜩 실어 가슴을 자근자근 밟는 통에 결국 비명을 크게 질렀다.

"자, 잘못했소! 사, 살려 주시오! 내, 내 이름은 고, 고산동이오!"

이준성은 미간을 살짝 찌푸리며 다시 물었다.

"제주에 고 씨가 많이 산단 말을 들은 적 있는데 제주 사람이야?"

"그, 그렇소. 제주에서 포, 포작으로 있었소."

포작은 바다에 잠수해 해산물을 채취하는 사내를 의미했다. 같은 일을 하는 여자는 따로 잠녀라 불렀다.

한데 제주에서 들은 것처럼 포작과 잠녀는 매해 엄청난 양의 공물을 진상해야 했기 때문에 열에 일곱은 야반도주한단 말이 있을 지경이었다.

심지어 제주는 여자가 사내보다 많은 섬이지만, 포작과는 절대 결혼하지 말라는 격언까지 있었다. 포작과 결혼하느니 차라리 혼자 사는 편이 더 낫다는 의미였다.

이준성은 목소리를 누그러트리며 물었다.

"그럼 공납 때문에 도망친 거야?"

고산동은 그렇다는 듯 재빨리 고개를 몇 번 끄덕였다.

"그, 그렇소. 포작은 매해 관아에 삼베 20필에 해당하는 공물을 바쳐야 하는데, 운수가 대통하지 않고선 절대 맞출 수 없는 양이었소. 그 때문에 대부분 중간에 야반도주하는데 뭍으로 가면 잡힐 위험이 있어서 이곳으로 도망쳐 나온 거요."

이준성은 미심쩍은 기색으로 물었다.

"진짜겠지? 설마 제주에서 누굴 죽이거나 여자를 강간한 후에 잡힐 게 두려워 이곳으로 도망쳐온 건 아니겠지?"

고산동은 답답하다는 듯 목청을 높여 대답했다.

"제주 관아에 가서 내 이름을 대 보시오. 그럼 바로 알 수 있소. 그들은 내가 공납 때문에 도망친 포작이지, 누굴 죽이거나 여자를 강간해 도망친 게 아니란 답변을 해 줄 거요."

"좋아. 확인하는 거야 별로 어려운 일이 아니지."

이준성은 고산동의 가슴 위에 올려놓은 다리부터 치운 다음, 그의 팔을 잡아 재빨리 일으켜 세웠다. 고산동은 벽에 부딪힌 머리와 이준성에게 밟힌 가슴을 부여잡으며 서 있었다.

이준성은 고산동을 벽에 붙어 있는 의자에 앉히며 다시 물었다.

"고토열도에는 당신 같은 조선인이 얼마나 있어?"

"100여 명가량 있소."

"꽤 많군. 그럼 다른 나라 출신은 얼마나 있는데?"

고산동은 그가 자길 죽이지 않으리라 확신한 듯했다.

훨씬 고분고분한 태도로 그의 질문에 상세히 대답했다.

"고토열도 전체로 따지면 5,000명이 넘을 것이오. 한데 그들 대부분은 명나라 연안 출신이오. 거의 7할 가까이가 그렇지. 나머지 3할은 나 같은 조선인이거나 다이묘 밑으로 들어가지 않은 왜구, 섬라와 남월 같은 곳에서 온 사람들이오. 물론 당신 역시 좀 전에 봤겠지만, 홍모인 해적 역시 적지 않소. 그들은 이곳 해적에게 습격당해 포로로 잡혔다가 마음이 바뀌어 눌러앉은 상황에 해당하오."

이준성은 미간을 살짝 좁혔다.

"방금 네가 나에게 말해 준 정보는 모두 틀림없는 사실이겠지?"

고산동은 불쾌한 표정으로 대답했다.

"내가 이런 상황에서 왜 거짓말을 하겠소?"

"나를 엿 먹일 목적으로 가짜를 끼워 넣지 말란 법이 없으니까."

고산동은 기분이 나쁘다는 듯 몸을 옆으로 홱 돌렸다.

"흥, 믿기 싫으면 믿지 마시오. 다른 사람에게 물어보면 금방 알 수 있는 사실인데 내가 왜 당신에게 거짓말을 하겠소?"

이준성은 바로 수긍했다.

"그거야 그렇겠지. 그보다 넌 이 해적선에서 무슨 일을 했던 거야? 해적치곤 나이가 많아 보이는데 아직 쫄따구인 거야?"

고산동은 갑자기 어깨를 쫙 펴며 대꾸했다.

"난 이 배의 선장이었소."

"선장? 그럼 네가 이 배를 지휘했단 거야?"

"그럼 당연히 선장이 배를 지휘하지 누가 지휘하겠소?"

"흠, 인제 보니 성공한 해적이었구먼."

"이곳에서는 거의 모든 게 능력 위주요. 물론 맨 윗대가리야 자기들끼리 돌아가며 해 먹는 게 다반사지만, 그 밑 단계까진 능력이 있으면 출신에 상관없이 위로 올라갈 수 있소."

이준성은 피식 웃었다.

"좋아, 고 선장. 이제 본격적으로 일 이야기를 해 보자고."

고산동은 무슨 소리냐는 표정으로 물었다.

"일? 무슨 일 말이오?"

"넌 우리가 왜 이 먼 바다까지 나와서 해적선을 털었다고 생각하는 거야? 우리가 심심해서 이런 짓을 벌이는 줄 알았어?"

고산동은 조금 놀란 표정으로 물었다.

"그, 그럼 당신들은 고토열도를 치러 왔단 거요?"

"하하, 머리가 아주 굳지 않은 모양이군."

"맙소사! 당신들은 얼마 전까지 왜군의 침략을 받았지 않소? 그런 상태에서 고토열도를 칠 힘이 아직 남아 있단 거요?"

"웃기는 질문이군. 좀 전의 일은 벌써 까먹은 거야?"

고산동은 다행히 까먹지 않은 듯했다.

"물론 당신들이 신기한 무기를 써서 다른 해적선 두 척을 불태우는 모습을 봤지만 고토열도는 고작 10척의 군함으론 어찌해 볼 수 없는 상대요. 보유한 해적선만 100척이 넘는 데다 그 해적선에 탄 해적들은 모두 산전수전을 다 겪은 자들이란 말이오. 아마 작은 섬조차 점령하지 못할 거요."

이준성은 귀찮다는 듯 손을 내저었다.

"그건 네가 신경 쓸 문제가 아니야. 그보다 섬에는 보물이 얼마나 남아 있어? 왕직이 죽기 전에 유산을 남겼을 거 아냐?"

고산동은 고개를 갸웃거렸다.

"왕직의 유산이 있는 건 분명한데 어디 있는지 아는 사람은 극소수일 거요. 물론 나는 그 극소수에 들어가지 못하오."

"그럼 해적들이 약탈한 재산은 얼마나 있어?"

"그 재산은 섬에 있는 동굴 깊숙한 곳에 있다는 소문을 들었소."

이준성은 잠시 생각하다가 품속에서 고토열도 지도를 꺼냈다.

고산동은 무슨 보물을 본 사람처럼 눈이 휘둥그레졌다.

"이, 이건……."

"그렇게 놀랄 필요 없어. 고토열도를 그린 항해지도니까. 자, 이 지도를 이용해 고토열도의 현재 상황을 자세히 설명해 봐."

고산동은 노련한 선장답게 이준성이 보여 준 지도가 평범한 항해지도가 아님을 바로 알아본 눈치였다. 그는 지금까지 암초와 조류를 기록한 이런 항해지도를 본 적이 없는 듯했다.

충격에서 헤어 나온 고산동은 약간 흥분한 목소리로 물었다.

"이런 지도를 소지하고 있으면 야간에도 섬 사이를 마음대로 돌아다닐 수 있겠군. 대체 이런 지도를 어디서 구한 거요? 고토열도에 사는 이들조차 이런 지도를 만들지 못했는데."

"그보다 섬이 어떤 상황인지나 빨리 말해 봐."

정신을 차린 고산동은 지도의 섬을 가리키며 설명했다.

"알겠지만 섬 다섯 개가 일렬로 늘어서 있는 모습 땜에 고토열도라 부르는데, 정확히 말하면 카바 섬까지 해서 모두 여섯 개의 섬이 있소. 이 지도에 나온 것처럼 그중 가장 큰 섬은 가장 남서쪽에 있는 후쿠에 섬이오. 또 두 번째로 큰 섬은 가장 북동쪽에 있는 나카도리 섬이오. 후쿠에 섬과 나카도리 섬 사이에 와카마쓰, 나루, 히사카 섬이 있소."

고산동은 입술에 침을 살짝 바른 다음, 설명을 이어 갔다.

"여기부터가 중요한데 지금 고토열도는 세력이 두 개로 나누어져 반목하는 중이오. 원래는 가장 큰 후쿠에 섬을 차지한 왕중칙이란 두목이 고토열도 전체를 지배했는데, 몇 년 전에 시마즈 가문이 뒤를 봐주는 마쓰모리라는 자가 나타나 왕중칙에게 반기를 들었소. 마쓰모리는 손속이 아주 잔혹한 데다 시마즈 가문의 지원까지 받아 병력이 충분했기 때문에 곧 나카도리 섬과 와카마쓰 섬 두 개를 자기 지배하에 둘 수 있었소. 기세가 오를 대로 오른 마쓰모리는 지금 세 번째 섬인 나루 섬 앞바다에서 왕중칙에게 싸움을 거는 중인데, 왕중칙은 신중한 자라 도발에 걸려들지 않는 중이오. 다시 말해 섬 다섯 개 중 세 개는 왕중칙이, 두 개는 마쓰모리가 각각 차지한 상태에서 치열한 암투를 벌이는 중이오."

이준성은 해적선에 걸려 있던 왕 씨 깃발이 생각나 급히 물었다.

"그럼 너는 왕중칙 소속이야?"

"그렇소. 이번에 나온 세 척 모두 왕 대인의 해적선이오."

"왕중칙과 왕직은 무슨 관계지?"

"왕직이 여기서 거둔 양자요."

이준성은 고산동을 내보내고선 중국 출신 해적 하나와 왜구 하나를 불러 통역을 이용해 고산동이 말한 정보가 맞는지 교차 확인하는 과정을 거쳤다. 한데 고산동은 정말 사실만 말한 듯했다. 그가 말한 정보가 모두 사실로 판명 났다.

이준성은 그 정보를 토대로 작전을 세운 다음, 함대를 고토열도로 움직였다. 며칠 후, 고토열도를 크게 우회한 충무함대는 그가 생각한 목적지인 카바 섬 남안에 무사히 도착했다.

독재자

4장. 조호이산

카바 섬은 일렬로 늘어서 있는 고토열도 다섯 개의 섬 가운데에서 남동쪽으로 4킬로미터가량 떨어진 곳에 홀로 있었다.

고산동이 이준성에게 준 정보에 따르면 카바 섬은 곳곳에 암초가 깔린 기뢰 밭과 다름없어 해적은 카바 섬 방향으로는 오줌조차 잘 누지 않았다. 그러나 유진이 제작한 항해지도를 가진 이준성에게 카바 섬에 깔린 암초는 큰 문제가 아니었다. 오히려 그 암초가 그의 작전을 도와주기까지 했다.

해적선이 카바 섬 근처로는 올 생각을 전혀 하지 않았으므로 당분간 숨어 있기에는 이보다 좋은 은신처가 없었다. 이준성은 야간에 암초를 피해 카바 섬 남안에 정박하는 그야말로 서커스 같은 활약을 펼쳐 해적의 감시를 피하는 데 성공했다.

이준성은 충무함대장 권준에게 군함 주위에 섬에서 꺾어온 나뭇가지 등을 세워 위장하란 지시를 내리고선 정찰선에 올라 카바 섬 북쪽으로 올라갔다. 사실 정찰선이라기보다는 대여섯 명이 타면 꽉 차는 작은 조각배였다.

이준성은 왜국 어부처럼 위장한 상태에서 한명련, 고산동 등과 조각배를 몰아 카바 섬 북쪽으로 올라가며 주변을 탐색했다.

카바 섬과 나루 섬 사이의 간격이 5킬로미터가 넘지 않기 때문에 곧 나루 섬 남쪽 해안에 줄지어 늘어서 있는 해적선 30척을 발견할 수 있었다.

그러나 왕중칙의 해적선은 아니었다. 해적선 깃발에 한자로 마쓰모리라는 글자가 적혀 있었다.

이준성은 고산동을 선수로 불러 어깨동무한 상태에서 물었다.

"저 섬에 있는 해적선은 모두 마쓰모리의 것인가?"

고산동이 손으로 해 가리개를 만들어 열심히 살펴보았지만, 거리가 먼 탓인지 미간을 찌푸리다가 결국 고개를 저었다.

"참 나, 내가 독수리요? 이 먼 거리에서 그걸 어찌 확인하란 거요? 마쓰모리인지 알려면 지금보단 가까이 가야 할 거요."

노를 젓던 한명련이 발끈해 칼집으로 고산동의 엉덩이를 찔렀다. 이준성을 대하는 고산동의 태도가 마음에 들지 않았기 때문이다. 고산동은 그의 정체를 아직 모르는 상태였다.

그러나 고산동 역시 배포가 그리 작은 사내는 아니었다.

바로 돌아서서 한명련에게 삿대질을 하며 소리쳤다.

"마빡에 피도 안 마른 새끼가 감히 어르신 궁둥이를 찔러? 한 번만 더 그러면 다음번엔 물고기 밥으로 만들어 주겠어!"

그 말에 화가 치솟은 한명련은 벌떡 일어나 칼자루에 손을 얹었다. 여차하면 칼을 뽑아 베어 버리겠다는 표현이었다. 고산동은 벨 테면 베라는 듯 오히려 가슴을 쭉 내밀었다.

피식 웃은 이준성은 한명련에게 그만하라는 듯 손을 슬쩍 내저은 다음, 다시 고산동의 어깨 위에 팔을 올리며 물었다.

"마쓰모리 해적선은 평소에 어떤 깃발을 사용하지?"

한명련을 한참 노려보던 고산동이 선심 쓰듯 대답했다.

"그놈은 깃발에 자기 이름을 대문짝만하게 적어 놓고 다니오."

"그럼 마쓰모리가 맞겠군. 해적선 깃발에 이름이 적혀 있으니까."

고산동은 미심쩍은 기색으로 물었다.

"그럼 당신은 이 먼 거리에서 해적선 깃발에 적혀 있는 글자를 읽을 수 있단 거요? 독수리는 내가 아니라 당신이구먼."

"이 사람아, 당연히 읽을 수 있으니까 물어봤지."

고산동은 알겠다는 듯 고개를 끄덕였지만, 표정은 달랐다. 표정을 봐선 이준성이 거짓말을 하고 있다고 생각하는 듯했다.

잠시 후, 고산동이 나루 섬을 가리키며 설명했다.

"마쓰모리가 틀어막은 저 나루 섬은 규모가 작소. 해적선 10척과 해적 2, 300명이 있을 뿐이지. 하지만 저 나루 섬이 마쓰모리 일당에게 넘어가면 마쓰모리는 나루 섬을 기반 삼아 그 뒤에 있는 히사카와 후쿠에를 차례로 건드리려 들 것이오."

이준성은 고개를 끄덕였다.

고산동은 며칠 전 그에게 고토열도에 있는 섬 다섯 개를 왕중칙과 마쓰모리라는 두 해적 두목이 양분한 상태란 정보를 알려 주었다.

지금은 왕중칙이 가진 해적단이 마쓰모리보다 좀 더 커서 나루, 히사카, 후쿠에 세 섬을 차지한 상태이며, 왕중칙의 경쟁자인 마쓰모리는 규슈 나가사키와 가까운 쪽에 있는 나카도라와 와카마쓰 두 섬을 소유한 상태였다.

한데 시마즈 가문의 지원을 받은 덕분에 간덩이가 잔뜩 부어오른 마쓰모리가 왕중칙의 섬인 나루 섬 남쪽 항구에 자기 해적선 30척을 도열시킨 다음, 끊임없이 도발하는 중이었다. 그러나 마쓰모리 뒤에 시마즈 가문이 있다는 사실을 파악한 왕중칙은 그 도발에 쉽게 넘어가 주지 않고 있었다.

뒤에서 노를 젓던 부관 정충신이 물었다.

"시마즈 가문은 왜 마쓰모리와 같은 해적의 뒤를 봐주는 걸까요? 규슈 북쪽으로 그들의 세력을 더 넓히기 위해서일까요?"

이준성은 고개를 끄덕였다.

"규슈를 통일하기 거의 직전에 있던 시마즈 가문은 혼슈에서 넘어온 도요토미 히데요시의 대군에게 패해 좌절을 겪은 뼈아픈 경험이 있지. 도요토미 히데요시가 요새 정신이 오락가락한다는 사실을 알아낸 시마즈 가문은 어쩌면 도요토미 히데요시 사후에 전국시대가 또다시 도래할지 모른단 기대감에 북쪽에 미리 밑밥을 깔아 두는 거야. 그들이 규슈 북쪽으로 직접 진출하면 도요토미 히데요시의 견제를 받을 테니까 해적이 차지한 고토열도 쪽을 이용하여 우회해 보려는 속셈이지."

"시마즈 가문은 임진왜란에서 엄청난 손해를 입었다는 말을 들었는데, 아직 규슈 통일이란 야망을 버리지 못한 모양이군요."

"아마 가문이 가진 저력으로 따지면 시마즈 가문은 왜국에서 세 손가락에 들 거다. 무시할 수 없는 가문이라는 얘기지."

이준성과 정충신의 얘기를 듣던 고산동이 놀라 물었다.

"다, 당신들은 대체 누구요? 어떻게 그런 정보까지 아는 거요?"

정충신은 이준성처럼 피식 웃으며 되물었다.

"그럼 고 선장님은 지금까지 우리가 누군지 아셨는데요?"

고산동은 이준성의 눈치를 슬쩍 살피며 물었다.

"그야 제주 같은 데서 온 해적 친구들인 줄 알았지……."

한명련이 톡 쏘아붙였다.

"우리보고 해적이라니 기가 차서 말이 안 나오는군. 제주도에서 도망치기 전에 이런 화력을 지닌 범선을 열한 척이나 운용하는 대규모 해적단이 있다는 소문을 들은 적이 있소?"

고산동은 같이 쏘아붙였다.

"내가 거길 떠난 지가 벌써 10년이야, 10년! 10년이면 강산조차 변한다는데, 그사이 무슨 일이 생겼을지 내가 어떻게 알아? 막말로 조선 바다에 해적 떼가 창궐했을지도 모르지."

한명련은 미간에 깊은 주름을 만들며 목소리를 잔뜩 깔았다.

"영감, 앞으로는 말을 가려서 하는 편이 신상에 좋을 거요."

"새파랗게 어린놈이 말대가리에 자꾸 영감, 영감 붙이는데, 뭍에선 네가 셀지 모르지만 물에선 넌 내 상대가 되지 못해!"

그때, 이준성이 손을 들었다.

"둘 다 그만해라. 누가 오는 것 같으니까."

한명련과 고산동은 그제야 입을 다물었다.

잠시 후, 마쓰모리의 정찰선으로 보이는 작은 배가 나타났다.

고산동은 약간 걱정스러운 목소리로 이준성의 귀에 속삭였다.

"저놈들이 우리 배를 조사하려는 모양인데, 빠져나갈 수단이 있겠소? 놈들이 내 얼굴을 아는 탓에 난 도와줄 수 없소."

이준성은 고산동의 등을 툭 쳤다.

"걱정하지 마. 네 도움을 받을 생각은 처음부터 없었으니까."

그때, 뒤에서 조용히 키를 움직여 배를 조종하던 진에몬 나가토리와 나가츠네 형제가 선수로 이동해 정찰선을 기다렸다.

잠시 후, 그들 배 옆에 정찰선 선수를 바짝 가져다 붙인 마쓰모리 해적 하나가 선수 쪽에 서 있는 나가토리에게 질문했다. 나가토리는 곧장 구수한 규슈 북부 사투리로 대답했다.

두 사람은 동향인 듯했다. 웃음꽃까지 피워 가며 한동안 이야기를 나눴고, 이후 나가토리에게 조심해서 가라는 듯 손까지 흔들어 보인 해적이 마쓰모리의 함대로 돌아갔다.

이준성은 같이 손을 흔드는 나가토리에게 물었다.

"놈이 뭐라더냐?"

"제 사투리를 듣고선 고향이 어디냐 묻기에 구마모토 쪽이라니까 자기 역시 그곳 출신이라며 고향 얘기를 잠깐 했사옵니다. 고향 얘기를 다 한 다음에는 나루 섬은 지금 상황이 별로 좋지 않으니까 다른 섬 근처에 가서 고기를 잡는 게 좋을 거라며 충고해 주기에 알려 줘 고맙다고 했사옵니다."

"잘했다."

"별거 아니었사옵니다."

이준성에게 깍듯이 절을 올린 진에몬 형제는 다시 선미로 가서 배의 키를 잡았다. 한명련과 정충신은 놀라지 않았지만, 고산동은 뒤통수를 맞은 사람처럼 얼얼한 표정을 지었다.

고산동은 이준성에게 다시 속삭여 물었다.

"저들이 왜국 사람이었소?"

이준성은 히죽 웃으며 대답했다.

"맞아. 우리말을 아주 잘하는 왜국 사람이지."

고산동은 이준성 일행의 정체를 점점 더 모르겠단 표정을 지었다. 진에몬 형제는 이준성이 대호골에서 거병할 때부터 따른 초창기 항왜 출신으로 비룡여단 대대장까지 역임했지만 얼마 전에 비룡여단에서 은호원으로 보직을 옮겼다.

그로부터 반나절 가까이 팔이 부러져라, 노를 저은 후에는 목적지인 후쿠에 섬의 고토란 곳에 도착했다. 고토는 왕중칙의 해적단이 있는 어촌이었다. 날이 완전히 저물기를 기다린 이준성은 자정이 막 지났을 때, 섬에 상륙해 시계 반대 방향으로 우회했다. 지리는 고산동이 잘 알기 때문에 도중에 헤매는 일 없이 그가 원하는 장소에 도착할 수 있었다.

새벽 세 시가 막 지났을 무렵, 이준성 일행은 해적단이 기거하는 커다란 어촌의 전경을 한눈에 조망할 수 있는 절벽 위에 도착해 베이스캠프를 만들었다. 베이스캠프를 완성한 다음에는 정충신과 진에몬 형제를 남겨 그곳을 지키게 했다.

이준성은 새벽 네 시에 한명련, 고산동 두 명만 대동한 상태에서 절벽을 내려와 고산동이 말한 장소로 은밀히 이동했다.

바로 해적단 두목 왕중칙이 기거하는 3층짜리 건물이 정면으로 보이는 작은 숲이었다. 숲에 도착한 이준성은 고산동과 나무 위에 올라가 왕중칙의 거처를 정찰했다. 그사이, 한명련은 주위를 돌아다니며 부비트랩을 설치해 퇴로를 구축했다.

고산동은 걱정스러운 목소리로 물었다.

"왕 대인을 죽일 생각이오?"

"왜 그런 생각을 했지?"

"쳇, 그야 뻔한 거 아니겠소? 왕 대인을 죽일 생각이 아니면 왕 대인의 저택이 보이는 이곳에 매복했을 까닭이 없지 않겠소?"

이준성은 피식 웃었다.

"왜? 왕 대인이 걱정되나?"

고산동이 머리를 긁적거리며 대답했다.

"뭐 꼭 그런 건 아니지만, 어쨌든 왕 대인은 괜찮은 사람이오."

"어떻게 괜찮은데?"

"왕 대인은 평소에 부하들에게 잘 대해 주는 사람이오."

"그 왕 대인에게 목숨을 잃었거나 재산을 잃은 사람들은 다른 말을 할 테지. 그렇지 않나? 그가 최악의 악인은 아닐지 모르지만 그게 그를 용서해야 한다는 뜻은 아니야."

고산동은 반박할 수 없다는 듯 시무룩한 표정을 지었다.

그때, 날이 완전히 갠 듯 섬 안개가 천천히 물러나며 주위 사물이 좀 더 선명해졌다. 잠시 후, 왕중칙으로 보이는 중년 사내가 거처 밖으로 나왔다. 이준성은 황돈대대장 조인호가 그를 위해 특별히 제작한 어총으로 왕중칙을 겨누었다.

◆　◈　◆

현재 한국군은 왜군에게 노획한 조총을 주요 화기로 사용하는 중이었다. 임진왜란 당시, 왜군이 가져온 조총이 워낙 많아 충분한 숫자의 조총병을 유지하는 데 별 어려움이 없었다.

그러나 조총을 계속 사용할 수는 없는 노릇이었다. 16세기 말에는 적보다 강한 전력을 갖추는 방법이 크게 두 가지였다. 첫 번째는 적보다 많은 병력을 유지하는 방법이었다. 그리고 두 번째는 적보다 좋은 무기를 보유하는 방법이었다.

물론 21세기에선 소총으로 무장한 100만 명보다 최첨단 전투기와 강력한 대공, 대지미사일을 보유한 군대가 더 강하지만, 16세기엔 병력 역시 경쟁력을 갖추는 방법 중 하나였다.

그러나 그가 생각하기에 한반도에서 최대로 뽑아낼 수 있는 병력은 10만이 넘지 않았다. 현재 대한민국의 인구가 문서에 올라와 있지 않은 백성까지 모두 합쳤을 때 1,000만 명 안팎이란 점을 고려하면, 인구 100명당 병사가 한 명인 셈이라 병력을 그보다 많이 늘릴 경우 경제에 타격을 입을 수 있었다.

그렇다면 그가 조선에서 이른 시일 내에 전력을 끌어올릴 수 있는 거의 유일한 방법은 적보다 뛰어난 무기를 생산하는 일이었다.

다행히 그에겐 방대한 데이터베이스를 지닌 유진이 있어 새로운 무기 개발이 그리 어려운 일은 아니었다.

이준성은 그런 생각에서 진천 1호, 해룡 1호 등을 제작해 보급했다. 그러나 진천 1호, 해룡 1호는 군의 전체적인 전력을 끌어올려 주는 무기였지, 보병의 전력을 끌어올리는 무기는 아니었다.

어차피 어떤 전쟁이든 전투의 마무리는 소총을 쥔 보병이 지어야 하므로 보병에게 뛰어난 소총을 쥐여 줄 수 있다면 군의 전력을 빠르게 끌어올릴 수 있었다.

이준성은 새로운 소총 개발에 앞서 기술자들이 우선 총의 작동 메커니즘을 이해할 수 있도록 조총을 분해해 구조를 파악한 다음 똑같이 복제하란 명령을 내렸다. 이준성이 지금 사용하는 어총은 그런 방식으로 복제한 조총 중 하나였다.

이준성은 어총으로 왕중칙을 겨누었다. 왕중칙은 50대 초반으로 보였다. 머리가 반쯤 벗겨진 그는 살집마저 두둑해 해적 두목보단 돈 많은 상인에 더 가까운 외모였다.

이준성은 어총 가늠자로 출렁이는 살 때문에 걸음이 느린 왕중칙의 미간을 조준했다. 그가 굳이 왕중칙이 거주하는 3층 건물 정면에 자리 잡은 이유는 건물 앞에 1자로 뻗은 곧은길이 나 있기 때문이었다. 만약 옆에서 조준했다면 횡으로 움직이는 표적을 겨눠야 하지만 지금처럼 정면에 자리를 잡으면 총구 쪽으로 다가오는 표적을 조준할 수 있었다.

방아쇠울에 손가락을 살짝 집어넣은 상태에서 잠시 고민하던 이준성은 총구의 방향을 옆으로 1밀리미터가량 움직였다. 곧 표적이 가늠쇠 안으로 들어오며 조준이 이루어졌다.

이준성은 들이마신 숨을 천천히 내쉬며 방아쇠울을 당겼다.

타앙!

총구가 살짝 들리며 무연화약이 만든 연기가 피어올랐다. 무연화약은 흑색화약보다 연기가 적을 뿐이지, 전혀 없지는 않았다. 이준성은 인드라망으로 표적의 상태를 확인했다.

100미터 거리에 있는 표적은 코와 입 사이에 탄환을 맞은 듯 얼굴 아랫부분이 온통 피투성이로 변해 있었다. 몸을 지지할 물건을 잡으려는 사람처럼 양팔로 허공을 몇 번 허우적거리던 표적은 이내 상체가 뻣뻣하게 굳어 앞으로 쓰러졌다.

이준성은 쓰러진 표적 옆으로 시선을 옮겼다. 그 옆에선 왕중칙이 무릎을 꿇은 자세로 표적의 상태를 살펴보는 중이었다. 왕중칙의 얼굴은 분노와 당황으로 인해 시뻘게져 있었다.

왕중칙이 아직 살아 있다는 말은 당연히 이준성이 쏜 탄환에 맞은 사람이 왕중칙이 아니라는 뜻이었다. 그러나 저격이 실패해 왕중칙이 살아 있단 뜻은 아니었다. 그는 처음부터 왕중칙 옆에서 걸어가던 반두룡이란 젊은 해적을 조준했다.

반두룡은 왕중칙 해적단의 이인자로 왕중칙이 후계자로 점찍은 인물이었다. 나이는 30대 초반에 불과하지만, 수완이 아주 뛰어나 왕직이 죽은 후에 빠른 속도로 몰락해 가던 고토열도 해적단을 다시 본 궤도에 올려놓은 주역 중의 하나였다.

왕중칙은 즉시 부하들에게 탄환이 날아온 숲을 샅샅이 뒤져 자객을 잡아 오라는 명령을 내렸다. 그러나 해적이 숲에 도착했을 땐 이미 이준성 일행이 베이스캠프로 퇴각한 후였다.

그러나 숲이 완전히 비어 있지는 않았다. 한명련이 설치한 부비트랩이 폭발해 숲을 수색하던 해적을 곤경에 빠트렸다.

베이스캠프가 있는 절벽 위에서 숲이 불타는 모습을 잠시 지켜보던 이준성은 곧 일행과 후쿠에 섬을 빠져나왔다. 그날 오후에 충무함대가 있는 카바 섬에 무사히 귀환한 그는 북쪽으로 정찰부대를 대거 파견해 왕중칙의 동향을 관찰했다.

이번 저격 작전은 호랑이가 산을 떠나게 만드는, 즉 조호이산 계획의 일환이었다. 그가 가진 전력으론 후쿠에 섬에 주둔한 왕중칙의 해적단을 해치우기 힘들었다. 이준성이 데려온 홍염대대의 숫자가 200명을 넘지 않아 3, 4,000명에 달하는 해적단을 상대로 육지에서 승부를 보기는 어려웠다.

그러나 그 3, 4,000명이 해적선에 탑승해 바다로 나왔을 때는 얘기가 조금 달라졌다. 그때는 충무함대를 이용해 해치울 수 있으므로 육지에서 승부를 보는 것보다 훨씬 수월했다.

그는 처음에 왕중칙을 없애 버릴 생각이었다. 왕중칙을

죽이면 분노한 그의 부하들이 두목을 죽인 흉수가 마쓰모리라 오해해 복수에 나설 것이기 때문이었다.

그러나 왕중칙 옆에 있는 반두룡이라는 젊은 해적이 마음에 걸렸다. 만약 반두룡이 고산동의 말처럼 정말 뛰어난 지략가라면, 이번 일에 음모가 있을지 모른단 사실을 눈치 챌 위험이 있었다.

고산동의 정보에 따르면 해적단을 실제로 통솔하는 사람은 반두룡이었다. 즉 진짜 주의할 인물은 왕중칙이 아니라 반두룡인 셈이었다.

이준성은 그런 생각이 들기 무섭게 계획을 수정해 반두룡을 먼저 제거하는 방향으로 노선을 틀었다.

왕중칙은 아마 그를 저격하려던 마쓰모리가 실수로 반두룡을 죽였을 거로 오해할 공산이 높았다.

그렇다면 왕중칙의 다음 행동이 중요했다. 만약 왕중칙이 대외에 보여 주던 신중한 성격이 반두룡의 작품이라면, 왕중칙은 고삐 풀린 망아지처럼 날뛸 가능성이 컸다.

또 왕중칙이 반두룡을 후계자감 이상으로 생각했다면 반드시 복수에 나설 게 분명했다.

한데 이준성이 왕중칙과 반두룡의 관계를 제대로 짚은 모양이었다. 해적의 동향을 탐지하던 정찰부대가 해적선 30여 척을 앞세워 후쿠에 섬을 나온 왕중칙이 마쓰모리가 있는 나루 섬으로 이동하는 모습을 보았단 보고를 해 왔다.

이준성은 즉시 카바 섬 남안에 정박해 있던 충무함대를 빼내 카바 섬 오른쪽 바다로 이동시켰다. 날이 완전히 저문 상태였기 때문에 왕중칙의 해적 선단은 바로 나루 섬으로 가는 대신에 히사카 섬에 정박해 날이 밝기를 기다리는 중이었다.

이는 이준성에게 한나절의 여유가 생겼다는 의미였다. 그날 밤, 권준, 어영담 등과 다시 한 번 작전을 점검한 이준성은 병사들을 배불리 먹여 긴 항해로 떨어진 체력을 보충시켰다. 내일 있을 전투 결과에 따라 이번 해외 원정의 성패가 판가름 나기 때문에 완벽한 준비가 필요했던 것이다.

다음 날 새벽, 이준성은 바다를 뒤덮은 새벽안개 속에서 정찰선에 탑승해 나루 섬 앞바다로 조용히 이동했다. 그가 나루 섬 남안이 보이는 장소에 도착했을 땐 날이 이미 완전히 개어 새벽안개 또한 바다보다 푸른 하늘 속으로 흩어진 후였다.

정찰선 뱃머리에 올라선 이준성은 인드라망의 배율을 최대로 높여 나루 섬 앞바다를 관찰했다. 상황은 어제와 비슷했다.

마쓰모리가 지휘하는 해적선 30여 척이 나루 섬 남안에 정박 중인 왕중칙의 해적선 10여 척을 포위한 상태에서 끊임없이 무력도발을 시도하는 중이었다.

그렇게 1시간쯤 지났을 때였다. 히사카 섬이 있는 서쪽 바다 위에서 시커먼 구름 같은 게 둥둥 떠서 나루 섬 남안으로 접근하는 모습이 보였다.

물론 그 시커먼 구름의 정체는 왕중칙이 직접 이끄는 해적 선 30여 척이었다. 해적선 30여 척이 똘똘 뭉쳐 항해하다 보 니 마치 시커먼 구름이 둥둥 떠다니는 모습처럼 비쳤다.

그때였다.

슬쩍 옆으로 다가온 고산동이 손으로 햇볕을 가리며 물었 다.

"왕 대인의 함대가 도착한 거요?"

이준성은 고산동을 보지 않은 상태에서 대답했다.

"깃발에 왕 자가 있는 걸 보면 왕중칙의 함대가 맞는 것 같 군."

잠시 주저하던 고산동은 헛기침을 섞어 가며 입을 뗐다.

"험험, 어젠 내 말대로 해 줘 고마웠소."

이준성은 피식 웃으며 물었다.

"왕중칙이 아니라, 반두룡을 쏜 거 말인가?"

"그렇소."

"뭔가 크게 착각한 모양인데 반두룡이 더 먹음직스러운 표 적이어서 반두룡을 쏜 거지, 당신 때문에 왕중칙을 살려 둔 게 아니야. 거기에는 커다란 차이가 있어. 착각하지 말라고."

고산동은 다 안다는 듯 손을 내저었다.

"뭐 어쨌든 왕 대인은 아직 살아 있지 않소? 그거면 충분하 지."

이준성은 미간을 살짝 찌푸렸다.

"왕중칙이 당신에게 뭘 어떻게 해 줬는데 그렇게 물고 빠는 거야? 애인이 궁할 때 왕중칙이 엉덩이라도 선뜻 대 준 거야?"

고산동은 정색하며 대답했다.

"나는 남색 같은 악취미는 없소. 그저 내가 적응을 못 해 헤맬 때 왕 대인이 따스하게 보듬어 준 인연이 있어 그러는 거요."

그때, 이준성이 그만 떠들라는 듯 손을 저었다.

왕중칙의 함대를 발견한 마쓰모리의 함대가 나루 섬 남안을 빠져나와 왕중칙의 함대 방향으로 이동을 시작했기 때문이었다.

두 함대는 해적답게 간을 보는 시간이 없었다. 곧장 적함으로 달려가 맹공을 퍼부었다. 그러나 공격 방법은 각기 달랐다.

왕중칙의 함대는 적 함대와의 거리를 일정하게 유지하며 함포를 주요 공격 수단으로 삼았지만, 속도가 빠른 배로 구성한 마쓰모리 함대는 적함에 최대한 가까이 붙어 조총과 활을 쏜 다음 적함으로 넘어가 백병전을 유도하려 들었다.

이준성은 뒤를 힐끔 보았다.

권준이 이끄는 충무함대가 바짝 다가와 있었다. 이준성은 정찰선에서 해왕 1호로 건너가 해전의 양상을 계속 관찰했다.

초전은 왕중칙의 함대가 우세한 듯했다. 왕중칙의 함대가 발사한 포탄에 맞아 항해 불능에 빠지는 마쓰모리의 해적선이 점차 늘어나는 추세였다. 왕중칙의 부하들은 그런 해적선이 보일 때마다 조총과 불화살로 공격해 숨통을 끊었다.

그때, 전황을 일시에 바꾸는 사건이 터졌다. 마쓰모리의 해적선 10여 척이 왕중칙의 함대 후미에 나타나 급습을 가했다.

나루 섬 북쪽에 별동부대를 매복시켜 둔 마쓰모리가 좋은 타이밍에 매복을 발동시킨 모양이었다. 마쓰모리 함대에 의해 앞뒤 양쪽으로 포위당한 왕중칙 함대는 금세 패색을 드러냈다.

"지금이다!"

이준성은 권준에게 전개하란 신호를 보냈다. 신호를 본 권준은 즉시 전 함대에 출격을 명령했다. 곧 해왕 1호 1척과 해룡 1호 10척으로 이루어진 충무함대가 전장에 뛰어들었다.

2파전이 3파전으로 바뀌는 순간이었다.

충무함대는 세로 일자진을 구성한 상태에서 카바 섬 오른쪽을 빠져나와 전장이 있는 나루 섬 앞바다로 맹렬히 진격했다.

매복 작전으로 승기를 거머쥔 마쓰모리는 갑자기 전장에 난입한 충무함대를 왕중칙의 지원군으로 오해한 듯 행동했다.

마쓰모리는 해적선 다섯 척으로 충무함대를 급습했다. 충무함대가 다 지은 밥에 재를 뿌리지 못하게 하려는 시도였다.

"우측으로 우회하며 함포를 쏴라!"

이준성은 함대의 방향을 우측으로 우회시킨 다음, 함대를 급습해 오는 마쓰모리 해적선 다섯 척에 함포를 발사하란 명령을 내렸다.

곧 해왕 1호와 해룡 1호 세 척이 측면으로 접근해 오는 마쓰모리의 해적선을 조준해 함포를 발사했다.

펑펑펑!

함포를 발사할 때 생긴 반동으로 해왕 1호 선체가 넘어갈 것처럼 기우뚱할 때였다. 유성 3호 세 발을 연달아 얻어맞은 해적선 한 척이 굉음을 내며 폭발했다. 그야말로 눈 깜짝할 사이에 벌어진 일인 탓에 다른 해적선 네 척이 급히 속도를 늦춰 봤지만 이미 함포 사정거리에 들어선 후였다.

어영담은 2층 갑판에 있는 포술장에게 고함을 질렀다.

"이번엔 짝수 함포를 쏴서 놈들이 오줌을 질질 싸게 해 줘라!"

해왕 1호는 조금 전 좌현 함포에 있는 12문의 함포 중에 홀수 함포, 즉 1, 3, 5, 7, 9, 11번 함포를 발사해 공격했다. 이는 장전을 마친 상태에서 아직 쏘지 않은 함포가 6문 더 있다는 의미였다.

2층 갑판에서 포병을 지휘하던 포술장은 남아 있는 짝수 함포, 즉 2, 4, 6, 8, 10, 12번 함포 6문을 발사해 두 번째 해적선의 상갑판을 불바다로 만들었다.

해적선 상갑판을 뒤덮은 거센 불길이 사람과 돛대, 뱃전에 차례로 옮겨붙어 마치 거대한 불덩이가 둥둥 떠 있는 것 같았다. 옷에 불이 옮겨붙은 해적이 비명을 지르며 바다에 뛰어들었지만, 그중에 몇 명이나 살아남을지는 미지수였다.

그때, 해왕 1호 뒤에 있던 해룡 1호 세 척이 좌현 함포를 발사해 남은 해적선 세 척을 격침시켰다. 마쓰모리가 보낸 해적선 다섯 척이 불과 10분을 채 버티지 못한 셈이었다.

그제야 충무함대가 심상치 않은 상대임을 간파한 마쓰모리는 해적선 10여 척을 증파해 충무함대 전체를 공격해 왔다.

이준성은 측면을 덮쳐 오는 적의 함대를 지켜보며 피식 웃었다.

"수가 많으면 우릴 이길 수 있다고 생각하는 건가?"

이준성은 아직 함포를 발사하지 않은 해룡 1호 7척에 접근해 오는 해적선을 공격하라는 명령을 내렸다. 곧 함대 중앙과 후위를 구성하던 해룡 1호 7척이 진천 1호를 발사했다.

가느다란 항적운을 남기며 바다를 가른 유성 3호 40여 발이 밀집한 상태에서 진격해 들어오는 해적 선단을 덮쳐 갔다.

콰콰콰쾅!

이후 벌어진 광경은 참혹함을 넘어 웅장하기까지 했다. 유성 3호 40여 발이 마치 수십 조각으로 쪼개진 유성처럼 마쓰모리의 함대 상공에 작렬하며 불꽃과 연기를 피워 올렸다.

이준성은 인드라망으로 적 함대의 피해 규모를 재빨리 확인했다. 그의 눈에 화재가 크게 번져 선체가 횃불처럼 활활 타오르는 해적선이 가장 먼저 들어왔다. 그는 그 옆으로 시선을 돌려보았다. 활활 타오르는 해적선 옆에는 두 동강이 나서 바닷속으로 천천히 가라앉는 해적선이 한 척 있었다.

그러나 운 좋게 포탄을 피한 해적선이라고 해서 안전하다고는 할 수 없는 상황이었다. 운 좋게 포탄을 피한 해적선은 동료들이 탄 해적선과 충돌하는 상황을 피하고자 미친 듯이 활로를 찾아 움직였지만, 결국 조종 불능에 빠진 동료 해적선에 측면을 들이받혀 마치 고목이 쓰러지듯 옆으로 넘어갔다.

그러나 그중 몇 척은 여전히 건재한 상태였다. 이준성은 그 몇 척을 마저 제거할 생각으로 충무함대에 선회를 명령했다.

곧 충무함대 군함 11척은 아라비아 숫자 8을 그리며 선회에 들어갔다. 판옥선과 같이 노를 쓰는 평저선은 선회가 쉽지만, 범선처럼 돛을 쓰는 첨저선의 경우에는 선회할 때 많은 시간과 공간을 필요로 했다.

그나마 다행인 점은 유진이 해왕 1호와 해룡 1호를 처음 설계할 때 이런 점을 고려해 선회속도를 높일 수 있는 형태로 선체를 설계했다는 점이었다.

이번 전투가 제대로 치르는 첫 실전이기 때문에 함대가 선회하는 모습이 다소 엉성해 보이긴 했지만, 어쨌든 8자를 그리며 선회한 충무함대는 선수를 남쪽으로 돌리는 데 성공했다.

조금 전에는 좌현 함포를 발사했다면 이번에는 우현 함포를 발사했다. 해왕 1호 우현에 탑재한 진천 1호 12문을 두 번에 걸쳐 발사했을 때, 도망치던 해적선 두 척이 박살 났다.

그때였다.

선미의 병사들이 당황해 외치는 소리가 그의 귀에 들려왔다.

"어어, 이거 위험한데!"

"이봐, 거기 조심해!"

이준성은 급히 난간으로 달려가 선미 방향을 살펴보았다. 커다란 해적선 한 척이 마치 새치기하는 사람처럼 해왕 1호와 해룡 1호 1번함 사이에 선수를 쓱 들이미는 중이었다.

원래 일자진을 구성하려면 군함과 군함이 마치 꼬리잡기 하듯 촘촘하게 이어져 있어야 안전했다. 그래야 적이 군함 사이로 파고들 여지를 주지 않기 때문이었다. 그러나 다들 범선 조종이 서투르다 보니 선회할 때 해왕 1호와 1번함 사이에 거리가 크게 벌어져 해적에게 끼어들 여지를 주었다.

해룡 1호 1번함은 급히 속도를 줄여 보았지만 별 소용이 없었다. 결국 1번함 선수와 해적선의 좌현 부분이 그대로 충돌했다. 고싸움 하듯 충돌한 부분이 바다 위로 크게 치솟았던 두 군함이 다시 밑으로 푹 가라앉으며 물보라를 튀겼다.

다행히 해룡 1호 1번함은 선수가 심하게 부서지진 않았지만, 문제는 그게 다가 아니었다.

해적선의 해적들이 1번함 선수로 넘어가 백병전을 벌였다. 원래 1번함 선수에는 진천 1호가 두 문 있었지만, 함포를 발사하면 해적선뿐만 아니라 그 너머에 있는 해왕 1호까지 피해를 줄 위험이 있었다.

또 장병이 소지한 활과 조총으로 공격하는 방법 역시 해왕 1호에 피해를 줄 수 있어 사용하기 힘들었다. 즉, 꼼짝없이 해적이 좋아하는 백병전을 치를 수밖에 없는 상황이었다.

해룡 1호 1번함이 해적선과 충돌하는 바람에 일자진은 완전히 붕괴된 상태였다. 이제부턴 각자도생하는 수밖에 없었다.

해룡 1호 2번함부터 10번함에 이르는 함대 전체가 속도를 줄여 앞에 있는 아군 군함과 충돌하지 않으려 노력했다.

그러나 그게 말처럼 쉽지 않아 고속도로에서 다중 추돌사
고가 터진 것처럼 쿵쿵 부딪치는 소리가 연거푸 들려왔다.

이준성은 뱃전 난간을 걷어차며 소리쳤다.

"빌어먹을!"

함대 제독 권준이 달려와 급히 물었다.

"어떻게 하시겠사옵니까?"

"일단 정지한 다음 측면 방어에 전념하라는 명령을 내리시
오!"

"알겠사옵니다."

권준이 함교로 달려가는 모습을 지켜보던 이준성은 한명
련이 이끄는 흑룡대대 병사 10명만 따로 불러 1번함 선수가
보이는 방향으로 재빨리 달려갔다. 1번함 선수 위에서는 홍
염대대 병사들과 해적들이 치열한 백병전을 벌이는 중이었
다. 홍염대대의 실력이 원체 뛰어나 밀리진 않았지만 건너오
는 해적의 숫자가 점점 늘어나 중과부적으로 보였다.

이준성은 즉시 흑룡대대 병사들에게 명령을 내렸다.

"해적선에 가교를 걸어라! 내가 직접 넘어갈 것이다!"

"예!"

대담한 흑룡대대 병사들이 난간에 매달아 둔 가교를 해적
선 뱃전에 걸어 도하할 준비를 마쳤다. 이준성은 방패를 집
어 들어 앞을 막은 다음, 가교를 나는 듯이 달려 해적선 위에

내려섰다. 곧 해적이 사방을 에워싸며 그를 공격했다.

"저리 비켜, 이 개새끼들아!"

욕을 한 이준성은 오른손에 쥔 언월도를 크게 휘둘러 정면을 덮쳐 오던 해적 대여섯 명의 몸통과 머리를 잘라 버렸다.

곧 핏물이 홍수처럼 쏟아지며 뱃전 바닥을 붉게 물들였다. 그는 왼쪽에서 덤벼드는 해적에게 왼손에 쥔 방패를 집어 던진 다음, 그쪽으로 달려가 언월도를 비스듬히 내리쳤다.

언월도가 해적 두 명의 가슴과 배를 가르며 밑으로 지나갔다. 즉사한 해적이 쏟아 낸 피와 내장이 뱃전을 어지럽혔다.

그때, 뒤에 있던 해적이 도끼로 등을 찍어 왔다. 몸을 젖혀 피한 그는 왼손으로 칼을 뽑아 해적의 목에 곧장 쑤셔 박았다.

그다음엔 그가 할 일이 별로 없었다. 뒤이어 들이닥친 한 명련의 흑룡대대 병사들이 그가 할 일을 다 빼앗아 가 버렸다.

여유를 찾은 이준성은 옆에 있던 흑룡대대 병사에게 물었다.

"천왕뢰를 가져왔나?"

"예, 가져왔사옵니다."

대담한 병사는 등에 짊어진 가방 안에서 천뢰 3호 10개를 다발로 묶어 만든 천왕뢰를 꺼내 건넸다. 천왕뢰를 받아 든 이준성은 한명련에게 1번함으로 이동하란 명령을 내렸다.

한명련은 시키는 대로 부하들을 인솔해 해적이 1번함으로 건너갈 때 쓴 다리를 이용해 1번함 선수로 재빨리 넘어갔다.

그사이, 이준성은 천왕뢰 도화선에 불을 붙여 해적선 선실에 집어 던진 다음, 다리 위에 올라가 1번함으로 몸을 날렸다.

잠시 후, 그가 선실에 던져 넣은 천왕뢰가 제대로 터진 듯 폭발 소리와 함께 해적선이 가운데부터 쪼개져 불타올랐다.

한편, 1번함 선수로 넘어간 한명련의 흑룡대대 병사들은 그곳에 있던 해적을 해치우며 선미 방향으로 나아갔다.

잠시 후, 구석에 몰린 해적들은 해적선이 불에 타 가라앉는 모습을 보고는 항복하거나 바다에 뛰어들어 도주했다.

1번함을 되찾은 이준성은 함장을 불렀다. 그러나 1번함 함장은 해적에게 당해 이미 전사한 상태였다.

그는 다른 장교를 불러 그에게 1번함을 이곳에서 빼낼 수 있겠느냐 물었지만, 장교는 당황한 표정으로 할 줄 모른단 대답을 하였다.

선수 앞은 불타 가라앉는 중인 해적선에, 선미 뒤는 교통사고가 난 고속도로처럼 아군 군함들이 잔뜩 엉켜 있는 상태여서 1번함을 옆으로 빼낼 방법이 마땅치 않은 모양이었다.

"속는 셈 치고 나에게 이 배의 지휘를 맡겨 보는 게 어떻겠소?"

그때, 생각지 못한 인물이 이준성에게 말을 걸어왔다. 바로 해왕 1호에 있는 줄 알았던 고산동이었다. 이준성은 고산동이 그를 따라 1번함으로 건너왔던 사실을 지금에야 알았다.

이준성은 고산동에게 급히 물었다.

"배를 옆으로 빼낼 수 있겠어?"

"쉽지 않지만 아주 불가능한 건 아니지."

이준성은 짜증이 솟구쳐 신경질적으로 물었다.

"그래서 할 수 있다는 거야? 없다는 거야?"

신이 난 고산동은 히죽거리며 대답했다.

"내 딴엔 겸손한 척하기 위해 해 본 말인데 진담으로 받으니 이거 영 당황스럽구먼. 뭐, 내 도움을 받기 싫다면 어쩔……."

히죽거리다가 이준성의 눈매가 가늘어지는 모습을 발견한 고산동은 화들짝 놀라 그게 아니라는 듯 팔을 마구 휘저었다.

"할 수 있소! 당연히 할 수 있소. 범선을 10년간 조종해 온 나에게 이런 일은 누워서 떡 먹기나 마찬가지요."

이준성은 밑져야 본전이란 생각에 고산동에게 배의 지휘를 맡겼다. 한데 고산동은 그가 생각한 것보다 실력이 훨씬 뛰어났다. 바다 한가운데 갇혀 있던 1번함을 밖으로 빼내 함대 전체가 다시 진형을 갖추도록 하는 데 큰 힘을 보탰다.

고산동 덕분에 위기에서 탈출한 이준성은 그때까지 살아남아 있던 마쓰모리의 해적선을 전부 불태워 버린 다음, 시계 방향으로 우회해 상황을 주시하던 왕중칙의 함대를 포격했다.

충무함대가 그들을 도와주러 온 아군이라 오해한 왕중칙은 갑자기 쏟아진 불벼락에 화들짝 놀라 본거지가 있는 후쿠에 섬으로 도주했다. 그러나 후쿠에 섬으로 도주한 해적선은 고작 다섯 척에 불과했다. 이준성은 왕중칙의 뒤를 쫓았다.

5장. 왕직의 유산

충무함대를 피해 후쿠에 섬으로 도망친 왕중칙의 의도는
명확했다. 바다 위에서는 충무함대를 상대할 방법이 전무했
던 탓에 육지로 적을 끌어들여 막아 보겠다는 심산이 분명했
다.

이준성은 왕중칙의 해적단이 있는 후쿠에 섬 고토 항으로
가기 전에 충무함대를 동쪽 해안에 바짝 붙이란 명령을 내렸
다. 홍염대대 병력 200명을 먼저 섬에 상륙시키기 위해서였
다.

이준성은 왕중칙이 후쿠에 섬으로 도망치기 전부터 어차
피 이번 전투의 결판은 육지에서 날 거란 예상을 했었다.

그렇다면 후쿠에 섬에서 어떤 식으로 결판을 내야 할지가 문제였는데, 그는 이런 상황에 가장 어울리는 작전을 생각해 냈다.

바로 수륙병진 작전이었다. 수륙병진 작전은 군이 육지와 해상 양쪽에서 동시에 진격해 적을 압박하는 작전으로 육군과 수군이 서로 도와줄 수 있으므로 실패할 가능성이 적었다.

송대립이 지휘하는 홍염대대 병력 200여 명이 후쿠에 섬 해안에 상륙하는 모습을 지켜보던 이준성이 권준에게 불쑥 물었다.

"정말 할 수 있겠소?"

권준은 자신감 가득한 표정과 목소리로 대답했다.

"소장에게 맡겨 주시옵소서. 명하신 대로 놈들이 고토 항에서 바다로 나오지 못하게 완벽히 틀어막을 자신이 있사옵니다."

이준성은 권준의 어깨를 툭 치며 웃었다.

"좋소. 내 제독의 능력을 한번 믿어 보지."

권준에게 충무함대의 지휘를 넘긴 이준성은 고산동, 한명련 등과 해안에 상륙해 거기서 기다리던 홍염대대와 합류했다.

무장을 완벽히 갖춘 송대립이 달려와 보고했다.

"행군할 준비를 모두 마쳤사옵니다."

"부하들 단속 잘해서 도중에 낙오하는 병사가 없도록 만들게."

"명심하겠사옵니다."

이준성은 송대립의 어깨를 두드려 주고 나서는 그에게 수색 중대부터 출발시키란 명령을 내렸다.

잠시 후, 홍염대대 200명은 수색 중대를 앞세워 서쪽 능선 방향으로 행군했다.

그들이 목표한 지점에 거의 도달했을 때였다.

주변을 둘러보던 고산동이 이준성에게 다가와 슬쩍 물었다.

"그쪽 정체가 대체 뭐요?"

이준성은 걸음을 멈추지 않으면서 되물었다.

"갑자기 내 정체는 왜 궁금해진 거지?"

"참 나, 내 처지에서 한번 생각해 보시오. 당연히 궁금할 수밖에 없지 않겠소? 범선 11척에 정병을 200여 명이나 보유한 사람의 정체가 어찌 범상할 수 있겠소? 또 장졸들이 당신을 대하는 태도가 예사롭지 않던데, 분명 뭔가 대단한 지위에 있을 거란 의심이 든다 이 말이오. 다른 사람들에게 물어봤더니 당신에게 직접 물어보라던데, 대체 정체가 뭐요?"

이준성은 히죽 웃으며 화제를 돌렸다.

"그보다 당신이 가르쳐 준 정보는 확실한 건가?"

"암, 확실하다마다. 내가 가르쳐 준 곳에 왕 대인의 부하들이 있을 테니 두고 보시오. 난 후쿠에 섬에서 10년을 살았기 때문에 이제는 고향보다 이 섬의 지리에 더 익숙한 편이오."

이준성은 고개를 끄덕이며 걸음을 재촉했다. 고산동은 끈질긴 성격인지 계속 그의 정체를 캐물었지만, 이준성은 아예 상대해 주지 않았다.

고산동에게 그의 진짜 정체가 알려지면 왕중칙과 같은 다른 해적에게 전해지는 것은 시간문제였다. 그러면 왜국 역시 그가 고토열도에 다녀갔다는 사실을 언젠간 알 수밖에 없어 계획이 틀어질 위험이 있었다. 그로서는 왜국이 한반도의 사정을 모르면 모를수록 좋았다.

그날 저녁, 홍염대대는 고토 항이 보이는 절벽 위에 도착해 전진기지를 구축했다. 기지를 다 구축한 다음에는 홍염대대 수색 중대에 고산동을 붙여 주어 고토 항을 정찰하게 하였다.

자정이 막 지났을 무렵, 수색 중대가 돌아와 보고했다. 예상대로 왕중칙은 해전에서 살아 돌아온 해적에 섬에 남아 있던 해적을 더해 총 2,000명에 달하는 병력을 곳곳에 배치한 상태였다. 예상대로 육지에서 승부를 보겠단 심산이었다.

잠시 후, 이준성은 나무 위에 올라가 항구 쪽을 관찰했다. 항구에는 해적선 40척이 정박 중이었다. 나루 섬 앞바다에서 벌어진 해전에서 살아 돌아온 왕중칙의 해적선이 다섯 척이란 점을 고려하면 원래는 70여 척이 있었단 뜻이었다.

그때, 어둠을 가르며 나타난 충무함대 군함 11척이 고토항이 있는 만 전체를 철통같이 봉쇄하는 모습이 이준성의 시야에 들어왔다.

지금까지는 권준이 자기 실력을 제대로 뽐내는 중이었다. 권준은 그가 준 항해지도를 이용해 까다롭기 짝이 없는 야간 항해를 완벽히 성공시키는 수완을 발휘했다.

아마 왕중칙은 지금쯤 놀라 까무러치기 일보 직전일 수 있었다. 왕중칙은 충무함대가 해가 지기 전까지 나타나지 않는 모습을 보곤 오늘은 공격이 없을 거라 예상했을 가능성이 컸다.

한데 자정이 지난 아주 늦은 시각에 충무함대가 느닷없이 나타나 그들이 가진 유일한 항구를 봉쇄해 버렸다.

왕중칙은 새벽 2시쯤, 나룻배 10여 척에 나눠 태운 별동부대를 보내 불화살을 쏘며 야간 기습을 시도했지만, 권준의 완벽한 대처 때문에 성공은커녕 오히려 손실만 더 입었다.

별동부대의 야간 기습까지 실패로 돌아간 왕중칙은 항구 안에 틀어박혀 움직이지 않았다. 그 모습을 인드라망을 이용해 모두 지켜본 이준성은 홍염대대장 송대립을 불렀다.

"지금부터 계획해 둔 야간작전을 실행하겠다. 정찰을 통해 알아낸 해적 거처에 병사들을 잠입시켜 천왕뢰로 태워 버려라."

"예."

송대립은 곧 부하들을 소대로 나눠 해적기지에 잠입시켰다. 마지막 소대가 잠입하는 모습을 지켜보던 이준성은 한명련, 고산동, 흑룡대대 병사들과 왕중칙의 처소로 이동했다.

수색 중대의 정찰에 따르면, 왕중칙은 여전히 그 3층 건물에 머무르는 중이었다.

물론 전과 똑같지는 않았다. 지금은 30여 명에 달하는 해적이 건물 주위를 호위하는 중이었다.

이준성은 건물 근처에 있는 관목 숲에 숨어 신호를 기다렸다.

그로부터 10분쯤 지났을 때였다.

퍼어엉!

폭발음과 함께 해적기지 서쪽에서 불길이 크게 치솟았다. 얼마나 크게 치솟았는지 잠시 그 주변이 대낮처럼 환해졌다.

작전대로 기지 서쪽에 잠입한 홍염대대 병사들이 천왕뢰를 다수 이용해 해적이 야영하던 처소를 불태운 게 분명했다.

그로부터 30초가 더 지났을 때는 해적기지 동쪽과 북쪽, 남쪽에서 차례대로 천왕뢰가 폭발해 불길이 하늘 위로 치솟았다. 홍염대대가 맡은 임무를 완벽히 수행해 낸 것이다.

해적기지 사방에서 치솟는 불길을 지켜보던 이준성은 가져온 각궁에 화살을 재어 왕중칙의 처소를 겨누었다. 한명련과 흑룡대대 병사들 역시 이준성처럼 활을 꺼내 화살을 재었다.

일행 중에 무기가 없는 사람은 고산동 한 명뿐이었다.

처소를 호위하던 해적들이 천왕뢰가 연쇄적으로 폭발하는 소리를 들은 듯 입구 앞에 집결했다. 지금으로선 왕중칙의 처소가 공격받을 확률이 가장 높아 다들 긴장한 눈치였다.

이준성은 집결한 해적 중에 지위가 가장 높아 보이는 중년 사내를 골라 각궁을 발사했다. 어둠 속을 쏜살같이 가른 화살이 중년 사내의 눈썹 사이를 정확히 꿰뚫었다.

해적들은 어둠 속에서 튀어나온 화살에 놀라 허둥지둥하다가 화살이 날아온 방향을 찾기 위해 횃불을 만들어 주변을 밝혔다.

해적들은 적이 숨어서 저격할 때는 오히려 조명을 꺼야 저격당할 위험이 줄어든다는 평범한 진리를 모르는 모양이었다.

이준성은 각궁에 두 번째 화살을 재어 다시 발사했다. 이번 화살 역시 칼을 든 해적의 얼굴에 틀어박혔다. 이준성이 두 번째 화살을 발사할 때, 준비를 마친 한명련과 흑룡대대 병사들 역시 일제히 화살을 발사해 해적을 저격했다. 다들 궁술이 뛰어났기 때문에 해적 한 명에게 두 개의 화살이 거의 동시에 박힌 예는 있지만, 빗나가는 예는 없었다.

구석에 앉아 그 모든 광경을 지켜본 고산동은 경악에 찬 표정으로 이준성을 쳐다보았다. 한명련과 흑룡대대 병사 10명은 해적이 횃불을 밝힌 후에야 화살을 발사했다.

물론 그들의 궁술 역시 훌륭하기 이를 데 없어 표적을 빗맞힌 경우가 없긴 하지만 놀라 소스라칠 정도의 실력은 아니었다.

한데 이준성은 횃불이 없을 때 화살을 쏘아 해적을 정확히 맞혔다. 말 그대로 칠흑 같은 어둠 속에서 적을 맞힌 셈이었다. 고산동이 가진 상식으론 이해가 가지 않는 일이었다.

그러나 고산동은 이준성에게 어떻게 그럴 수 있느냐 물어볼 틈이 없었다. 물어보기 위해 고개를 돌렸을 때는 이미 벌떡 일어난 이준성이 처소 쪽으로 질주하는 중이었다. 한명련과 흑룡대대 병사들 역시 벌떡 일어나 그의 뒤를 따랐다.

해적이 화살이 날아온 방향을 알아냈을 때는 이미 이준성과 흑룡대대 병사들이 관목 숲에서 나와 그들을 덮치는 중이었다. 해적은 급히 뽑아 든 무기를 미친 듯이 휘둘러 저항했지만 당황한 상태에선 본 실력을 발휘하기가 쉽지 않았다. 더욱이 적에게는 이준성이란 괴물까지 한 명 끼어 있었다.

칼을 양쪽으로 번갈아 휘둘러 해적 두 명을 연거푸 베어버린 이준성은 왼쪽으로 급히 몸을 날렸다. 해적이 찌른 창이 허공을 찌르며 지나갔다. 이준성은 왼손으로 창대를 잡아끌어당긴 상태에서 오른손에 쥔 칼로 해적의 목을 잘랐다. 눈 깜짝할 사이에 해적 세 명이 나가떨어진 셈이었다.

그때, 입구 계단을 방어하던 해적 두 명이 조총으로 이준성을 겨누었다. 이준성은 몸을 앞으로 한 바퀴 굴리며 바닥에

있는 창을 주워 들어 계단 위로 던졌다. 날아간 창이 조총을
쥔 해적의 팔뚝을 관통했다. 해적이 뒤늦게 방아쇠를 당겼지
만, 탄환은 이준성이 아니라 계단 벽에 가서 맞았다.

그러나 그를 공격하려던 조총병은 원래 두 명이었다. 두
번째 해적이 재빨리 조총 방아쇠를 잡아당겼다. 이준성은 급
히 입구 벽에 붙어 피했다. 탄환이 나무로 만든 벽을 관통했
지만, 부딪친 충격으로 탄환이 튀어 엉뚱한 곳에 떨어졌다.

"도탄이군."

이준성은 그 틈에 재빨리 벽에서 나와 계단 위로 질주했
다. 해적들은 깜짝 놀라 도망치려 했지만, 그러기에는 이미
많이 늦어 있었다. 그는 칼을 휘둘러 해적 두 명의 몸을 동
시에 갈랐다. 피가 나무 계단 밑으로 빗물처럼 뚝뚝 떨어졌
다.

이준성은 피바다로 변한 계단을 통과해 2층으로 들어갔
다. 2층은 해적 여섯 명이 방어하는 중이었다. 그는 해적 하
나가 휘두른 도끼를 재빨리 피한 다음, 칼을 위로 찔러 갔다.

해적 목 밑으로 들어간 칼이 정수리 뒤로 빠져나왔다. 이
준성이 그런 식으로 해적 세 명을 막 해치웠을 때, 1층을 정리
한 한명련과 그의 부하들이 올라와 남은 해적을 정리했다.

이준성은 계단으로 달려가며 소리쳤다.

"난 3층으로 갈 테니 여긴 너희들이 맡아라!"

"예!"

3층에 도착한 이준성은 오른발에 체중을 실어 1미터 앞에 있는 문을 걸어찼다. 쿵 하는 소리가 나며 문짝이 날아갔다.

이준성은 문이 있던 곳으로 걸어 들어가 주변을 둘러보았다. 문짝에 깔린 왕중칙이 뒤집힌 거북이처럼 팔을 허공에 허우적거리며 일어나기 위해 애를 쓰는 모습이 보였다. 그는 문짝을 치운 다음, 왕중칙의 두툼한 가슴에 다리를 올렸다.

왕중칙이 당황한 표정으로 바라볼 때였다. 이준성은 손가락을 권총 모양으로 만들어 왕중칙의 이마를 조준하듯 겨눴다.

"넌 이제 내 거야."

말을 마친 이준성은 왕중칙을 향해 윙크를 해 보였다.

잠시 후, 몸에 피 칠갑을 한 한명련이 3층에 올라와 보고했다.

"건물 안에 있던 해적을 모두 정리했사옵니다."

"좋아. 잘했어."

고개를 끄덕인 이준성은 왕중칙의 가슴에 올려놓은 발을 옆으로 치우고선 그의 목깃을 틀어쥐어 다시 일으켜 세웠다.

한데 일어서던 왕중칙은 두 다리가 땅에 닿는 순간 무슨 생각이 들었는지 갑자기 주먹으로 이준성의 얼굴을 후려쳤다.

그러나 이준성 또한 왕중칙이 그럴 줄 알았다는 듯 머리를 살짝 젖혀 여유 있게 피했다. 왕중칙이 쓸 수 있는 수야 이미 뻔했다. 이준성처럼 싸움에 능한 자에겐 통하지 않았다.

"쯧쯧, 노인네가 매를 버는군."

이준성은 왕중칙의 팔을 잡아 홱 꺾은 다음, 팔을 천천히 비틀어 고통을 계속 가했다. 오른팔이 부러질 위기에 처한 왕중칙은 끙끙 앓는 소리를 내며 바닥에 무릎을 털썩 꿇었다. 혈색 좋던 왕중칙의 얼굴이 어느새 푸르뎅뎅해져 있었다.

그때, 3층에 나타난 고산동이 급히 두 사람 사이에 끼어들었다.

"어허, 그만하시오! 그러다 사람 잡겠소!"

이준성은 고산동을 보며 피식 웃고 나선 잡은 왕중칙의 팔을 풀어 주었다.

그제야 고통에서 벗어난 왕중칙은 이준성과 고산동을 번갈아 바라보다가 고산동 쪽으로 시선을 고정했다.

고산동을 보는 왕중칙의 시선에는 분노가 가득 담겨 있었다. 고산동이 배신했다는 사실을 눈치 챈 모양이었다.

고산동 역시 왕중칙의 눈빛에 담긴 분노를 읽은 듯했다. 그는 손사래를 치며 중국말로 열심히 왕중칙에 변명을 늘어놓았다. 그러나 왕중칙은 고산동의 변명을 믿지 않는 눈치였다.

두 사람이 대화하는 모습을 지켜보던 이준성은 한명련에 감시를 맡기고선 1층으로 내려가 돌아가는 상황을 점검했다.

기지를 불바다로 만든 송대립의 홍염대대가 돌아와 흑룡
대대 병사들과 합류한 상태였다. 이준성은 송대립에게 3층
건물 주위에 방어벽을 쳐서 곧 있을 해적의 공세에 대비하란
명령을 내렸다. 송대립은 시키는 대로 건물에 있는 집기와
숲에 있는 나뭇가지 등을 가져다가 방어벽을 설치했다.

방어벽 설치를 마친 다음에는 남은 천왕뢰를 방어벽 밖에
일정한 거리를 띄운 상태에서 지뢰처럼 묻어 준비해 두었다.

잠시 후, 두목 왕중칙이 적에게 사로잡혔다는 소식을 들은
해적들이 건물 쪽으로 우르르 몰려와 구출할 준비를 서둘렀
다.

준비를 마친 해적은 곧 활과 조총을 쏘며 방어벽으로 돌격
해 왔다. 홍염대대 병사들은 방어벽 뒤에 엄폐해 해적이 쏘
는 화살과 조총 탄환을 피한 다음, 재빨리 반격에 나섰다.

홍염대대는 활과 조총을 수준급 이상으로 다룰 수 있는 병
기전문가들로 이루어져 있었다. 곧 돌격해 오던 해적이 화살
과 조총 탄환에 맞아 나뒹굴었다. 그러나 아군의 숫자가 워
낙 적은 탓에 360도 전체를 완벽히 방어하기는 무리였다.

"남서쪽을 돌파당했사옵니다!"

홍염대대 장교의 보고를 받은 이준성은 흑룡대대 병사들
과 남서쪽으로 달려갔다. 장교 말대로 방어벽을 뚫은 해적 수
십 명이 건물 입구로 몰려오는 중이었다. 그는 재빨리 달려
나가 해적 앞을 막아섰다. 해적들은 이준성의 엄청난 체격에

놀라 잠깐 움찔했지만, 그 시간이 그리 길지는 않았다. 그들은 곧 칼과 창, 도끼 등으로 맹렬한 공격을 퍼부었다.

이준성은 방패를 앞으로 크게 휘둘러 그를 노린 칼과 창을 막아 내고선 언월도를 밑으로 베어 갔다. 해적 대여섯 명이 다리가 잘려 바닥을 뒹굴었다. 쓰러진 해적들은 그가 직접 마무리 지을 필요가 없었다. 근처에 있던 흑룡대대 병사들이 쓰러진 해적의 목에 칼을 찔러 넣어 확인사살을 마쳤다.

앞으로 달려간 이준성은 오른쪽에서 덮쳐 오는 해적에게 왼손에 쥔 방패를 던져 멈춰 세우고선 재빨리 달려가 언월도를 비스듬히 내리쳤다. 해적 세 명이 목과 가슴, 배가 잘려 쓰러졌다. 그때, 덩치가 커다란 해적 한 명이 도끼로 이준성의 어깨를 찍어 왔다. 그는 언월도로 도끼를 막아 낸 다음, 왼손으로 재빨리 칼을 뽑아 해적의 목에 찔러 넣었다. 해적은 감전당한 사람처럼 전신을 부르르 떨다가 뒤로 쓰러졌다.

이준성과 흑룡대대의 맹활약 덕에 구멍이 뚫린 방어벽을 다시 원래 상태로 복구할 수 있었다. 전선 전체를 살펴보던 이준성은 곧 송대립에게 불화살을 발사하라는 명령을 내렸다.

잠시 후, 홍염대대 병사들이 발사한 불화살이 허공으로 높이 솟구쳐 올랐다가 긴 꼬리를 만들며 낙하했다. 해적들은 불화살을 보며 잠시 멈칫했지만, 공격을 완전히 멈추진 않았다.

그때였다.

콰콰쾅!

불화살이 떨어진 곳마다 고막을 터트릴 것 같은 엄청난 폭음과 함께 크게 치솟은 불길이 땅과 나무와 사람을 찢어발겼다. 홍염대대 병사들이 발사한 불화살이 미리 매설해 둔 천왕뢰 도화선에 불을 붙여 천왕뢰가 갑자기 폭발한 것이다.

천왕뢰 폭발에 휘말려 피해를 본 해적은 몇십 명에 불과했지만, 천왕뢰에 겁을 집어먹은 해적은 그보다 훨씬 많았다. 해적은 천왕뢰가 더 있을지 모른단 걱정에 급히 후퇴했다.

해적의 1차 공세를 저지한 이준성은 송대립에게 지휘권을 넘기고선 다시 건물 3층으로 올라갔다. 그가 3층에 돌아갔을 땐 고산동과 왕중칙이 이미 의견일치를 본 상황이었다.

쭈뼛거리며 다가온 고산동이 왕중칙의 제안을 그에게 전했다.

"왕 대인은 당신들이 여기서 그만둬 주면 이번 일을 문제 삼지 않을 거라 하셨소. 물론 그냥 돌아가란 뜻은 아니오. 왕 대인은 동굴에 저장해 둔 보물의 5할을 넘겨줄 용의가 있으시오."

이준성은 피식 웃으며 고산동에게 물었다.

"왕직이 남긴 유산이 어디에 있는지는 물어봤어?"

고산동은 즉시 고개를 저었다.

"물어봤는데 자기가 어렸을 때 양부가 죽었기 때문에 그 유산이 어디에 있는지는 왕 대인 본인 또한 알 방법이 없다는구려."

"이 새끼들이 누굴 병신 호구로 아나!"

화가 난 이준성은 고산동의 어깨를 밀치며 왕중칙에게 걸어갔다. 이준성에게 떠밀린 고산동은 근처에 있는 의자에 걸려 넘어졌다가 다시 일어났다. 그러나 이준성에게 뭐라 하진 못했다. 이준성의 분위기가 심상치 않았기 때문이었다.

이준성은 앉아 있던 왕중칙의 옷깃을 잡아 벌떡 일으켜 세웠다. 왕중칙은 겁을 먹은 표정으로 이준성의 시선을 피했다.

이준성은 당황한 표정으로 서 있는 고산동을 손짓해 불렀다.

"이봐, 고산동! 지금부터 내가 하는 말을 이자에게 똑똑히 전해! 만약 내 말을 자기 마음대로 고쳐서 이자에게 통역했다가는 당신 역시 오늘 여기서 세상 하직하는 줄 알라고!"

고산동은 얼른 고개를 끄덕였다.

"그런 일은 없을 테니 염려 마시오."

"좋아. 내 마지막으로 당신을 한 번 믿어 보겠어."

고개를 돌린 이준성은 왕중칙의 턱을 잡아 그를 보게 했다.

"당신 앞엔 지금 두 가지 선택지가 놓여 있어. 하나는 여기서 다 뒈지는 선택이야. 당신과 당신 가족, 당신 부하들이 전부 뒈진다는 뜻이야. 난 이 좆같은 해적 새끼들을 깡그리 죽여 없앤 다음 동굴에 있는 보물을 챙겨 돌아가는 거지."

이준성은 멍하니 서 있는 고산동에게 소리쳤다.

"뭘 멍청히 서 있어! 빨리 통역해!"

"아, 알겠소."

고산동은 급히 이준성의 말을 왕중칙에게 통역했다.

잔뜩 긴장한 얼굴로 그 말을 듣던 왕중칙이 갑자기 소리쳤다.

이준성은 미간을 찌푸리며 고산동에게 물었다.

"이놈이 지금 뭐라는 거야?"

"동굴 위치를 아는 사람이 이곳에 왕 대인 본인밖에 없으므로 그를 죽이면 당신은 그곳을 영원히 찾지 못할 거라 했소."

이준성은 어이가 없다는 표정으로 되물었다.

"그럼 당신 혼자 약탈한 보물을 동굴로 전부 옮겼단 거야, 뭐야? 살이 뒤룩뒤룩 쪄서 몇 발자국 걸을 때마다 땀을 삘삘 흘리는 당신 같은 몸으론 절대 불가능한 일일 텐데. 아마 내 생각엔 보물을 옮기는 데만 최소 수십 명은 동원했을 거야. 또 보물을 지키는 사람 역시 있을 테니 동굴 위치를 아는 사람은 그보다 훨씬 많다는 뜻이지. 그렇지 않나? 그러나 난 당신 부하들에게 동굴 위치를 아느냐고 물어볼 생각이 별로 없어. 왜냐면, 당신 가족을 잡아다가 고문할 생각이거든. 부하에겐 말 안 해 줬을지 모르지만, 마누라나 자식에겐 알려 줬을 테니까. 자기가 미처 대비하지 못한 상태에서 죽음을 맞았을 때, 가족이 그 보물을 이용해 살아가길 바랐을 테니 말이야. 어때? 내 추측이 그럴듯하지?"

고산동의 통역을 들은 왕중칙의 얼굴이 흙빛으로 물들었다.

이준성이 정확히 짚었다는 증거였다.

왕중칙이 더듬거리는 목소리로 고산동에게 뭐라 말했다.

잠시 후, 고산동이 왕중칙의 말을 통역해 전해 주었다.

"보물을 주면 자기와 자기 가족을 살려 줄 수 있느냐 물었소."

이준성은 왕중칙의 어깨에 손을 올리며 그의 눈을 직시했다.

"내가 당신 앞에 두 개의 선택지가 놓여 있단 말을 조금 전에 했을 거야. 그럼 지금 그 두 번째 선택지가 뭔지 알려 주지. 두 번짼 내 밑으로 들어오는 거야. 해적질을 그만두고 내 밑에서 합법적인 일을 하며 떳떳하게 살라는 뜻이야. 아마 당신은 내가 한 말이 믿기지 않을 거야. 아마 당신에게 새빨간 거짓말처럼 들리겠지. 하지만 당신은 내 말을 믿어야 해. 당신 눈에 비친 나는 천하에 둘도 없는 개새끼일 테지만 가끔은 그 개새끼도 진실을 말하는 경우가 있어."

통역을 들은 왕중칙은 고산동을 쳐다보며 뭐라 말했다.

고산동이 즉시 통역했다.

"왕 대인이 잠시 생각할 시간을 달라 했소."

이준성은 고개를 끄덕였다.

"시간을 주긴 하겠지만 많이는 못 줘. 난 이번 일을 오늘 안에 마무리 지을 생각이니까. 즉 날이 밝기 전에 어떤 식으로든 결판을 내겠단 뜻이야. 내 말을 그에게 확실하게 전해."

"알겠소."

고산동은 왕중칙을 구석에 데려가 얘기를 나누었다.

잠시 후, 고산동이 돌아와 대화의 결론을 통보했다.

"왕 대인이 고민 끝에 당신 제안을 받아들이기로 했소."

"그럼 서로를 얼마나 신뢰하는지 알아볼 차례로군. 왕 대인에게 왕직의 유산이 어디에 있는지 알려 달라 말해. 어차피 이제는 한식구인데 서로 감출 필요 없잖아. 그렇지 않겠어?"

얼마 후, 통역을 들은 왕중칙은 고개를 열심히 내저었다.

자기는 정말 모른다는 뜻이었다.

이준성은 피식 웃었다.

"이 새끼가 잘 나가다가 또 수작을 부리는군."

3층을 둘러보던 이준성이 갑자기 왼쪽 구석으로 걸어갔다. 그곳은 그가 왕중칙을 처음 제압했던 곳이었다. 한데 1층에 내려갔다가 돌아왔을 땐 왕중칙이 오른쪽 구석으로 이동해 있었다. 이런 행동은 왼쪽에 중요한 뭔가가 있단 신호였다.

이준성은 왼쪽 구석을 둘러보며 왕중칙의 표정을 관찰했다.

표정은 담담했지만, 눈은 그렇지 않았다. 사람의 눈에 있는 동공은 인간이 100퍼센트 제어할 수 없는 기관이었다.

이준성은 구석 바닥을 몇 번 두드려 보았다. 한데 그때마다 왕중칙의 동공이 고양이처럼 커졌다가 줄어들기를 반복했다.

"바닥이었군."

피식 웃은 이준성은 언월도로 나무 바닥을 전부 뜯어낸 다음, 바닥 밑에 숨겨 놓았던 작은 황금 상자를 찾아 밖으로 꺼냈다. 왕직의 유산과 관련 있는 황금 상자가 틀림없었다.

충격을 받은 사람처럼 비틀거리던 왕중칙이 결국 엉덩방아를 크게 찧었다. 한데 옆에 있는 고산동은 엉덩방아를 찧은 왕중칙을 멍하니 쳐다볼 뿐, 일으켜 세울 생각을 하지 않았다.

고산동은 왕직의 유산이 든 상자가 있단 사실보다 왕중칙이 그를 속였다는 사실에 더 충격을 받은 모습이었다.

그러나 왕중칙, 고산동 두 사람을 감시하기 위해 남아 있던 한명련은 전혀 다른 의미에서 커다란 충격을 받은 상태였다.

한명련은 이준성이 황금 상자를 찾아냈단 사실 그 자체가 놀라웠다. 그는 왕중칙, 고산동 두 사람을 감시하기 위해 3층을 떠나지 않았다. 즉 왕중칙이 이준성에게 한 말을 그 역시 모두 들었단 말인데, 그는 3층에 왕직의 유산이 든 황금 상자가 있을 거란 생각을 하지 못했다. 왕중칙이 왕직의 유산이 어디 있는지 모른다며 계속 잡아뗐기 때문이었다.

한데 이준성은 점쟁이처럼 황금 상자가 있는 장소를 정확히 집어 한 번에 찾아냈다. 그야말로 귀신이 곡할 노릇이었다. 한명련이 임상심리학과 자율신경계통의 상관관계를 알 방법이 없으므로 이는 어쩌면 자연스러운 반응일 수 있었다.

정작 이준성 본인은 다른 사람의 반응에는 별 관심이 없었다. 그는 지금 황금 상자 그 자체에 집중해 있었다. 황금 상자는 꽤 무거웠다. 처음엔 아말감으로 금박을 입힌 줄 알았는데 무게를 생각하면 상자 전체를 금으로 제작한 듯했다.

상자 뚜껑엔 용 아홉 마리가 뒤엉켜 노는 모습이 양각으로 새겨져 있었다. 또 옆의 네 면에는 구름을 탄 신선이 산과 바다, 하늘을 주유하는 모습이 음각으로 새겨져 있었다. 조각이 아주 섬세해 상자 자체의 가치만도 엄청날 듯했다.

"왕직이 명나라 황실 물건을 턴 적이 있나 보군."

상자는 잠겨 있지 않은 상태였다. 이준성은 인드라망으로 상자 틈에 부비트랩이 있나 살펴보고 나서 뚜껑을 천천히 열었다.

딸칵!

상자 문이 열리며 안에 든 내용물이 드러났다. 그러나 내용물은 금박을 입힌 종이 한 장이 전부였다. 이준성은 둘둘 말린 종이를 펼쳐 불빛에 비춰 보았다. 종이 위에 점과 선, 동그라미와 세모 등이 불규칙한 형태로 그려져 있었다.

처음에는 그림에 있는 점과 도형들이 무엇을 뜻하는지 몰랐지만, 시간이 약간 흐른 후에는 그 점과 선 등이 원래 강과 산, 해안 등을 표시한 지형기호란 사실을 알아볼 수 있었다.

이준성은 왕중칙 얼굴 앞에 그림을 들이밀며 물었다.

"이 지도는 어딜 나타내는 거지?"

왕중칙은 이준성이 바닥에 숨겨 놓은 황금 상자를 찾아냈을 때부터 그에겐 아무것도 숨길 수 없단 사실을 깨달은 듯했다.

왕중칙이 한숨을 내쉬며 털어놓은 이야기에 따르면 그 지도는 예상대로 왕직이 왕중칙에게 남긴 보물 지도가 맞았다.

왕직이 호종헌에게 속아 명나라에 항복하기는 했지만 일이 틀어질 것에 대비해 미리 주변을 정리해 둔 모양이었다. 왕직은 호종헌에게 출두하기 직전, 아끼던 양자인 왕중칙을 불러 황금 상자에 담긴 보물 지도를 건넨 다음, 만약 자기가 호종헌의 함정에 걸려 죽으면 세상이 조용해지길 기다렸다가 지도를 이용해 그의 유산을 챙기란 유언을 남겼다.

왕중칙은 양부의 유언을 우직하게 따랐다. 그는 양부가 호종헌의 함정에 걸려 목숨을 잃은 지 3년이 지난 후에야 비로소 상자를 열어 지도를 확인했다. 그러나 보물이 묻혀 있는 지형을 그린 것으로 보이는 지도에는 그곳이 어딘지 적혀 있지 않았다. 그는 무려 20년에 걸쳐 왕직의 발길이 닿은 모든 곳을 샅샅이 조사했지만, 성과가 없었다.

왕직이 주로 활동하던 명나라 절강과 왜국 고토열도, 나가사키뿐만 아니라 거래하던 태국, 베트남, 필리핀까지 방문해 지도에 나온 지형과 비슷한 곳을 찾았지만 일치하는 곳을 찾지 못한 그는 결국 20년 만에 유산 찾는 일을 포기했다.

고산동이 통역을 모두 마쳤을 때, 한명련이 이준성에게 물었다.

"왕직은 왜 보물을 찾을 수 없는 보물 지도를 주었던 걸까요?"

이준성은 어깨를 으쓱거렸다.

"난들 알겠나. 그렇다고 죽은 사람에게 물어볼 순 없는 노릇이니 이런 지도를 만든 진짜 이유는 오로지 죽은 왕직만이 알 테지. 하지만 왕직이 이런 보물 지도를 남긴 이유를 추측해 볼 순 있어. 왕직은 아마 자기 보물을 다른 사람이 가지는 게 싫었던 모양이야. 양자를 사랑하긴 하지만 그가 평생 모은 보물을 넘겨줄 만큼 사랑하진 않았단 뜻일 테지."

고산동 역시 사람이라 왕직의 보물에 호기심이 생긴 듯했다.

"그럼 지도가 있어도 보물을 찾을 방법이 없단 뜻이오?"

이준성은 피식 웃으며 고개를 저었다.

"난 이런 보물 지도를 남긴 왕직의 의도를 모르겠다는 말을 했을 뿐이지, 유산을 찾을 수 없다고 말한 기억은 없는데."

이준성은 한명련에게 고산동과 왕중칙을 밖으로 데려가 아직 저항 중인 해적을 설득해 항복하게 만들라는 명령을 내렸다.

"알겠습니다."

대답한 한명련은 고산동과 왕중칙을 인솔해 1층으로 내려갔다.

잠시 후, 문을 닫은 이준성은 의자에 앉아 유진을 호출했다.

"유진, 네 도움이 필요한 일이 갑자기 생겼어."

-오랜만이군요.

"그래, 오랜만이야."

-이젠 제 도움이 필요 없으신 것 같던데요.

"그게 대체 무슨 소리야? 유진 네가 없으면 난 빈껍데기나 다름없다고. 생각해 봐. 내가 너 없이 무슨 일을 할 수 있겠어?"

-사용자께서 지금 자기비하를 하는 건지, 아니면 저를 애처럼 생각해 달래기 위해 그런 말을 하는 건지 헷갈리는군요.

이준성은 이마를 짚으며 고개를 저었다.

"내 말은 진심이야. 믿어 달라고. 내 말을 정 못 믿겠으면 내 감정과 기억을 직접 조사해 방금 한 말의 진의를 파악해 봐."

유진의 목소리가 살짝 날카로워졌다.

-사용자께선 제가 사용자의 뇌에 들어 있는 감정과 기억 부분에는 절대 관여하지 못한단 사실을 누구보다 잘 아실 텐데요.

이준성은 허벅지를 내려치며 그제야 생각났다는 표정을 지었다.

"아 참, 그랬었지."

-이럴 때 인간은 구렁이가 담 넘어간다는 표현을 쓰더군요.

이준성은 항복하겠다는 듯 두 팔을 들어 올렸다.

"알았어, 알았다고. 내가 잘못했어. 미안해."

-그렇게 말씀하시니 제가 더는 할 말이 없군요.

"그럼 이제 일로 넘어가자고. 내가 조금 전에 본 지도를 지구상에 존재하는 모든 지형과 대조해 보는 데 얼마나 걸릴까?"

-으음, 아마 세 시간쯤 걸릴 겁니다.

"세 시간은 너무 긴데."

-그럼 변수를 줄여 주십시오.

"왕직이 아메리카와 유럽, 아프리카에 보물을 숨겨 두진 않았겠지. 일단 동북아시아를 중심으로 조사해 보는 게 좋겠어."

-그럼 한 시간쯤 걸릴 겁니다.

"좋아. 바로 시작해 줘."

-이렇게 많은 양의 데이터를 비교하고 분석하려면 필연적으로 사용자가 비축해 둔 에너지를 상당량 소모할 수밖에 없습니다. 제가 작업하는 동안, 사용자께선 안전한 장소에서 에너지를 보충하며 결과가 나오길 기다리는 게 좋을 겁니다.

"알았어. 그렇게 하지."

이준성은 한명련에게 한 시간 동안 자신을 절대 방해하지 말란 엄명을 내린 다음, 호흡을 조절해 에너지를 보충했다.

이준성은 곧 조금 전에 유진이 한 말이 정확히 무슨 뜻인지 몸으로 체감할 수 있었다. 몸 안에 비축해 둔 에너지가 모두 머리로 흘러 들어가는 바람에 마치 머리만 공중에 둥둥 떠 있는 것 같은 기이한 느낌을 받았다. 심지어 얼마 후엔 과속 중인 차의 엔진처럼 머리 오른쪽 부분만 열이 났다.

그로부터 1시간 후, 유진이 마침내 결과를 보고했다.

-총 세 곳이 보물 지도의 지형과 일치한단 계산이 나왔습니다.

"동북아시아에서만?"

-그렇습니다.

"앞으로 해적들은 지도를 만들 때 보물을 숨겨 둔 장소를 좀 더 자세히 표시할 필요가 있겠군. 그렇지 않으면 후손들이 엉뚱한 장소에서 보물찾기 놀이를 하는 일이 많을 테니까."

-대체 지금 무슨 이야기를 하시는 거죠?

"그냥 쓸데없는 이야기였어. 그보다 그 세 곳이 어디 어디 야?"

-몽골과 중국 산서성, 대만 이렇게 세 곳입니다.

이준성은 잠시 생각해 보다가 다시 물었다.

"그 세 곳이 보물 지도의 지형과 일치할 확률이 각각 얼마 지?"

-몽골은 81퍼센트, 산서는 86퍼센트, 대만은 91퍼센트입 니다.

"그럼 보물은 대만에 있겠군."

-대만이 제일 높긴 하지만 몽골과 산서 역시 81퍼센트와 86퍼센트라는 상당히 높은 수치이기에 무시해선 안 될 겁니 다.

이준성은 고개를 저었다.

"몽골과 산서는 아니야. 왕직이 자주 애용하던 항로를 생 각해 보면 대만밖에 없다는 사실을 금방 눈치 챌 수 있을 거 야."

이준성은 인드라망에 고토열도와 대만, 중국 절강성이 나 오는 지도를 띄웠다. 고토열도 남쪽에는 다네가란 섬이 있었 다.

한데 그 다네가 섬 서쪽에는 아마미 섬, 오키나와 섬, 이시 가키 섬, 대만이 마치 같은 열도에 속한 섬처럼 일렬로 쭉 늘 어서 있었다. 그 말은 다네가에서 대만까지 가는 항로가 매우 안전하단 뜻이었다. 열도처럼 섬이 늘어서 있으면 보급에도 용이했고, 태풍과 폭풍이 닥치면 섬으로 피할 수 있었다.

유진을 돌려보낸 이준성은 일정을 계산해 보았다. 처음 세운 계획에선 한두 달이면 모든 일정을 마칠 수 있단 계산이 섰는데, 왕직의 유산이 있는 대만을 거쳐 가면 기간이 배로 늘어날 가능성이 컸다.

개국 초기라 기반이 안정적이지 못하단 점을 고려하면 무리가 따르는 일정이었다. 그가 없는 반년 동안 무슨 일이 생길지 알 수 없기 때문이었다.

그러나 이준성은 곧 고개를 저었다. 일거리를 남겨 두는 건 결코 그의 스타일이 아니었다. 마땅한 해결책이 없을 때는 포기하지만 그게 아닐 때는 반드시 처리해야 직성이 풀렸다.

결론을 내린 이준성은 건물 1층으로 내려가 현관문을 열었다.

건물 밖에선 이미 왕중칙의 해적들이 홍염대대에게 항복한 상황이었다. 왕중칙이 조금 전에 한 약속을 지킨 것이다.

이준성 또한 왕중칙과 한 약속을 지켰다. 그는 항복한 해적에게 손가락 하나 대지 말란 엄명을 부하들에게 내린 다음, 섬을 떠날 준비를 서두르라 명령했다. 항복한 해적들은 가족과 함께 이삿짐을 싸서 배정받은 해적선에 속속 탑승했다.

그사이, 이준성은 왕중칙이 보물을 숨겨 둔 동굴에서 금과 은, 보석, 그림, 도자기, 비단 등 10여 톤에 달하는 보물을 찾아 배로 옮겼다.

해적선까지 치면 짐을 실을 수 있는 배의 숫자가 50척으로 늘어났기 때문에 저장 공간은 충분했다. 마지막으로 함대가 사용할 물과 식량을 실은 충무함대 50척은 규슈 남쪽 끝에 있는 다네가 섬을 향해 출발했다.

물론 최종 목표는 왕직의 유산이 있는 대만이었다.

6장. 류큐

　이준성은 다네가로 떠나기 전에 한 가지 업무를 더 처리했다. 바로 은호원 왜국지부를 만드는 일이었다.

　물론 이는 왜국의 허가를 받지 않은 비밀지부였으며 지부의 주요 임무는 도요토미 히데요시의 동향을 보고하는 것이었다.

　이준성은 왜국에 은호원 왜국지부를 설립할 목적으로 고토열도에 올 때, 이홍발, 진에몬 형제 등 은호원의 간부급 요원 10여 명을 특별히 선발하여 데려왔다. 왜국지부 간부가 그를 배신하는 날에는 은호원 왜국지부 전체가 몰살당할 위험이 있으므로 지부 요원 선발을 신중히 할 수밖에 없었다.

이준성은 이홍발을 왜국지부 지부장에, 진에몬 형제를 부지부장에 임명한 다음, 세 명이 협력해 지부를 운영하게 하였다.

이홍발은 전에 있었던 반란 사건에서 공을 세워 그의 눈에 든 인물이었으며 진에몬 형제는 하구로, 우메즈 등과 함께 초기부터 이준성을 따라 충성도가 남다른 항왜였다.

앞으로 이들 세 사람은 왜국인을 포섭 및 회유, 협박하여 각자 자신만의 현지 정보조직을 구축한 다음, 활동을 통해 알아낸 정보를 한국에 있는 은호원 본원에 전달할 예정이었다.

이준성은 요원들과 일일이 눈을 맞추며 그들의 무운을 빌었다. 어쩌면 이들 중 몇 명은 집으로 돌아오지 못할 수 있었다.

일렬로 늘어선 이홍발 등은 우렁찬 목소리로 그에게 군례를 울리고선 나가사키로 가는 어선에 올라 동쪽으로 떠났다.

부두에 서서 이홍발 등을 태운 어선이 수평선 너머로 사라지는 모습을 잠시 지켜보던 그는 대기하던 해왕 1호에 탑승해 가고시마 근처의 다네가 섬으로 출항하라는 명령을 내렸다.

해왕 1호가 충무함대 중 가장 마지막으로 항구를 벗어났을 때, 충무함대장 권준이 다가와 함대 현황을 보고했다.

"합류한 해적선 43척 중 10척은 중형, 나머지 33척은 소형이옵니다. 또한 해적은 634명이며 그들이 데려온 가족은 약 2,000여 명이옵니다. 가족은 대부분 여자와 아이들이옵니다."

"해적 숫자가 생각보다 적군. 이유가 뭔가?"

"이번 전투에서 가족과 친구, 동료를 잃은 해적 400명이 함대에 합류하는 것을 끝까지 거부해 섬에 남았기 때문이옵니다."

이준성은 말없이 고개를 끄덕였다.

해적 관점에서 보면 자신들은 그들의 가족과 친구, 동료를 살해한 원수였다. 원수 밑으로 들어가길 거부하는 해적이 있는 게 어쩌면 당연한 일이었다. 그러나 함대에 합류하기로 한 해적이 섬에 남은 숫자보다 더 많다는 점은 고무적이었다.

해적 600명이 정든 집과 그동안 일군 재산을 헌신짝처럼 버린 상태에서 생면부지와 다름없는 그를 따라나선 데는 해적 사이에 퍼진 왕중칙의 두터운 신망이 큰 역할을 하였다.

애초에 왕중칙이 그가 지닌 두터운 신망을 이용해 부하들의 항복을 끌어내지 않았으면, 자신들은 여전히 후쿠에 섬 어딘가에서 해적과 치열한 전투를 펼치는 중일 가능성이 컸다.

이제 충무함대의 성공 여부는 성격이 사납기 짝이 없는 이 해적들을 고분고분하게 만드는 데 달려 있었다. 만약 해적이 항해 중에 반란을 일으키면, 곤란한 일이 한둘이 아니었다.

그는 이 문제를 해결하기 위해 두 가지 방법을 동원했다.

첫 번째는 함대 해군 병사와 홍염대대 병사로 구성한 40여 개의 감시팀을 만들어 각 해적선마다 승선시키는 방법이었다.

감시팀은 해적선에 상주하며 해적이 딴마음을 먹지 못하도록 철저히 감시하는 한편, 만약 배에서 선상 반란이 일어날 기미가 보이면 즉각 경고하는 임무를 수행할 예정이었다.

두 번째는 해적의 가족을 인질로 잡는 방법이었다. 이준성은 해적 중에 지위가 높은 간부의 자식을 골라 군함에 나눠 태웠다. 대놓고 경고하지는 않았지만, 만약 해적이 선상 반란을 일으키면 이쪽에서는 함대에 타고 있는 해적 간부의 자식부터 먼저 죽일 거라는 뉘앙스를 강하게 풍긴 셈이었다.

그러나 이 두 가지 방법만으론 해적을 완벽히 제어하기 힘들 거란 예감이 들었다. 그런 예감이 들게 만든 가장 큰 이유는 해적선에 실려 있는 막대한 양의 보물이었다.

후쿠에 섬 동굴에서 가져온 보물의 양이 10톤을 훌쩍 넘었기 때문에 충무함대에 다 실을 방법이 없었다. 해서 거의 절반 이상의 보물을 해적선 40척에 나눠 실어 둔 상황이었다.

한데 문제는 해적들이 해적선에 실려 있는 보물을 무시하기 어렵다는 점에 있었다. 해적선을 지휘하는 간부들은 인질로 잡힌 자식 때문에 주저할지 모르지만, 챙겨야 할 가족이 없는 해적들은 일확천금의 유혹을 뿌리치기가 쉽지 않았다.

결국 다네가 섬이 30킬로미터쯤 남았을 때, 사달이 터졌다.

권준이 36번함이라 명명한 중형 해적선 하나가 갑자기 항로를 이탈해 가고시마 방향으로 도망쳤다.

충무함대가 시마즈 가문이 있는 가고시마로 쫓아오지 못하리라 생각한 듯했다.

36번함은 감시팀으로 승선해 있던 충무함대 승조원 두 명과 홍염대대 병사 세 명을 죽이고선 그 시체를 보란 듯이 돛대에 건 상태에서 전속력으로 가고시마를 향해 질주했다.

"보물에 눈이 뒤집힌 개새끼들이군."

차갑게 중얼거린 이준성은 그가 승선한 해왕 1호로 직접 추격했다. 해왕 1호와 36번함은 원래 속도에서 거의 두 배 가까이 차이가 나는 상태였다. 더구나 지금은 역풍이 불기 때문에 속도 차이가 더 심했다. 36번함 역시 세로돛을 달아 역풍일 때 항해가 가능하긴 하지만 첨단 유체역학을 이용해 설계한 해왕 1호가 가진 항해속도에는 미치지 못했다.

결국 10분 만에 36번함을 따라잡은 이준성은 바로 함포 발사를 명령했다. 권준, 어영담 등은 놀란 눈으로 이준성을 보았다. 36번함에 실린 보물은 그 양이 300킬로그램을 훌쩍 넘었다. 한데 이준성이 함포로 포격해 수장시키란 명령을 내린 것이다. 선상 반란을 일으킨 해적을 죽일 수만 있으면, 36번함에 실린 보물 따윈 신경 쓰지 않겠단 말이었다.

권준, 어영담은 시키는 대로 진천 1호 12문을 동시에 발사해 36번함을 아예 폭침시켜 버렸다. 선체에 틀어박힌 유성 3호가 폭발할 때, 36번함에 실려 있던 화약에 불이 붙는 바람에 해적은 바다에 뛰어들 기회조차 제대로 얻지 못했다.

연기를 뿜어내며 활활 타오르는 36번함을 잠시 지켜보던 이준성은 항로로 돌아가 멈춰 있던 함대를 다시 출발시켰다.

해적들은 불길에 휩싸인 36번함이 서서히 가라앉는 광경을 지켜보며 그들이 처한 상황을 다시 한 번 실감할 수 있었다.

그들에게는 도망칠 방법이 없었다.

충무함대 군함의 속도는 그들이 탄 해적선보다 훨씬 빨랐다. 또 충무함대 군함이 가진 화력은 해적선의 화력보다 월등히 강력했다. 도망치는 건 죽음을 앞당기는 길인 셈이었다.

약간의 소동이 있긴 했지만 어쨌든 함대는 그로부터 몇 시간 후에 1차 목적지인 다네가 섬에 무사히 도착하는 데 성공했다.

다네가 섬을 통치하는 도주가 50척에 달하는 충무함대를 보고 겁을 집어먹어 입항을 거부할 수 있으므로 이준성은 도주와 안면이 있는 왕중칙을 앞세워 상륙을 시도했다.

다행히 다네가 섬의 도주는 왕중칙과 그의 부하들에게 좋은 인상을 받았는지 별다른 조건 없이 바로 입항을 허락했다.

충무함대는 곧 다네가 섬에 입항해 물과 식량을 보급받았다. 물론 항구에 입항하는 일부터 시작해 함대에 싣는 쌀 한 톨, 물 한 바가지까지 모두 막대한 비용을 지급해야 했다.

그 모습을 지켜보던 정충신이 고산동을 향해 물었다.

"해적들이 돈을 내고 보급을 받는 이유가 뭔가요? 해적이라면 항구에 쳐들어가 닥치는 대로 약탈해야 맞는 거 아닌가요?"

고산동은 혀를 끌끌 차며 대꾸했다.

"이봐, 어린 친구. 보급이 필요할 때마다 약탈하면 누가 그 섬에 계속 남아 있으려 들겠나? 약탈을 피해 다 도망쳐 버리지. 그럼 우린 보급받을 데가 없어 굶어 죽거나 목이 말라 죽겠지. 그 때문에 굳이 돈을 줘 가며 보급을 받는 것이네."

정충신은 이해했다는 듯 고개를 끄덕였다.

"일종의 공생관계 같은 거군요."

고산동은 처음 들어 보는 말이라는 듯 고개를 갸웃하며 물었다.

"공생관계? 그게 무슨 말인가?"

"우리가 배우는 과학교과서에 나오는 내용이에요. 아마 고 선장님도 귀국하면 언젠간 그 교과서를 공부해야 하는 날이 올 테니 제가 방금 한 말이 무슨 뜻인지 알 수 있을 거예요."

"어린 친구가 영문 모를 소리만 하는군."

다네가 섬에 들러 보급을 마친 충무함대는 야쿠, 아마미 등을 거쳐 오키나와로 향했다. 물론 이땐 오키나와보다 류큐란 이름으로 더 알려져 있었다. 류큐국에서 가장 규모가 큰 나하 항에 도착한 이준성은 나룻배에 올라 항구를 직접 찾았다.

나하 항 항구에는 류큐국의 병사 수백 명이 무장한 상태로 출동해 있었다. 아마 충무함대가 접근해 오는 모습을 보곤 외적이 쳐들어온 것으로 오해해 섬에 경계경보를 울린 듯했다.

이준성은 왕중칙, 권준 등과 항구에 내린 다음, 책임자로 보이는 장수를 찾아 그들이 류큐를 찾아온 이유를 설명했다.

그들이 가진 무기부터 재빨리 압수한 장수는 바로 왕궁에 사람을 보내 이 낯선 방문객을 어떻게 처리해야 하는지를 물었다. 잠시 후, 왕궁에서 내관으로 보이는 사내가 나와 왕이 그들을 만나 보기로 했다는 말을 전달했다. 장수는 별다른 대꾸 없이 그들을 왕이 기거하는 왕궁으로 직접 안내했다.

류큐국의 현 국왕은 쇼네이란 칭호를 쓰는 30대 사내였다. 쇼네이는 턱수염을 길게 기른 미남이었는데, 낯선 방문객에게 호기심을 느꼈는지 반짝거리는 눈으로 그들을 쳐다보았다.

이준성은 오키나와 출신 해적에게 그의 말을 통역하게 했다.

"내 장담컨대 류큐국은 앞으로 15년 안에 반드시 망할 거요."

그의 말을 해적이 통역하는 순간, 갑자기 찬물을 뿌린 것처럼 왕궁 안이 쥐 죽은 듯 조용해졌다.

이는 직구였다. 심지어 그냥 직구가 아니라 시속 160킬로미터짜리 직구였다. 사실, 귀가 멀쩡한 자라면 당황할 수밖에 없는 상황이었다.

이준성은 히죽 웃으며 말을 이어 갔다.

"그러나 나에게 류큐국이 앞으로 1천 년간 명맥을 이어 갈 수 있는 좋은 계획이 있소. 바로 우리와 동맹을 맺는 거요."

조금 전에 한 말보다 방금 한 말에 더 충격을 받은 듯 굳어 있던 쇼네이 왕의 표정이 와락 일그러졌다. 좋지 않은 신호였다.

결국 이준성 일행은 경비병에게 체포당해 왕궁 감옥에 갇혔다. 왕궁으로 안내한 장수가 그들을 감옥에 가두며 안타깝단 표정을 지었지만, 그가 할 수 있는 일은 별로 없어 보였다.

감옥에 갇힌 이준성은 바닥에 대자로 누워 두 눈을 감았다. 한데 단순히 눈만 감은 것이 아닌 듯 이내 코까지 드르릉 골며 깊은 잠에 빠졌다.

그는 일행이 감옥에 갇히게 만든 원인을 제공한 원인 제공자였지만, 아이러니하게도 일행 중 가장 태평한 모습을 보이는 사람 또한 그였다.

권준과 한명련은 그런 이준성 옆에 양반다리를 한 자세로 앉아 명상하는 사람처럼 말없이 침묵을 지켰다.

한데 낯선 땅에서 낯선 사람에게 자유를 제약당한 상황이지만 두 사람의 얼굴에서 긴장이나 두려워하는 기색을 전혀 찾아볼 수 없었다. 두 사람 모두 이준성의 능력을 신뢰하기 때문이었다.

반면 왕중칙과 고산동, 통역으로 데려온 해적 세 명은 불안한 듯 감옥 창살에 매미처럼 달라붙어 복도를 두리번거렸다.

그때, 왕중칙과 귓속말을 나눈 고산동이 권준을 보며 물었다.

"이제 어찌할 거요?"

권준은 고산동을 힐끗 보고 나선 고개를 저었다.

"모르겠소."

고산동은 답답한 듯 자기 가슴을 치며 물었다.

"아니, 모르겠다니? 그게 무슨 말 같지 않은 소리요? 국왕 앞에서 류큐국이 15년 안에 망할 거라느니, 망하지 않으려면 자기와 동맹을 맺어야 한다느니 지껄일 때는 뭔가 복안이 있어서 그랬을 거 아니오? 내 말은 대체 그 복안이 뭐냐

이 말이오. 혹시 우리가 제시간에 돌아오지 않으면 바다에 있는 함대에게 류큐를 공격하란 명령을 내려 둔 거 아니오?"

권준은 상대하기 귀찮다는 듯 심드렁한 표정으로 대답했다.

"내가 알기론 전…… 주군께서는 우리가 제시간에 돌아오지 않으면 류큐를 공격하라는 명령을 내리지 않으셨소. 오히려 류큐국에서 무슨 일이 생기든 함대는 꼼짝 말라는 명령을 내리셨지. 즉 우리가 한 열흘쯤 갇혀 있는 게 아니라면, 바다에 있는 함대는 이곳에서 지금 무슨 일이 벌어지는지 알 방법이 없단 거요. 그러니 장기전으로 흐를 것에 대비해 체력이나 잘 보충해 두시오. 그게 현명한 대처일 것이오."

고산동은 이해가 안 간다는 표정으로 물었다.

"당신은 대체 뭘 믿고 그리 태평한 거요?"

고산동의 질문에 대답한 사람은 권준이 아니라 한명련이었다.

"우린 주군을 믿는 거요."

고산동은 코웃음을 치며 물었다.

"그 주군이란 분은 지금 코까지 골며 자는 중인데 당신은 그런 사람에게 믿음이 간단 거요? 거참 대단한 충복 나셨군."

한명련은 살기가 감도는 비릿한 미소를 지었다.

"당신은 앞으로 그 주둥아리를 조심해서 쓰는 게 신상에 좋을 거요. 그렇지 않으면 정말 못 볼 꼴을 보는 수가 있으니까."

"하, 무섭군, 무서워. 하지만 이 말은 해야겠소. 당신이 철석같이 믿는 그 주군 역시 우리랑 같이 갇혀 있기는 마찬가진데 대체 무슨 수로 그가 우릴 이 감옥에서 꺼내 준다는 거요?"

한데 그 말이 끝나기 무섭게 이준성이 코를 고는 소리가 뚝 끊겼다. 마치 자면서 그들의 이야기를 들은 사람 같았다. 사람들이 화들짝 놀라 누워있는 이준성을 쳐다볼 때였다.

벌떡 일어난 이준성이 고산동을 보며 히죽 웃었다.

"내가 당신들을 여기서 어떻게 꺼내 줄 건지 궁금한가?"

위압감을 느낀 고산동은 주눅 든 표정으로 대꾸했다.

"그렇소. 당신 역시 감옥에 갇혀 있기는 마찬가진데, 대체 무슨 수로 우릴 여기서 꺼내 준다는 건지 궁금해 미칠 지경이오."

이준성은 감옥 복도를 가리키며 대답했다.

"그 대답은 저 사람을 만나 본 후에 하기로 하지."

그때, 그들을 감옥에 집어넣었던 장수가 나타나 문을 열며 이준성을 가리켰다. 손짓을 봐선 밖으로 나오라는 뜻 같았다.

이준성은 감옥을 나가며 다른 일행에게 말했다.

"곧 돌아올 테니 편히 쉬고들 있어."

그 말을 남긴 이준성은 장수를 따라 왕궁으로 돌아갔다. 그러나 그가 장수에게 안내를 받은 장소는 쇼네이 왕을 처음 만났던 그 널찍한 대청이 아니었다. 그보다는 훨씬 작은 방으로 안내를 받았는데 왕궁 안쪽에 있는 내실처럼 보였다.

이준성은 내실 탁자 앞에 놓여 있는 나무 의자에 앉아 방 안을 쭉 둘러보았다. 쇼네이 왕이 원래 소박한 성품인 건지 아니면 류큐국 자체가 그리 부유하지 못한 탓인지는 모르겠지만, 일국의 왕이 쓰는 내실치고는 검소한 인상을 받았다.

내실에서 2, 3분쯤 기다렸을 때였다. 쇼네이 왕과 그를 안내했던 장수가 거의 나란히 서서 방 안으로 들어왔다. 이준성은 그 모습을 주의 깊게 살펴보았다.

그가 알기로 류큐는 한자문화권에 가까웠다. 한데 일국의 왕과 장수가 나란히 서서 들어온다는 얘기는 두 사람의 관계가 아주 가깝다는 사실을 의미했다. 그는 장수를 다시 주목해 살펴보았다.

얼굴이 햇볕에 타서 새카만 탓에 처음에는 류큐에 사는 다른 류큐 사람들과 별다른 차이점을 발견할 수 없었지만, 자세히 살펴본 지금은 그의 생김새가 약간 다르단 사실을 알 수 있었다.

정확히 꼬집어 말하기는 힘들지만, 외모에서 받은 느낌으로는 해양 계열보다는 대륙 계열에 더 가까워 보였다.

쇼네이 왕과 장수는 탁자 맞은편에 있는 의자에 나란히 앉아 이준성을 물끄러미 바라보았다. 이준성 또한 시선을 피하지 않은 상태에서 그들을 응시하며 1, 2분가량 시간을 끌었다.

한데 이상한 점이 하나 있었다. 통역이 들어올 생각을 않는다는 것이었다. 그렇다고 감옥에 사람을 보내 고산동과 류큐 말을 할 줄 아는 해적을 불러오려는 낌새 역시 전혀 찾아볼 수 없었다.

고산동이 류큐 말을 할 줄 모르기 때문에 이준성이 쇼네이 왕과 대화를 나누기 위해서는 일단 고산동이 명나라 말로 통역한 대화를 명나라 말과 류큐 말을 둘 다 할 줄 아는 해적이 다시 류큐 말로 통역하는 번거로운 과정을 거쳐야 했었다.

쇼네이 왕과 장수를 번갈아 보던 이준성이 피식 웃었다.

"류큐국의 국왕이 우리말을 할 수는 없을 테니까 당신이 바로 그 범인이었군. 당신이 우리나라 말을 할 줄 알았던 거야."

목석처럼 앉아 있던 장수가 고개를 천천히 끄덕였다.

"맞소. 내가 당신네 말을 조금 할 줄 아오."

"조금이 아닌데? 그 정도 수준이면 나보다 더 잘하는 것 같군. 한데 내가 항구에서 당신을 찾아갔을 땐 왜 그 사실을 말하지 않았던 거요? 당신이 우리말을 할 줄 안다는 사실을 알았으면 통역을 두 번이나 하는 번거로움이 없었을 텐데."

장수가 단호한 표정으로 고개를 저었다.

"난 류큐인이오. 조선말을 할 줄 알긴 하지만 뼛속까지 류큐인이라 이 말이오. 그런 내가 적일지 아군일지 알 수 없는 당신에게 조선말을 하여 이쪽의 정보를 넘길 수는 없었소."

이준성은 이해한다는 듯 손을 살짝 들어 보였다.

"좋소. 이유가 그렇다면야 내가 뭐라 할 수 없는 일이지. 그보다 이야기가 길어질 것 같은데 통성명부터 하는 게 어떻소? 나는 이준성이오. 조선에서 왔지. 당신 이름은 무엇이오?"

"송주홍이오. 아버지가 지어 주신 이름이지. 하지만 이곳 사람들은 나를 쇼엔이라 부르오. 나 역시 쇼엔 쪽이 좀 더 편하오."

"이름을 지어 줬다는 그 아버지에 대해 말해 보시오."

"내 아버지는 조선인이었소. 정확히 말하면 조선인 어부였소. 아버지는 고기를 잡으러 바다에 나왔다가 풍랑에 떠밀려 며칠 동안 표류했는데, 마지막에 도착한 육지가 바로 류큐였소. 믿어지시오? 조선과 이곳 류큐의 거리가 수천 리에 달할 텐데 아버지는 살아서 이 류큐까지 도착하셨던 거요."

이준성은 고개를 끄덕였다.

"기적 같은 일이지만 종종 벌어지는 일이기도 하지. 한데 당신이 왕궁에서 한자리 차지하고 있는 모습을 보면 당신 아버지는 조선으로 귀국하지 않은 모양이군. 내 말이 맞소?"

"그렇소. 아버지는 귀국하지 않으셨소. 류큐에선 조선으로 돌아갈 수 있는 배편을 마련해 준다고 했지만, 아버지가 거절하셨소. 아버지는 이곳에 정착한 후 얼마 지나지 않아 류큐 여인과 혼인해 나를 낳으셨소. 참고로 아버진 재작년에 돌아가셨소. 그전까진 건강하셨는데 조선이 왜군의 침략을 받아 나라가 결딴나기 직전이란 소식을 듣곤 앓아누우셨지."

"왜국이 조선을 침략했단 소식을 어떻게 그리 빨리 접한 거요?"

쇼엔은 한숨을 살짝 내쉬며 대답했다.

"도요토미 히데요시가 이곳 류큐에 시마즈 가문의 가신을 파견해 조선을 침략할 때 쓸 군량미를 내놓으라 협박했기 때문에 침략한단 사실을 당신네보다 우리가 먼저 알았을 거요."

이준성은 쇼엔의 말이 끝나기를 기다리며 쇼네이 왕을 보았다. 쇼네이 왕은 이준성과 부하가 그가 모르는 말로 대화를 나눴지만, 화를 내거나 초조해하는 기색이 없었다. 정확한 이유야 어떠하든 간에 대단한 자제력이 아닐 수 없었다.

이준성은 다시 쇼엔을 보며 물었다.

"당신은 이곳에서 무슨 직책을 맡고 있소?"

"이 수리성의 수비를 책임지고 있소."

"그럼 왕과는 어떤 관계요? 내가 보기엔 아주 친밀해 보이던데."

"원래 전하께선 선왕의 사위셨소. 선왕에게 왕자가 없었기 때문에 사위인 전하께서 왕통을 물려받으신 거요. 난 전하께서 사가에 계실 때부터 친하게 지낸 덕에 덕을 본 거고."

"그럼 왕과 불알친구라는 거요?"

"으음. 내가 이해한 뜻이 그거라면 아마 맞을 거요."

"마지막으로 하나만 더 묻겠소. 망발했다는 이유로 감옥에 가둔 나를 이 야심한 시각에 다시 불러낸 이유가 무엇이오?"

쇼엔은 쇼네이 왕과 류큐 말로 몇 마디 대화를 나누고 나서 대답했다.

"전하께선 처음부터 당신 말에 관심이 있으셨소. 하지만 낮엔 듣는 귀가 많은 탓에 류큐국이 15년 안에 망할 거라는 불경한 말을 한 당신을 그냥 둘 수가 없었던 거요. 전하께서 감옥에 가둬 미안하단 말을 당신에게 전해 달라 하셨소."

이준성은 어깨를 으쓱해 보였다.

"뭐 낮엔 내가 좀 심하긴 했지. 당신네 왕에게 나 역시 말을 함부로 해 미안하다고 전해 주시오. 한데 당신네 왕은 내 말의 어느 부분에 관심을 가진 거요? 15년 안에 망할 거라는 말? 그게 아니면 동맹을 맺자는 말에 관심을 가진 거요?"

"둘 다요. 우선 우리가 15년 안에 망하리라 생각한 이유를 먼저 말해 보시오. 그럼 동맹을 맺는 문제 역시 검토해 보겠소."

이준성은 고개를 돌려 쇼네이 왕을 직시했다.

"거기엔 두 가지 이유가 있소. 우선 조금 전에 한 대화에서 왜국이 조선을 침략하기 전에 도요토미 히데요시가 시마즈 가문의 가신을 시켜 류큐국에 군량을 징발하러 왔었단 이야기가 나왔단 사실을 우리 둘 다 똑똑히 기억하고 있을 거요.

한데 시마즈 가문이 과연 그 정도로 만족할 것 같소? 군량을 징발하러 왔단 얘기에는 그들이 이미 이 류큐국을 그들에게 조공을 바치는 속국쯤으로 여긴단 의미가 담겨 있소. 그러니 아마 이 다음번에는 아예 지배하기 위해 쳐들어올 거요. 그래야 조공 대신 세금을 받을 수 있을 테니까."

쇼엔은 재빨리 이준성의 말을 쇼네이 왕에게 통역했다.

잠시 후, 쇼엔이 다시 물었다.

"두 번째 이유는 무엇이오?"

"두 번째 이유는 경제적인 문제요. 류큐가 번성할 수 있던 가장 큰 이유는 중국과 왜국 틈에서 교역을 할 수 있기 때문이었소. 한데 지금은 서양 상단이 당신들이 하던 일을 빼앗아 가는 중이오. 또 명나라 상인들 역시 왜구가 잠잠해진 틈을 타 직접 거래에 뛰어든 실정이오. 그런 상황에서 중계무역으로 먹고사는 류큐국이 얼마나 더 버틸 수가 있겠소?"

이준성의 말을 들은 쇼네이 왕이 고개를 미세하게 끄덕였다. 그가 말한 두 이유 모두 쇼네이 왕 역시 이미 알고 있단 뜻이었다.

쇼네이 왕이 심각한 표정으로 쇼엔에게 무언가를 말했다. 쇼엔은 즉시 쇼네이 왕의 말을 그에게 통역했다.

"동맹을 맺자는 건 당신이 어딘가를 대표하는 사람이란 뜻일 텐데, 그곳이 대체 어디요? 조선 쪽 상단에서 온 사람이오?"

이준성은 쇼엔이 아니라 쇼네이 왕을 보며 대답했다.

"당신이 최신 정보를 어디까지 접했는지 모르지만 이제 조선은 없소. 조선이 있던 곳에 한국이란 나라가 생겼지. 난 그 한국의 현 국왕이오. 즉 지금은 왕의 신분으로 온 거요."

쇼엔은 충격을 받은 표정으로 쉽게 말을 잊지 못했다.

이준성은 미간을 찌푸리며 재촉했다.

"이봐, 날이 새기 전에 끝내야 하지 않겠어?"

"아, 알겠습니다."

쇼엔은 자신의 말투가 바로 바뀌었단 사실조차 인지하지 못한 상태에서 이준성의 말을 급히 쇼네이 왕에게 통역했다.

◆ ◈ ◆

이준성의 충격적인 고백을 들은 쇼네이 왕은 믿을 수 없다는 표정을 지었다.

그는 한국의 국왕이 이런 식으로 나타났단 사실에 큰 충격을 받은 모습이었다. 일국의 국왕이 다른 나라와 협의할 사항이 생길 경우, 신하를 보내지 자신이 직접 나서진 않았다.

또 왕이 직접 올 때는 미리 신하를 보내 의전에 관해 상의한 후에 정식 절차를 밟아 입국하지, 이준성처럼 신분을 속인 상태로 입국하지 않았다.

물론 이는 쇼네이 왕이 이준성의 말을 100퍼센트 믿을 때의 얘기였다. 아니, 쇼네이 왕이 믿고 말고를 떠나 이준성의 말이 100퍼센트 진실일 경우에 생기는 문제들일 따름이었다.

쇼엔이 쇼네이 왕과 귓속말을 한 후에 급히 물었다.

"우, 우리가 귀, 귀하의 말을 확인할 방법이 있습니까?"

이준성은 피식 웃었다.

"지금 여기서 내가 무슨 말을 지껄인들, 그 역시 확인할 방법이 없는 내 개인적인 주장일 뿐이지 않소? 내 말이 진실인지 아닌지 확인할 수 있는 유일한 방법은 당신들이 직접 알아보는 거요. 그래야 당신들이 내 말을 믿어 줄 테니까."

고개를 끄덕인 쇼엔은 쇼네이 왕과 잠시 상의한 후에 밖으로 나갔다. 그사이 쇼네이 왕은 감옥에 갇혀 있던 이준성 일행을 풀어 준 다음, 급히 궁인을 시켜 주안상을 내오게 하였다.

이준성은 쇼네이 왕과 대작하며 쇼엔이 돌아오길 기다렸다. 대작을 시작한 지 30분쯤 지났을 때였다. 다 먹은 주안상을 치운 궁인이 쇼네이 왕에게 귓속말로 무언가를 전달했다.

고개를 끄덕인 쇼네이 왕은 이준성과 함께 내실에 붙어 있는 침실 안으로 자리를 옮겼다. 침실과 내실 사이엔 대나무 발이 내려와 있어 내실에서 하는 얘기를 엿들을 수 있었다.

곧 쇼엔이 왜국인으로 보이는 사내와 내실 안으로 들어왔다. 두 사람은 의자에 앉아 차를 마시며 류큐 말로 대화를 나눴는데 주로 쇼엔이 물으면 중년 사내가 대답하는 식이었다.

이준성은 유진을 시켜 두 사람이 나누는 대화를 통역하게 했다. 유진은 데이터베이스에 들어 있는 류큐 말과 쇼엔이 쇼네이 왕과 대화할 때 저장해 둔 언어기록을 이용해 7, 80퍼센트에 가까운 내용을 번역해 인드라망 모니터에 출력했다.

쇼엔은 먼저 사내에게 조선이 정말 없어졌는지를 물었다. 그렇다는 듯 고개를 끄덕인 사내가 한국이란 단어를 말하며 한참 설명했다. 중간에 한국과 새 왕조란 단어가 등장했다.

한참을 듣던 쇼엔이 이번에는 한국을 개국했다는 새 왕에 관해 물었다. 사내는 가장 먼저 시노카미라는 단어를 꺼냈다.

그 말을 들은 이준성은 피식 웃었다. 시노카미는 왜군이 그를 부르는 별명이었다. 해석하면 죽음을 부르는 신이라는 뜻이었다. 사내는 이어 그 시노카미의 외형에 관해 설명했다.

사내의 설명에 따르면 키가 8척에 달하는 시노카미는 몸무게 역시 웬만한 성인 남자의 두 배쯤 나가는 바람에 단번에 알아볼 수 있다고 하였다.

또 전체를 쇠로 만든 무거운 언월도를 한 손으로 휘두를 만큼 힘이 세며 사람을 죽이면서 눈 한 번 깜짝하지 않을 정도로 잔인하단 말을 덧붙였다.

사내는 마지막으로 왜군이 그 시노카미가 이끄는 전투에서 번번이 깨지는 바람에 왜란에 참전한 19만 명의 병력 중에 고작 3만 명만 간신히 살아서 돌아올 수 있었단 말을 하였다.

이준성은 고개를 돌려 옆에 있는 쇼네이 왕의 표정을 살폈다. 쇼네이 왕은 충격을 크게 받은 듯 심각한 표정으로 쇼엔과 사내의 이야기를 듣는 중이었다. 사내의 이야기가 거의 끝나갈 무렵, 쇼네이 왕이 고개를 돌려 이준성을 바라보았다.

이준성 역시 고개를 돌려 쇼네이 왕을 바라보았다. 쇼네이 왕은 마치 이젠 믿을 수 있다는 듯 한 차례 고개를 끄덕였다.

사내의 설명이 다 끝났을 때였다. 이준성은 쇼네이 왕과 내실로 나갔다. 이준성을 발견한 사내는 까무러칠 정도로 놀라 비틀거리다가 쇼엔의 부축을 받은 후에야 간신히 균형을 잡았다. 지금까지 이준성의 험담을 마구 해 댔는데 그 험담의 주인공이 내실에서 모습을 드러낸 어이없는 상황이었다.

이준성은 자기 자리에 앉으며 쇼엔에게 슬쩍 말했다.

"내가 류큐에 들렀단 사실을 왜국이 알면 좋을 게 없을 거요."

총명한 쇼엔은 이준성의 말에 담긴 의미를 즉시 이해한 듯했다.

"이 사람이 왜국에서 주로 활동하는 상인이긴 하지만 어머니는 류큐 사람입니다. 더욱이 그 어머니가 이곳 류큐에 계속 거주하는 중이기 때문에 말이 새어 나갈 위험은 없을 겁니다. 말이 새면 자기 어머니가 위험하단 사실을 알 테니까요."

쇼엔의 설명에 따르면 그 왜국 상인의 이름은 타다시로였다. 타다시로는 몇 달에 한 번씩 류큐에 들러 류큐가 수입한 명나라 생사와 초석을 사다가 왜국에 되파는 상인이었다.

명나라 생사와 초석은 왜국 영주들에게 아주 인기 있는 품목이기 때문에 타다시로는 이를 통해 막대한 부를 일구는 데 성공했다.

막대한 부를 일군 상인들은 세금 역시 많이 바치기 마련이라 타다시로는 유력 영주들과 가까이 지낼 기회가 많은 편이었다.

타다시로는 왜국의 유력 영주들과 어울리며 알아낸 정보를 조금 전에 쇼엔에게 알려 준 것이다.

어쨌든 이 타다시로를 통해 이준성의 신분은 사실로 드러난 것이나 다름없었다. 이준성과 같은 키와 체격을 가진 사람이 이 세상 어딘가에 더 있을지 모르지만, 그 사람이 한반도에서 온 데다 50척에 달하는 강력한 함대를 이끄는 중이면 이준성이 아닐 가능성이 오히려 제로에 가까운 상황이었다.

쇼엔은 쇼네이 왕과 상의한 후에 이준성에게 물었다.

"한국이 류큐와 동맹을 맺으려는 이유가 무엇입니까?"

"우린 대양으로 진출할 기회를 보는 중이오. 오늘 내가 직접 류큐에 들른 이유 역시 그 초석을 다지기 위험이었소.

한데 큰 바다로 나가려면 중간에 보급을 받을 수 있는 안전한 기항지가 필요한데, 류큐국이 딱 그 적당한 위치에 있었소."

쇼엔의 통역을 들은 쇼네이 왕이 고개를 끄덕였다.

그때, 이준성이 재빨리 말을 덧붙였다.

"물론 그 이유 하나 때문에 류큐를 찾아온 건 아니오. 나보단 여러분이 더 잘 알겠지만, 류큐의 최대 적은 서쪽에 있는 중국이 아니라 동쪽에 있는 왜국일 가능성이 크오. 류큐의 위치가 중국보다는 왜국 쪽에 훨씬 가까워서 왜국의 국력이 세지면 세질수록 류큐는 정복당할 위험이 커질 수밖에 없소. 한데 알다시피 우리 한국 역시 왜국과는 사이가 좋지 못한 편이오. 그들이 우리 민족을 공격했기 때문이지. 해서 우리가 동맹을 맺은 다음, 힘을 합쳐 왜국에 대항하잔 뜻에서 이 먼 곳에 있는 류큐까지 찾아온 것이오."

잠시 후, 쇼네이 왕과 상의한 쇼엔이 다시 물었다.

"우리 류큐국과 어떤 방식으로 동맹을 맺자는 겁니까?"

"우선 귀국이 이 섬의 나하 항에 있는 부두 하나를 우리 한국 해군이 편하게 사용할 수 있도록 영구 할양해 주면 좋겠소."

쇼엔은 미간을 살짝 찌푸린 상태에서 물었다.

"그 말은 우리 영토 일부를 영원히 내어 달라는 뜻이 아닙니까?"

"맞소. 대신 우리는 귀국에 군사 원조를 하겠소. 또 만약 적이 귀국을 침략할 경우, 우리가 해군을 보내 지원하겠소."

쇼네이 왕과 상의한 쇼엔이 물었다.

"군사 원조를 어떤 식으로 한다는 겁니까?"

"백문이 불여일견이라 하였소. 우리가 귀국에 군사 원조를 어떤 방식으로 할 건지 내일 날이 밝는 대로 보여 드리겠소."

이준성은 자기가 한 말을 지켰다.

다음 날, 날이 밝기 무섭게 함대로 돌아간 이준성은 해왕 1호를 나하 항 부두에 정박시킨 상태에서 화력 시범을 선보였다. 류큐국이 제공한 어선 두 척에 진천 1호로 발사한 유성 3호 10여 발을 쏟아부어 어선 두 척을 통째로 불태웠다.

또 해룡 1호 10번함에서 떼어 낸 진천 1호 다섯 문을 수리성 성벽에 설치한 다음, 쇼네이 왕과 류큐국 신하들이 보는 앞에서 나무로 만든 허수아비를 표적 삼아 포격시범을 보였다.

물론 시범은 대성공이었다. 노련한 포수들이 발사한 유성 3호가 허수아비가 있는 표적지를 불바다로 만들었다.

이어 왜군에게 노획한 조총을 무연화약인 광사 1호로 발사하는 모습을 보여 준 다음에 천뢰 3호, 지뢰 3호, 운룡 3호, 천왕뢰와 같은 보조화기 시범을 연이어 선보였다.

이준성은 강렬한 인상을 받은 것 같은 류큐국 국왕과 신하들에게 쐐기를 박을 목적으로 충무함대에 실려 있던 화약

1톤과 조총 300자루, 진천 1호 10문, 유성 3호 300발, 각종 보조화기 500개를 원조하겠단 뜻을 비쳤다.

물론 그 원조의 대가는 나하 항 부두 하나를 영구 임대하는 조건이었다.

쇼네이 왕과 류큐국 신하들은 곧장 회의에 들어갔다. 한데 그 회의가 끝나는 데 걸린 시간은 총 10분이 넘지 않았다.

충무함대의 강력한 화력 시범에 넋이 나간 국왕과 신하들은 이게 웬 떡이냐 싶어 바로 동맹을 맺는 협정에 찬성했다.

양국이 맺은 협정의 주요 내용은 동맹, 상호방위조약, 대사관 설치, 군사 원조, 부두 영구 임대 등 30여 가지에 달했다.

조인식을 마친 다음엔 류큐국이 마련한 연회에 참석해 양국의 협정이 성공적으로 끝난 것을 축하하는 자리를 가졌다.

이준성은 류큐국을 떠나기 전에 협정에서 약속한 군사 원조를 실행으로 옮겼다. 화약, 조총, 진천 1호, 유성 3호 등을 류큐국에 인도한 다음, 류큐국 병사들에게 화기 사용법을 가르칠 목적으로 해룡 1호 10번함을 남겨 두었다.

앞으로 해룡 1호 10번함에 탄 해군 병사와 홍염대대 병사들은 류큐국 군대에 화기 사용법을 가르치는 한편, 한국이 영구 임대한 부두에 대사관, 상관 등을 건설할 예정이었다.

쇼네이 왕은 그 답례로 한국 수도에 설치할 예정인 자국 대사관에서 일할 직원 10여 명을 보내 주었다. 이준성은 마지막으로 류큐국이 준 물과 식량 같은 필수물자의 값을 넉넉히 치른 상태에서 쇼네이 왕, 쇼엔과 작별해 대만으로 출발했다.

이번 류큐와의 협정에서 해적 출신들은 철저히 배척받았기 때문에 왕중칙, 고산동 등은 이준성의 진짜 정체를 알지 못했다. 이준성은 좀 더 안전해진 후에 알려 줄 생각이었다.

오키나와를 출발한 함대는 곧 류큐국의 지배를 받는 미야코지, 이시가키 등을 거쳐 마침내 목적지인 대만에 도착했다. 처음 도착한 곳은 대만 동쪽에 있는 화롄이란 곳인데 목적지에서 너무 먼 데다 산으로 막혀 있어 북쪽으로 올라갔다.

함대는 곧 대만의 수도로 유명한 타이베이 인근에 도착했다. 좀 더 정확히 말하면 타이베이 단수이 강 유역 근처였다.

단수이 강이 해안과 만나는 지점에서 3일간 휴식하며 항해 중에 생긴 여독을 푼 이준성은 곧 탐사대를 조직하여 그 주변 지역 탐사에 나섰다.

물론 그에게는 왕직이 남긴 보물 지도가 있어서 그 주변 지역 전체를 탐사할 필요는 없었다. 그는 탐사대를 지휘하여 단수이 강 상류 방향으로 올라갔다.

이준성의 예상이 맞는다면 왕직은 이 단수이 강을 이용해 육지로 보물을 운송했을 가능성이 컸다.

탐사대가 강변을 따라 5킬로미터쯤 이동했을 무렵, 마침내 이준성 앞에 보물 지도와 일치하는 장소가 나타났다.

유진의 지도에 따르면 루저우란 장소였는데, 단수이 강 사이에 생겨난 삼각주였다.

탐사대가 막 삼각주 주변을 정찰하려 할 때였다. 갑자기 주변에서 낙엽 밟는 소리와 함께 무언가가 풀잎을 스치는 소리가 들렸다.

처음엔 야생동물인 줄 알았는데 동물치곤 숫자가 너무 많았다. 최소 수백에 달하는 발소리가 들리는 중이었다.

이준성은 주먹을 쥐어 경계태세를 취하란 명령을 내렸다.

그때, 동물 가죽으로 옷을 만들어 입은 원주민 수백 명이 풀숲에서 튀어나와 나무로 만든 창과 활로 탐사대를 겨누었다.

독재자

7장. 다두왕국

7장. 다두왕국

이준성은 탐사대의 대원들에게 섣불리 움직이지 말란 명령을 내리고선 근처에 있던 고산동과 해적 하나를 불러 물었다.

"다두왕국 사람들인가?"

이준성의 질문을 들은 고산동은 즉시 해적에게 이를 통역했다. 다두왕국 출신 해적은 고개를 살짝 갸웃거리며 대답했다.

고산동은 짜증을 내며 한 번 더 물어본 후에야 고개를 돌렸다.

"이 해적 말이 모두 맞는다면, 이들은 다두왕국 사람이 아니오."

195

이준성은 미간을 살짝 찌푸렸다.

사실 대만은 16세기까지 역사라 부를 만한 게 마땅히 없는 지역이었다.

물론 역사가 없는 곳은 없지만, 기록이 거의 존재하지 않아 알 방법이 없었다.

어쨌든 몇천 년 전, 중국 남부에 거주하던 월족과 동남아시아에 살던 여러 부족이 대만에 건너와 살기 시작한 게 첫 시작으로 알려져 있었다.

이들은 부족 단위로 떨어져 거주하며 원시적인 수렵을 통해 생활을 이어 갔는데, 9세기 무렵에 말레이계 원주민인 파이완족이 북상해 북쪽에 살던 파포라족, 바부자족 등과 연합해 다두왕국이란 나라를 처음 세웠다.

그러나 10세기부터 말레이시아, 오세아니아에 살던 아미족, 아타알족 등이 대거 대만으로 건너오는 바람에 왕의 권위가 크게 떨어졌다.

수많은 부족이 난립하는 탓에 왕의 권력이 세세한 곳까지 미치지 못하기 시작한 것이다.

어쨌든 왕국이 멸망하지는 않았기 때문에 다두왕국은 느슨한 연방제와 비슷한 형태를 보였다.

이준성은 해적에게 다시 물었다.

"다두왕국이 아니면 어느 부족 사람들이지?"

잠시 후, 고산동이 해적의 대답을 통역했다.

"확신할 순 없지만, 자기 생각으론 섬 북쪽에 사는 타이호족 같다는구려. 비록 부족민 수는 적지만 사내들이 아주 용감한 덕에 다른 부족이 함부로 건드리지 못한다 했소."

이준성은 피식 웃었다.

"우리가 재수 옴 붙었단 소리로 들리는군."

해적의 설명이 맞는다면 호전적인 성향을 지닌 타이호족 전사들은 말이 통하지 않는 상대일 가능성이 컸다.

물론 이쪽 말을 아는 해적이 있어 말이야 통하겠지만, 그들에게 우리말을 차분하게 들어줄 인내심이 있을 것 같진 않았다.

그렇다면 방법은 하나였다.

이쪽 역시 무력을 동원하는 수밖에 없다는 뜻이었다.

이준성은 대원들을 돌아보며 은밀히 명령했다.

"내가 신호하면 각자 엄폐가 가능한 곳으로 재빨리 뛰어가라."

잠시 후, 알아들었다는 듯 대원들이 대답하는 소리가 들려왔다. 대원 중 유일하게 우리말을 모르는 해적은 고산동이 책임지기로 했다.

한결 마음이 놓인 이준성은 다시 타이호족 전사들을 관찰했다. 타이호족 궁수들은 활에 화살을 잰 상태에서 탐사대를 주시하는 중이었다. 그들은 지휘관이 명령을 내리는 즉시, 화살을 비처럼 쏟아부을 태세로 보였다.

타이호족 전사들을 둘러보던 이준성은 홀로 바위 위에 올라가 있는 30대 후반 전사 하나를 주목했다. 그는 몸집이 왜소한 다른 전사들과 달리 체격이 우람했다. 또 금과 은으로 만든 귀걸이, 목걸이, 팔찌를 착용해 상당히 눈에 띄는 차림새였다. 아마 그가 타이호족 전사들의 지휘관인 듯했다.

이준성은 타이호족 전사들의 주의를 끌지 않는 선에서 아주 천천히 허리띠 뒤에 꽂아 둔 천뢰 3호와 운룡 3호를 꺼냈다.

타이호족 전사들은 이준성의 행동을 호기심 어린 표정으로 지켜볼 뿐, 소리를 질러 제지하거나 무기를 휘둘러 위협하지 않았다. 전사들의 눈에는 천뢰 3호와 운룡 3호가 대나무를 잘라 만든 평범한 물통처럼 보일 가능성이 농후했다.

이준성은 천뢰 3호와 운룡 3호에 달린 도화선을 당겨 점화시킨 다음, 하늘 위로 힘껏 던졌다. 이준성이 전력을 다해 던진 천뢰 3호와 운룡 3호가 까마득한 높이까지 치솟았다.

"지금이다!"

이준성이 외치는 소리를 들은 대원들은 급히 미리 점찍어 둔 엄폐 장소를 향해 질주했다. 이준성이 던진 천뢰 3호와 운룡 3호에 시선을 빼앗긴 타이호족 전사들은 그제야 속임수에 속았단 사실을 깨달은 듯 급히 대원들 쪽으로 시선을 돌렸지만, 대원들은 이미 바위와 나무 뒤로 도주한 후였다.

화가 난 타이호족 전사들이 고함을 지르며 쫓아가려 할 때였다.

퍼어엉!

10여 미터 상공에서 고막을 찢을 것 같은 폭음과 함께 천뢰 3호와 운룡 3호가 연달아 폭발했다.

단순히 폭음만 들렸다면 그렇게 놀라지 않았을지 모르지만, 천룡 3호와 운룡 3호가 터질 때 쏟아 낸 화염과 연기가 안개처럼 지상을 덮는 바람에 타이호족 전사들은 몹시 당황하는 모습을 보였다.

타이호족 전사들의 눈에는 천뢰 3호와 운룡 3호가 굉음을 내며 폭발하는 모습이 마치 하늘이 노해 불벼락을 떨어트린 것처럼 보였던 모양이었다.

바닥에 납작 엎드린 타이호족 전사들은 귀를 틀어막은 상태에서 몸을 부들부들 떨었다.

그때, 풀숲에 엎드려 있던 이준성이 벌떡 일어나 앞으로 질주했다. 다른 대원들은 바위와 나무 뒤로 엄폐했지만, 이준성은 타이호족 전사들이 천뢰 3호와 운룡 3호에 온통 정신이 팔린 틈을 이용해 근처에 있던 풀숲에 납작 엎드려 있었다.

이준성이 노리는 목표는 바위 위에 혼자 올라가 있는 타이호족 우두머리였다. 우두머리는 괜히 우두머리가 아닌 듯했다. 다른 전사들은 폭발에 놀라 납작 엎드려 있었지만, 그는 약간 엉거주춤한 자세로 서 있을 뿐, 엎드려 있지는 않았다.

이준성은 2미터가 넘는 바위를 훌쩍 뛰어 올라가 우두머리 앞에 섰다.

우두머리는 이준성이 단숨에 그가 있는 바위 위로 올라서는 모습에 약간 놀란 듯했지만, 겁을 집어먹을 정도로 놀라지는 않은 듯 재빨리 칼로 이준성을 베어 왔다.

이준성은 허리를 젖힌 상태에서 옆으로 재빨리 걸음을 옮겨 칼을 피했다. 자신의 칼이 상대를 빗맞힐 거라고는 꿈에도 생각 못 했다는 듯 우두머리가 당황한 표정으로 공격 자세를 다시 잡으려 할 때, 이준성은 번개같이 왼손을 뻗어 칼을 쥔 우두머리의 오른쪽 팔을 붙잡았다. 우두머리는 젖 먹던 힘까지 짜내 팔목을 빼내려 했지만 요지부동이었다.

그때, 이준성이 우두머리의 팔을 잡은 손에 힘을 바짝 주었다. 말 그대로 뼈가 바스러지는 고통을 느낀 우두머리는 손가락을 벌려 칼을 놓았다. 피식 웃은 이준성은 우두머리 팔을 꺾은 상태에서 단도를 뽑아 그의 목에 재빨리 겨눴다.

이준성이 불과 3, 4초 만에 타이호족 전사들의 우두머리를 제압하는 기적을 연출한 순간이었다.

이준성은 우두머리 목에 칼을 겨눈 상태에서 다른 전사들이 어찌 나오는지 보았다.

천뢰 3호와 운룡 3호가 만들어 낸 충격 속에서 가까스로 빠져나온 타이호족 전사들이 분노한 눈빛으로 그를 쏘아보았다.

일부는 그와 우두머리가 있는 바위 위로 올라오려 들었다.

이준성은 단도를 우두머리 목에 더 가까이 대며 고함을 질 렀다.

"무기를 버리고 항복해라! 항복하지 않으면 이자를 죽이겠 다!"

그가 한 말을 타이호족 전사들이 알아들을 리 만무했다. 그러나 그 말이 무슨 뜻인지는 이해한 듯 움찔하는 모습을 보 였다.

그때, 이준성에게 제압당해 있던 우두머리가 갑자기 부하 들을 바라보며 뭐라 소리를 질렀다.

아마 자신이 죽든 말든 신경 쓰지 말고 이준성을 죽여 버리 라 외친 듯했다.

성난 타이호족 전사 수십 명이 사나운 기세로 그에게 덤벼 들었다.

"나를 기어코 나쁜 놈으로 만드는군."

이준성은 왼손으로 꺼낸 천뢰 3호 세 개를 치아로 물어뜯 어 불을 붙인 다음, 타이호족 전사들의 머리 위에 던져 버렸 다.

펑펑펑!

폭음과 불꽃이 또 한 번 공중을 수놓았다. 이번에는 위협 용이 아니어서 덤벼들던 타이호족 전사 10여 명이 비명을 지르며 바닥을 나뒹굴었다. 그러나 애초에 타이호족과 싸울 생각이 별로 없던 이준성이 전사들을 직접 겨냥하지는 않았기 때문에 부상자 중에 크게 다친 사람은 나오지 않았다.

타이호족이 아무리 호전적인 성향을 지녔어도 지금과 같은 상황에서는 그러한 성향을 제대로 발휘하기 쉽지 않았다. 그들에게 이준성이 던진 천뢰 3호는 상식 밖의 물건이었다.

공격을 멈춘 타이호족 전사들이 두려움에 떨며 이준성과 우두머리를 번갈아 바라보았다. 우두머리 역시 이번에는 기가 완전히 질린 듯했다. 그가 부하들에게 다시 뭐라 소리치기 무섭게 전사들이 바닥에 무기를 버리며 손을 들었다.

이준성은 그제야 우두머리의 목을 겨눈 단도를 다시 칼집에 넣은 다음, 엄폐해 있던 다른 대원들을 바위 쪽으로 불렀다. 돌아온 대원들은 혼자 수백에 달하는 타이호족 전사들을 제압한 이준성을 그저 경외의 시선으로 바라볼 뿐이었다.

이준성은 타이호족 말을 할 줄 아는 해적을 통해 그들이 타이호족을 해치기 위해 온 사람이 아니란 사실을 알려 주었다. 그러나 타이호족이 그의 말을 믿어 줄지는 의문이었다.

이준성은 그에게 타이호족을 공격할 의사가 전혀 없다는 사실을 보여 주는 차원에서 천뢰 3호 몇 개를 우호의 증표로 우두머리에게 건네주었다.

잠시 후, 우두머리는 이준성이 가르쳐 준 대로 도화선을 당겨 점화시킨 다음, 사람이 없는 빈 들판에 투척했다. 그로부터 몇 초 후에 천뢰 3호가 폭발해 주변 1, 2미터 반경 안에 있던 풀과 관목을 불태웠다.

천뢰 3호가 마음에 든 우두머리는 즉시 왼팔에 차고 있던 금팔찌를 풀어 답례로 주었다. 이준성은 금팔찌를 받아 바로 오른 손목에 차는 것으로 그의 호의에 고마움을 드러냈다.

우두머리는 예상대로 타이호족 족장이었으며 이름은 타이가였다. 탐사대는 타이호족이 물고기를 잡을 때 사용하는 고깃배를 몇 척 빌려 단수이 강 사이에 있는 삼각주로 향했다.

삼각주에 도착해 인드라망으로 주변을 조사하던 이준성은 곧 상류 쪽으로 걸음을 옮겼다. 흔적이 거의 남지 않아 희미하긴 하지만 몇십 년 전에 커다란 화재가 있었단 사실을 알려주듯 검은색 재가 황토 사이에 증거처럼 흩어져 있었다.

이준성은 단도로 검은색 재가 있던 땅을 살짝 뒤집어 보았다. 흙 안에서 사람 뼈로 보이는 조각이 우수수 쏟아져 나왔다.

눈치 빠른 한명련이 데려온 부하들에게 재가 있는 땅을 파 보라는 명령을 내렸다.

잠시 후, 그들은 수천 개가 넘는 사람 유골을 찾아냈다. 자신들이 지금 원주민이 사용하는 공동묘지 위에 있는 줄로 착각한 몇 명이 몸을 부르르 떨었다.

한명련은 사람의 골반으로 보이는 유골을 조사하며 물었다.

"부하들의 말처럼 원주민이 쓰던 공동묘지일까요?"

앉아서 유골을 살펴보던 이준성은 고개를 저으며 일어섰다.

"공동묘지가 아니야."

"묘지가 아니면 이 많은 뼈가 대체 어디서 왔을까요?"

"토사구팽이란 고사성어를 아나?"

"토사구팽이면 쓸모가 없어진 부하를 버린다는 뜻이 아닙니까?"

이준성은 고개를 끄덕였다.

"맞네. 왕직이 보물을 묻기 위해 동원한 해적들을 어떤 건물 안에 몰아넣은 상태에서 불을 질러 불태워 버린 모양이야. 유골에 불에 그슬린 흔적이 많이 남아 있는 게 그 증거지."

대답하며 주위를 둘러보던 이준성은 인드라망에 띄워 놓은 왕직의 보물 지도와 정확히 일치하는 장소를 찾아냈다. 유골을 발견한 지점과 30미터쯤 떨어진 곳에 있는 바위지대였다.

이준성은 탐사대에 그 바위지대를 파 보게 했다. 바위지대를 파 보란 명령에 오늘 몸살이 나겠구나 싶어 혀를 끌끌 차던 대원들은 그 바위가 땅에 묻힌 바위가 아니라 사람이 가져다 놓은 바위란 사실을 눈치 채고는 손길이 자연스레 빨라졌다. 예상대로 바위 밑엔 물렁물렁한 흙이 대부분이었다.

잠시 후, 구덩이 밑에서 작업을 감독하던 한명련이 소리쳤다.

"찾았습니다!"

이준성은 재빨리 구덩이 밑으로 뛰어내려 안을 살펴보았다. 찬란한 광채를 발하는 황금이 썩어 버린 나무 궤짝 밖으로 살짝 드러나 있었다. 마침내 왕직의 유산을 찾아낸 것이다.

이준성은 입을 크게 벌리며 서 있는 한명련을 툭 쳤다.

"이봐, 그러다 턱 빠지겠어."

한명련은 코가 찡한지 손가락으로 콧잔등을 문지르며 물었다.

"주군께선 안 기쁘십니까? 우리가 정말 보물을 찾아낸 겁니다."

"당연히 기쁘지. 하지만 이 황금을 무사히 본국으로 가져갈 수 있다면 지금보다 더 기쁘겠지. 자넨 가서 송대립에게 홍염대대 병사들을 전부 이곳으로 데려오란 명령을 내리게."

"알겠습니다."

대답한 한명련은 바로 구덩이를 빠져나와 충무함대가 있는 방향으로 달려갔다. 아마 그는 왕직의 보물을 발견했다는 사실에 너무 흥분해 충무함대까지 한달음에 달려갈 것이다.

이준성은 대원들에게 주변을 경계하며 홍염대대가 도착하기 전까지 발굴을 중지하란 명령을 내렸다. 본격적인 보물 발굴은 홍염대대가 현장에 도착한 다음에 착수할 생각이었다.

그날 저녁, 송대립이 이끄는 홍염대대 병사들이 발굴 장비를 짊어지고 현장에 도착했다.

한데 송대립과 홍염대대만 온 게 아니었다. 권준과 어영담이 자기 눈으로 확인하지 않고서는 못 배기겠단 표정으로 홍염대대와 현장에 나타났다.

권준은 떨리는 목소리로 물었다.

"왕직의 보물을 발견했다는 한 장군의 말이 정말 사실입니까?"

이준성은 피식 웃으며 대꾸했다.

"말투를 보니 그동안 내가 헛지랄을 하는 줄 알았던 모양이군."

권준은 당황한 표정을 애써 감추며 억지 미소를 지었다.

"하하. 그럴 리가 있겠습니까? 소장은 그저 애들 상상 속에서나 이런 일이 일어나는 줄 알았다 보니 놀랐을 따름입니다."

"이게 그 상상 속에서나 가능하던 일이 실제로 일어났단 증거야."

이준성은 탐사대가 맨 처음 발굴한 금괴 한 덩이를 권준에게 슬쩍 던졌다. 권준은 깜짝 놀라 급히 금괴를 받았는데, 생각보다 훨씬 무거웠기 때문에 그만 땅바닥에 떨어트렸다.

권준은 급히 땅바닥에 떨어진 금괴를 다시 주워 들며 이준성의 눈치를 살폈다. 이준성은 그 모습을 보며 껄껄 웃었다. 지금까지 같은 장난을 다섯 번 쳤는데 모두 다 통했던 것이다.

금괴를 이리저리 돌려 가며 횃불 빛에 자세히 살펴보던 권준은 아쉬운 표정으로 금괴를 옆에 있는 어영담에게 건네주었다. 어영담이 옆에서 혼자만 구경할 거냐며 눈치를 계속 주었던 모양이었다.

어영담 또한 예상보다 훨씬 무거운 금괴의 무게에 놀란 표정을 감추지 못했다. 그들이 언제 30킬로그램이 넘어가는 순금 금괴를 만져 본 적이 있겠는가.

권준과 어영담이 금괴의 매력에 빠져 있는 동안, 이준성은 송대립에게 현장 주변에 천막을 친 상태에서 발굴을 시작하란 명령을 내렸다. 엄청난 양의 황금을 땅속에 그냥 묻어 둔 상태에서 잠이 올 턱이 없으므로 작업은 밤새도록 이어졌다.

한데 황금의 양이 이준성의 예상 범위를 훨씬 뛰어넘는 바람에 발굴 작업은 다음 날이 지나서야 가까스로 끝났다.

이준성은 황금 앞에 서서 왕직의 마지막 행적을 예측해 보았다.

왕직은 아마 호종헌에게 출두하기 직전, 일이 틀어질 것에 대비해 주변 정리를 미리 완벽하게 해 둔 것이 틀림없었다.

물론 그 주변 정리는 그가 죽은 후에 다른 이들이 그가 평생 모든 재산을 훔쳐 가지 못하게 만드는 데 중점을 두었다.

왕직은 그가 가진 모든 재산을 영원히 변하지 않는다는 황금으로 바꾸고선 베일에 싸인 섬과 다름없는 대만에 묻었다.

그러나 양이 양인 만큼 혼자서 그 많은 황금을 묻을 순 없었으므로 왕직은 부하 수십 명을 동원해 황금을 묻었다.

그러나 그가 죽었다는 사실이 세상에 알려지면 황금을 묻을 때 동원한 그 부하들이 가장 먼저 황금을 훔치려 할 터였다.

왕직은 그런 일을 방지할 목적으로 황금을 묻을 때 창고 겸 숙소로 사용한 목조건물에 동원한 부하들을 전부 밀어 넣고 나선 불을 질러 보물이 묻힌 장소를 철저히 은닉했다.

물론 왕직 역시 그 후에 보물을 묻은 해적이 으레 그러는 것처럼 지도를 남겼다. 이준성이 찾은 보물 지도는 왕직이 고토열도에 있던 양자 왕중칙에게 남긴 보물 지도였지만, 다른 곳에도 보물 지도를 남겼을 공산이 높았다.

왕직은 절강과 고토열도에서 두 집 살림을 했기 때문에 절강에 있는 가족들 역시 왕중칙이 받은 것과 똑같은 형태의 보물 지도를 받았을 것이다.

그러나 보물 지도에는 지형을 표시한 도형만 잔뜩 있을 뿐, 보물을 찾는 데 있어 가장 중요한 지명이 적혀 있지 않았다.

그런 지도를 남긴 속셈이야 죽은 왕직만이 알 테지만 이준성이 얼마 없는 단서를 이용해 추측해 봤을 땐, 그는 보물이 영원히 그의 소유로 남기를 바랐던 모양이었다.

그에겐 아내, 형제, 자식, 양자보다 그 보물이 더 소중했으리라.

이준성은 상념을 떨쳐 버리려는 듯 고개를 세차게 저은 다음, 그 앞에 놓여 있는 금괴의 산을 멍하니 쳐다보았다.

정확한 양을 계산하려면 시간이 좀 더 필요할 테지만, 일단 급한 대로 계산해 본 바에 따르면 무려 10톤에 달하는 양이었다.

말이 10톤이지 정말 어마어마한 양의 금괴였다. 다른 면에서 보면 이는 왕직이 한 나라의 금 보유량과 맞먹는 양의 금을 밀무역과 해적질로 벌었다는 증거인데, 그가 동아시아에 끼친 영향력이 얼마나 지대했는지를 새삼 실감할 수 있었다.

다음 날 아침, 이준성은 홍염대대 병사들을 시켜 금괴를 충무함대로 옮겼다. 이런 일은 소문이 나기 전에 얼른 해치워야 했다. 황금은 언제나 인간의 욕심을 자극하는 법이었다.

금괴를 안전하게 운반한 다음에는 타이호족 족장 타이가를 만나 앞으로의 일을 상의했다.

대만은 16세기까지 아주 조용하던 섬이었다.

유럽인으로선 대만을 처음 발견한 포르투갈 상인들이 대만에 아름다운 섬이란 뜻의 포르투갈어인 '일랴 포르모사'란 별명을 붙이지만, 정작 그 포르투갈 상인들은 대만에 별 매력을 느끼지 못해 잠시 머물다가 떠났다.

그러나 17세기에 들어서면서 대만은 그야말로 격동의 세월을 보내기 시작했다. 당시 양대 해상제국을 이룬 네덜란드와 스페인이 차례로 해안에 상륙해 대만 북부와 남부를 점령했다.

거기에 부족연방 국가인 다두왕국이 있었기 때문에 세 개의 세력이 섬에 공존하던 상황이었다.

그러나 이런 한 지붕 세 가족 체제가 마음에 들 리 없던 네덜란드, 스페인 두 해상제국은 대만 전체를 차지하기 위한 정복 전쟁을 벌였다.

그 와중에 힘이 제일 약한 다두왕국이 고래 싸움에 새우등 터진단 속담처럼 가장 먼저 멸망한 것은 어쩌면 이미 예견된 일일지 몰랐다.

결국 동아시아에 국력을 집중할 수 있었던 네덜란드가 스페인을 섬 밖으로 쫓아내며 승리해 대만 전체를 차지하기에 이르렀다.

전쟁에서 승리한 네덜란드는 섬에 살던 원주민과 명나라에서 데려온 인부들로 사탕수수를 재배해 쏠쏠할 재미를 봤지만, 그 역시 오래가지 못했다.

반청복명의 기치를 내건 정성공이 식량문제를 해결할 목적으로 대만을 공격해 네덜란드인들을 쫓아낸 다음, 정 씨 왕국을 새로 세웠기 때문이었다.

　이때부터 대만은 한족화가 빠르게 이뤄져 지금에 이르렀다.

　이러한 역사적 사실들이 모두 50년 사이에 일어났을 만큼 17세기 대만은 격동의 세월을 보냈다.

　그사이 대만의 진정한 주인이라 할 수 있는 원주민은 네덜란드, 스페인에게 노예처럼 부려지다가 정성공이 이끄는 한족의 지배를 받았다.

　이러한 풍조는 무려 20세기까지 이어지는데, 대만을 정복한 일본제국이 이런 원주민을 한족과 구별하기 위해 생번이라 불렀다.

　생번은 야만인을 낮춰 부르는 멸칭으로 원주민들이 평소에 얼마나 박해를 받았는지 알 수 있는 증거였다.

　이준성은 타이호족 족장 타이가에게 류큐국에서 한 방식대로 동맹을 제의했다. 한국이 타이호족 영역 안에 있는 타이베이에 항구를 건설해 영구 임대하는 조건으로 타이호족에게 군사원조, 경제원조 등을 해 주는 내용이 담긴 동맹이었다.

　그러나 그들이 비록 세상 물정에 어둡긴 하지만 이런 동맹이 나중에 가선 일방적인 침략과 수탈로 이어질 수 있단 사실을 아는 듯 동맹을 맺는 문제에 떨떠름한 반응을 보였다.

이준성은 그들을 안심시킬 목적으로 약속한 무기부터 먼저 건네주었다. 조총과 천뢰 3호, 운룡 3호, 지뢰 3호, 진천 1호 등을 부족 백성이 보는 앞에서 직접 시범 보인 다음, 그들이 원하는 무기를 모두 넘겨주었다.

타이가는 그제야 이준성에게 믿음이 생긴 듯 한국과 동맹을 맺는 데 합의했다.

타이호족과 동맹을 체결한 이준성은 타이베이에 해룡 1호 8번함과 9번함을 남기고서는 두 군함에게 배가 정박할 수 있는 항만시설과 대사관, 상관 등을 건설하란 명령을 내렸다.

또 타이호족이 원할 경우 우리가 쓰는 말과 글, 문화 등을 가르쳐 주게 했으며, 그들에게 넘긴 무기의 사용법 역시 틈틈이 가르쳐 주란 명령을 내렸다.

권준 등 일부 지휘관은 아직 야인의 습성이 사라지지 않은 타이호족에게 무기 사용법을 가르쳐 주면 그들의 마음이 갑자기 돌변해 해룡 1호 8번함과 9번함을 공격할 수 있단 우려를 표했지만, 이준성은 자신의 주장을 끝까지 굽히지 않았다.

"타이호족이 우릴 배신해 내 병사들을 해친다면, 그땐 내가 직접 다시 이곳을 찾아 개미 새끼 한 마리 살려 두지 않을 것이오."

이준성의 선언을 들은 지휘관들은 더는 그 일로 왈가왈부하지 않았다. 타이호족 동맹까지 마무리 지은 충무함대는 빈 물통에 물을 가득 채운 상태에서 마침내 귀국길에 올랐다.

그들이 제주 성산 항을 출발했을 때는 녹음이 짙어 가던 초여름이었는데, 정신없이 움직이다 보니 어느새 세월이 유수와 같이 흘러 지금은 단풍이 절정을 이루는 가을에 접어들었다.

이준성은 돌아가는 항로를 잡으면서 고민을 많이 했다. 명나라 해안에 바짝 붙어 항해하면 갑작스러운 비바람을 만났을 때 재빨리 뭍에 정박해 지나가길 기다릴 수 있지만, 연안을 순시하는 명나라 해군과 마주칠 위험 역시 존재했다.

반대로 명나라 해안과 멀리 떨어져 항해하면 명나라 해군의 감시는 피할 수 있을지 모르지만, 비바람과 같은 갑작스러운 변고에 대비할 시간이 상대적으로 부족할 수밖에 없었다.

물론 가장 좋은 방법은 명나라 해안에 바짝 붙어 항해하면서 명나라 해군의 주의를 끌지 않는 방법이었다.

한데 그에게는 아주 정밀한 항해지도가 있지만, 그 항해지도에는 명나라 해군이 주로 순찰하는 지역까지 나와 있지는 않았다.

"진료는 의사에게, 약은 약사에게 받아야 실패할 확률이 낮겠지."

중얼거린 이준성은 왕중칙을 불렀다. 명나라 해군의 동향을 세상에서 가장 잘 아는 사람이 바로 이 왕중칙이었다.

해적은 명나라 해군의 동향을 미리 파악해 둬야 해적질을 잘할 수 있을 뿐만 아니라 목숨까지 건질 수 있기 때문이었다.

그는 충무함대 지휘를 왕중칙에게 맡겼다. 갑자기 머리가 회까닥 돌아 버린 왕중칙이 충무함대를 명나라 해군 입안에 밀어 넣을 위험은 있지만, 그런 일이 실제로 일어날 것 같진 않았다.

왕중칙이야말로 명나라 해군의 1급 수배범이었기 때문에, 잡히는 즉시 그부터 목이 잘려 나갈 게 분명했다.

왕중칙은 해적질하며 얻은 정보를 십분 활용해 함대를 아주 안전하게 지휘했다. 명나라 해군이 없는 곳에서는 해안에 바짝 붙어 이동하다가 해군이 득실거리는 곳, 이를테면 주산군도 같은 장소에서는 해안과 멀찍이 떨어져 항해했다.

충무함대는 주산군도 근방에서 항로를 북동쪽으로 완전히 꺾어 항해했다. 여기서부턴 공해상이기 때문에 이준성이 다시 함대를 지휘했는데 어쩌면 지금이 가장 위험한 시기일지 몰랐다.

절강 주산군도와 제주도 사이엔 정박할 만한 섬이 없어 폭풍을 만나면 손해를 입을 가능성이 아주 컸다.

실제로 제주도가 200킬로미터쯤 남았을 때, 세찬 비바람이 함대를 강타했다. 다행히 이준성이 인드라망을 이용해 일찍 피한 덕에 피해가 크진 않았지만, 아찔한 순간이 아닐 수 없었다. 그러나 다행스럽게도 그 외엔 별다른 사고가 없었다.

충무함대는 가을에서 겨울로 접어드는 시기인 11월 중순 무렵에 마침내 제주 한림 항에 무사히 귀환해 항구에 정박했다.

◆ ◇ ◆

이준성은 해왕 1호 뱃전에 서서 해군 병사들이 군함을 부두에 정박시키는 광경을 유심히 지켜보았다.

해군 병사들은 초반에 어설픈 면을 자주 드러내 그의 복장을 곧잘 태웠다.

경험이 부족한 상태에서 손발마저 맞지 않아 항구에 정박 한번 하려면 적게는 수시간, 많게는 한나절이 걸렸다.

그러나 지금은 180도 다른 모습을 보여 주었다.

거의 다섯 달에 달하는 긴 항해 덕에 경험이 쌓일 대로 쌓인 해군 병사들은 능숙한 솜씨로 계류 장비를 조작해 정박에 성공했다.

물론 해군 병사들의 실력이 일취월장한 데는 고토열도에서 합류한 해적들이 지대한 영향을 끼쳤단 사실을 부인할 수 없었다.

해적들은 경험이 부족한 해군 병사들을 기초부터 아예

다시 가르치다시피 하였다.

이준성이 해군 장병에게 준 항해 설명서는 말 그대로 설명서에 불과했기 때문이다. 해적이 수십 년간 실전을 통해 쌓아 온 경험에 비할 바 아니었다.

그렇게 해적에게 강도 높은 교육을 받은 해군 병사들은 실력이 일취월장해 지금은 한 10년쯤 배를 탄 선원처럼 능숙해 보였다.

이준성은 배가 완전히 정박을 마친 후에 고개를 돌려 옆을 보았다. 고산동이 눈가에 물기가 촉촉한 모습으로 한림 항을 응시하는 중이었다. 고산동이 그에게 털어놓은 말이 모두 사실이라면, 그는 10년 전까지 제주도에 살던 포작이었다.

포작은 바다에 잠수해 전복, 해삼과 같은 진귀한 해산물을 채취해 관아와 조정에 진상하는 사내를 의미했다.

한데 조정의 과도한 공납 요구를 견디지 못한 고산동은 조선 관병이 쫓아오기 어려운 고토열도로 도망쳐 해적의 길을 걸었다.

고산동은 회한이 가득한 표정으로 씁쓸히 중얼거렸다.

"내가 살아서 조선 땅에 발을 딛는 날이 올 줄은 몰랐는데……."

그러나 그 회한은 오래가지 못했다. 고산동은 공납을 피해 도망쳤기 때문에 국법을 어긴 중죄인의 신분이었다.

이준성은 고산동을 설득할 때, 그가 자기가 하려는 일을 도와주면 그 대가로 면죄받을 수 있게 해 주겠다는 약속을 했었다.

고산동은 이준성의 팔을 붙잡으며 당부했다.

"사면받을 수 있게 해 주겠다는 약속을 절대 잊지 말아 주시오."

그 모습을 목격한 권준, 한명련 등은 깜짝 놀라 고산동을 막으려 했다. 임금 몸에 손을 대는 행동은 불경에 해당했기 때문이었다.

피식 웃은 이준성은 권준 등에게 그 자리에서 움직이지 말란 뜻의 손짓을 해 보인 다음, 돌아서서 고산동에게 대꾸했다.

"과도한 공납 요구 때문에 제주를 떠났다는 당신 말이 사실로 밝혀지면 전에 약속한 대로 사면을 받을 수 있게 해 주지."

고산동은 마음에 안 든다는 표정으로 고개를 절레절레 저었다.

"글세, 틀림없다니까 그러네."

이준성은 히죽 웃으며 대꾸했다.

"틀림없는지 아닌지는 곧 밝혀지겠지."

이준성은 해적들이 배에서 내려 뭍에 상륙하는 것은 허락했지만, 그들이 항구를 떠나 제주를 마음대로 돌아다니는 일은 허락하지 않았다. 무슨 짓을 저지를지 모르는 사나운 해적들을 제주도에 600명이나 풀어놓을 생각은 추호도 없었다.

이준성은 권준, 어영담, 송대립, 한명련 등과 한림 항에 있는 항만사무소로 이동해 휴식을 취했다.

그가 고토열도로 떠나기 직전, 한림 항에 군함 여러 척이 정박할 수 있는 항만시설을 만들어 두란 명령을 관계자에게 미리 내려놓았기 때문에 조용한 어촌이나 다름없던 한림 항에 돌을 쌓아 만든 부두 다섯 개와 나무로 만든 항만사무소가 들어섰다.

긴 항해 중에 쌓인 여독을 풀면서 이틀쯤 기다렸을 때였다. 항만사무소 소장을 통해 이준성이 돌아왔단 소식을 접한 제주도 도지사와 제주시 시장, 제주여단 여단장, 남해함대 제주분견대 제독, 은호원 제주지부 지부장, 감사원 제주지부 지부장 등이 급히 한림 항으로 달려와 이준성을 알현했다.

이준성은 제주도 도지사에게 먼저 질문했다.

"내가 시킨 대로 제주도의 공납을 폐지했소?"

"예, 전하. 조정에서 명령이 내려와 올해 가을부터는 공납을 받지 않기로 했사옵니다. 또한 제주에서 나는 특산물 중에 필요한 특산물이 있을 땐 돈을 주고 사들이는 중이옵니다."

"잘했소."

"황송하옵니다."

그때, 눈치를 살피던 제주도 도지사가 슬쩍 운을 떼었다.

"한데 대궐 소식은 들으셨사옵니까?"

"중전이 해산했다는 소식 말이오?"

"그렇사옵니다."

"들었소. 하지만 딸인지, 아들인진 내가 직접 알아볼 생각이오."

중전이 출산한 자식의 성별을 가장 먼저 알려 줘서 점수를 따 볼 궁리를 하던 도지사가 머쓱한 표정으로 입을 다물었다.

이준성은 도지사 등에게 몇 가지의 어명을 내린 다음, 은호원 제주지부 지부장과 감사원 제주지부 지부장을 따로 만났다.

"공납을 이용해 부패를 저지른 관원들은 몇 명이나 찾아냈는가?"

감사원 제주지부 지부장이 얼른 대답했다.

"제주에 부임한 전력이 있는 지방공무원 11명과 중앙정부에서 근무하는 공무원 39명을 적발해 감옥에 가두었사옵니다."

"잘 처리했군."

이준성은 이어서 은호원 제주지부 지부장에게 물었다.

"백성들을 탐문하는 일은 계속하는 중이겠지?"

"여부가 있겠사옵니까."

"자네가 보기에, 요즘 백성들이 무엇을 제일 걱정하는 것 같던가?"

"올해는 남쪽 지방에 유달리 큰비가 자주 오는 바람에 조업을 나가는 날이 적었던 게 가장 큰 걱정거리라 들었사옵니다."

"자넨 그 사실을 은호원 원장에게 보고토록 하게. 그럼 은호원 원장이 총리나 행정부에 건의해 지원책을 마련할 걸세."

"그리 조치하겠사옵니다."

이준성은 마지막으로 고산동에 관해 알아보란 명령을 내렸다.

그로부터 다시 닷새쯤 흘러 항해 중에 생긴 여독이 거의 다 풀렸을 때였다. 은호원 제주지부 지부장이 그가 있는 항만사무소에 들러 고산동을 조사해 알아낸 정보를 보고했다.

"고산동이 서귀포에서 포작으로 일했던 건 맞는 듯하옵니다."

이준성은 흥미가 생긴 표정으로 물었다.

"그럼 정말 공납 때문에 도망친 거란 말인가?"

"소신이 조사한 바에 따르면 공납 요구가 과중해 도망친 건 맞지만, 그게 도망친 이유 전부는 아니었사옵니다. 고산동이란 자는 공납 양을 빨리 채우라며 재촉하던 서귀포 아전에게 주먹을 휘두른 죄로 수배를 받다가 도망쳤다 하옵니다."

이준성은 껄껄 웃으며 물었다.

"하하! 아전에게 주먹을 휘둘렀어?"

은호원 제주지부 지부장은 이준성이 저렇게 재밌어 하는 이유를 몰랐기 때문에 약간 어리둥절한 표정을 지으며 대답했다.

"그, 그렇사옵니다."

"그 아전은 아직 살아 있나? 고산동이 때렸다는 그 아전 말이야?"

"전하께서 떠나시기 전에 공납 비리를 저지른 지방공무원을 조사하라 하셨을 때 잡혀 들어가 사형당한 줄로 아옵니다."

이준성은 엷은 미소를 지으며 고개를 끄덕였다.

"인생이란 참 묘해. 안 그런가? 포작에게 맞은 아전은 부패 혐의를 받아 사형당했지만, 아전을 때린 혐의로 쫓기던 포작은 10년 만에 멀쩡히 살아서 제주로 돌아왔으니 말이야."

"듣고 보니 그렇사옵니다."

"은호원 제주지부는 지금처럼 백성들을 탐문해 누가 부패를 저지르는지, 또 백성들이 어떤 점을 걱정하는지 알아내게. 알아낸 정보들은 곧장 은호원 원장에게 보고하도록 하고."

"알겠사옵니다."

충무함대가 한림 항에 정박해 있는 동안, 해군 병사들과 해적들은 부서진 배를 수리해 다시 원상태로 복구했다. 또 항해 중에 소진한 물과 식량을 채워 다시 출발할 준비를 마쳤다.

이준성은 감귤을 넉넉히 구매해 그동안 수고한 충무함대 해군 병사들과 해적들에게 나눠 준 다음, 100상자는 선물용으로 남겨 두었다.

남은 감귤은 그가 나라를 비운 동안 큰 탈 없이 국정을 잘 이끈 총리와 장관들에게 줄 생각이었다.

한때 쌀보다 비싸단 말이 돌던 감귤이기 때문에 선물을 받은 사람들은 다들 좋아했다. 밖에서 감귤을 먹을 수 있는 사람은 왕족이거나 아니면 아주 부자거나 둘 중 하나였다.

이준성은 해왕 1호 선실로 고산동을 호출했다.

"알아봤더니 정말 포작이었더군."

"어허, 그거 보시오. 나는 절대 거짓말하는 사람이 아니라니까."

"하지만 내가 들은 얘기는 좀 다르던데."

고산동은 약간 당황한 표정으로 물었다.

"어, 어떻게 다르다는 거요?"

"당신이 도망친 진짜 이유가 아전을 때렸기 때문이라 들었지."

고산동은 그 말을 듣기 무섭게 얼굴이 시커멓게 죽었다. 그는 아마 세월이 많이 흐른 탓에 그 사실을 기억하는 사람이 없을 줄 안 듯했다.

불안한 표정으로 눈동자를 좌우로 굴리던 고산동은 갑자기 바닥에 털썩 엎드려 머리를 조아렸다.

"아전을 때린 일은 변명하지 않겠소. 하지만 그 아전을 때린 이유를 들어 보면 내 말이 거짓이 아님을 알 수 있을 거요."

"그럼 그 아전을 때린 이유를 털어놓아 봐."

"그 아전은 아주 부패한 자였소. 그는 매번 조정이 요구한 수량보다 더 많은 수량을 요구했소. 남은 양은 자기가 착복해서 욕심을 채우려는 수작이었지. 아마 그놈 때문에 목숨을 끊거나 야반도주한 포작이 족히 수십 명은 넘을 거요. 그러던 어느 날, 놈이 과하게 재촉하기에 화가 나서 면상에 주먹을 몇 방 날렸소. 그게 다요. 그놈이 만약 죽었다면, 내가 때려서 죽은 게 아니라 다른 이유로 죽었을 것이오."

이준성은 히죽 웃었다.

"당신 말대로 그 아전은 죽었어."

고산동은 고개를 급히 들며 물었다.

"그, 그럼 난 이제 관아에 끌려가는 거요?"

"그 아전이 죽기는 죽었는데, 10년 후에 죽었어. 당신하곤 관계가 없단 뜻이지. 하지만 그렇다고 해서 당신이 나랏일 하는 아전을 때린 일이 용서되는 건 아니야. 그건 중죄라고."

고산동은 떨리는 목소리로 물었다.

"그, 그럼 난 이제 어떻게 되는 거요?"

"으음, 이렇게 하지. 앞으로 내 밑에서 죽어라 일하면 내가 관아에 잘 말해서 당신이 사면을 받을 수 있게 만들어 주겠네."

고산동은 즉시 대답했다.

"좋소. 그렇게 하겠소."

이준성은 미간을 살짝 찌푸렸다.

"당신은 죽을 때까지 평생 모실 주인에게 그딴 식으로 말하나?"

잠시 고민하던 고산동은 다시 머리를 조아렸다.

"용서해 주십시오. 앞으론 이런 일이 없게 하겠습니다."

"좋아, 좋아. 날 주인으로 모신 걸 후회하지 않게 만들어주지."

한림 항을 출발한 충무함대는 곧 전라도로 북상해 추자도, 진도, 신안, 변산, 태안 등을 차례로 거쳐 인천 제물포항에 정박했다.

제물포에는 이준성이 온다는 소식을 접한 국무총리 류성룡, 경제부장관 이항복, 국방부장관 권율, 행정부장관 정문부 등 총리와 장관 10여 명이 마중을 나와 있었다.

또 총리와 장관 뒤에서는 원충서가 직접 지휘하는 천마여단 기병 3,000명이 보물을 운송하기 위해 기다리는 중이었다.

제물포항 부두에 발 디딜 틈 없이 늘어서 있는 관원과 기병을 발견한 고산동은 깜짝 놀란 표정으로 이준성에게 물었다.

"이, 이들은 대체 다 뭐랍니까?"

"뭐긴 뭐야? 너처럼 내 부하들이지."

"예?"

그때, 이준성을 발견한 류성룡 등이 바닥에 엎드려 절을 올렸다.

"전하, 원로에 참으로 고생이 많으셨사옵니다!"

그 말을 듣고는 이준성과 류성룡 등을 번갈아 바라보며 어버버거리던 고산동은 머리가 핑 도는지 그대로 졸도했다.

독재자

8장. 개혁의 시작

8장. 개혁의 시작

이준성이 한국의 현 국왕이었단 소식에 놀란 이는 고산동만이 아니었다. 왕중칙과 같은 다른 해적들 역시 까무러칠 정도로 놀라 믿어지지 않는다는 반응을 보였다.

그러나 그들이 놀라든 말든, 사실은 사실이었다. 해적보다 더 해적처럼 행동하던 이준성이 한국의 왕이란 사실은 절대 변하지 않았다.

이준성은 류성룡 등을 해왕 1호로 초대했다.

"다들 내가 해외에 나가 무슨 뻘짓을 하는 중인지 궁금했을 거요. 여기에 그 대답이 있소. 이게 바로 내가 나간 이유요."

말을 마친 이준성은 궤짝을 덮어 놓은 천을 벗겼다. 그 순
간, 눈을 부시게 하는 황금이 만천하에 드러났다. 류성룡 등
은 입을 쩍 벌리며 그들 앞에 쌓인 금괴의 산을 쳐다보았다.

충격에서 간신히 헤어 나온 류성룡이 황급히 물었다.

"대체 어디서 이렇게 많은 황금을 구하신 것이옵니까?"

"그 얘기를 하자면 종일 해도 모자랄 거요. 우선 배에 실
린 황금부터 안전한 장소로 옮겨 놓은 후에 천천히 얘기합시
다."

이준성은 천마여단을 동원해 황금을 두 곳에 나눠 저장했
다. 반은 제물포에 있는 금고에, 나머지 반은 도성 행궁 지하
에 만들어 둔 금고에 옮겨 저장했다.

그러나 이준성이 이번에 가져온 보물은 황금만 있는 것이
아니었다. 왕중칙 등이 해적질해서 모은 보물과 재물이 배에
10여 톤 넘게 실려 있었다.

이준성은 왕중칙이 모아 둔 보물과 재물 중에 금, 비단, 그
림, 도자기, 장신구 등은 왕실 내탕고로 옮겨 보관했다. 그러
나 가장 많은 양을 차지하는 은은 왕중칙에게 돌려주었다.

앞으로 왕중칙을 요긴하게 써먹어야 하는데, 평생 모은 재
산을 다 빼앗아 버리면 충성을 바치기보다는 앙심을 품을 가
능성이 더 컸기 때문이다. 왕중칙은 자기 재산의 일부만 돌
려받았을 뿐이지만 그게 어디냐는 듯 감격한 표정을 감추지
못하였다.

이준성은 제물포 근처에 해적들이 머무를 수 있는 곳을 마련해 주었다. 허허벌판이나 다름없는 곳이기 때문에 집과 길을 자신들이 직접 만들어야 하는 상황이지만, 싫은 기색을 내비치는 해적은 없었다. 그들은 사실 이준성이 그들을 노예처럼 부리지 않는다는 사실만 가지고도 기쁘기 짝이 없었다.

해적들은 날이 더 추워지기 전에 보금자리부터 마련해야겠다는 생각이 들었는지 이준성이 제공한 건축 자재로 집을 짓느라 바쁘게 움직였다. 그들이 올겨울을 나는 데 필요한 옷과 식량은 전부 한국 정부가 무료로 나눠 줄 예정이었다.

해적 문제를 처리한 이준성은 도성으로 귀환했다. 제물포에서 10여 일 가까이 머물렀기 때문에 도성에 도착했을 무렵엔 벌써 첫눈이 내린 상태였다. 관민의 열렬한 환호를 받으며 도성에 입성한 그는 곧장 행궁에 있는 중궁전을 찾았다.

중궁전 앞에서는 중전과 수빈이 그가 도착하길 목이 빠지게 기다리는 중이었다. 다섯 달 동안 대궐을 비운 낭군이 제주에 도착했다는 소식을 여러 날 전에 들었는데, 그로부터 한 달 가까이 지난 지금까지 도착할 기미가 보이지 않았다.

한데 마침내 첫눈이 내리던 날, 이준성이 도성에 도착했단 소식을 접한 두 여인은 버선발로 뛰어나올 정도는 아니지만 어쨌든 설렘과 기쁨이 뒤섞인 상태에서 남편을 기다렸다.

잠시 후, 중궁전 월동문을 넘어 들어오는 이준성을 발견한 중전이 달려와 그의 품에 덥석 안겼다.

확실히 중전은 16세기보다는 21세기에 더 어울리는 여인이었다. 16세기에 사는 여인들이 남사스럽다며 하지 않을 행동을 중전은 거침없이 하는 편이었다.

이준성은 고개를 숙여 중전의 얼굴을 바라보았다. 아이를 낳아서 그런지 전보다 살이 조금 붙었는데, 오히려 그게 더 육감적으로 보였다.

그녀에게 풍기는 냄새 역시 약간 달라져 있었다. 예전에는 달콤하면서 쌉싸래한 향이 났다면, 지금은 엄마 품에서 맡았던 향기가 났다. 그녀의 몸에서 나는 냄새라기보다 아기 냄새인 것 같았다.

이준성은 그녀의 이마와 입술에 차례로 입맞춤을 한 다음, 그녀를 꼭 안아 주었다. 중전은 행복한 듯 그의 품에 안겨 신음을 살짝 흘렸다.

그는 중전의 어깨를 보듬어 안은 상태에서 고개를 들어 수빈을 보았다. 수빈은 못 본 사이에 키가 좀 더 자란 듯했다. 하긴 그녀의 나이를 생각하면 아직 더 클 가능성이 있긴 했었다.

수빈은 삼단처럼 윤기가 자르르 흐르는 머리카락을 틀어 올려 옥비녀로 고정한 상태에서 녹색 비단 저고리와 감색 치마를 입은 모습이었다. 또 오랜만에 만나는 남편에게 예쁘게 보이고 싶었는지 평소에는 하지 않던 화장까지 곱게 해 유독 더 아름다웠다.

이준성은 손짓으로 수빈을 불러 왼팔로 꼭 안아 주었다. 그녀의 머리카락에서는 박하처럼 시원한 느낌을 주는 향기가 났다. 그는 아름다운 두 아내를 양팔로 안은 상태에서 자기가 참 행복한 인생을 살고 있다는 생각이 새삼스레 들었다.

"이제 아기를 보러 갑시다."

이준성은 두 아내를 대동한 상태에서 중궁전으로 들어가 자신의 첫 아이와 대면했다. 강보에 싸인 갓난아기는 고사리 같은 손가락을 꼬물거리며 단잠을 자는 중이었다.

그는 아기를 조심스레 들어 올려 품에 살짝 안아 보았다. 너무 작아서 만지면 어디 한군데 부러질 것 같았기 때문에 조심 또 조심했다.

누가 자기를 안은 것을 느꼈는지 갑자기 눈을 뜬 아기가 앞에 있는 그의 얼굴을 물끄러미 바라보았다.

그 모습을 본 중전이 미소를 지으며 말했다.

"아가가 아버지를 알아본 모양이에요."

"허허, 그런 것 같소."

아기는 고사리 같은 꼬불꼬불한 손가락으로 그의 코와 콧수염을 만지며 놀았다. 그의 얼굴이 아주 신기한 모양이었다.

이준성은 아기가 얼굴을 만지도록 해 주면서 중전에게 물었다.

"이젠 가장 중요한 걸 알아볼 차례군. 그래, 딸이오, 아들이오?"

"직접 보세요."

배시시 웃은 중전이 강보를 살짝 들춰 보여 주었다. 아기는 자기가 어엿한 사내임을 증명하는 확실한 증거를 갖고 있었다.

이준성은 껄껄 웃으며 아기를 높이 들어 올렸다.

"그래, 사내아이로군."

"이름은 정하셨어요?"

"으음. 오면서 많이 생각해 봤는데, 아들이면 내 이름 중에 준 자를 따 이준이라 짓는 게 좋을 것 같단 생각이 들었소."

"이준이라…… 신첩은 아주 마음에 들어요."

중얼거린 중전이 고개를 돌려 수빈의 의향을 물었다.

"수빈 동생은 어떻게 생각해?"

수빈 역시 좋은 이름이라는 듯 고개를 끄덕이며 미소를 지었다.

"아기씨에게 아주 잘 어울리는 이름이에요."

"그렇게 말해 줘서 고마워. 다행히 전하는 휘가 두 글자로 이루어져 있으니까 성이란 글자는 수빈이 낳은 아이 이름으로 쓸 수 있을 거야. 그럼 이름 때문에 질투할 필요 없겠지."

수빈이 당황해 대꾸했다.

"질투라니, 당치 않으세요."

"아니야. 나 역시 여자이기 때문에 여자의 마음을 잘 알아. 지금은 여자라기보다는 어머니의 마음이 더 맞는 표현이겠지만."

이준성은 대궐에 돌아와 맞는 첫날 밤을 중전과 새로 태어난 아기와 같이 보내기로 했다. 물론 아기는 유모 옆에서 자는 중이라 같이 잔다는 표현이 맞진 않지만, 유모의 방이 바로 옆에 있으므로 완전히 틀린 표현까지는 아니었다.

불을 끈 이준성은 봉긋하게 솟아오른 그녀의 가슴팍 위에 손을 슬쩍 올려 보았다. 중전은 미소를 지으며 고개를 저었다.

"어의 말로는 당분간은 합방하지 않는 편이 좋대요."

"그렇소?"

"이제 수빈 처소로 건너가 보시는 게 어때요? 신첩은 괜찮아요."

이준성은 그럴 수 없다는 듯 손을 저었다.

"돌아온 첫날은 중전과 보내는 게 도리에 맞는 것 같소."

중전은 이준성의 굵직한 팔을 쓰다듬으며 부드럽게 속삭였다.

"다섯 달 동안 참으셨잖아요. 신첩은 이제 괜찮아요. 질투하지 않을 자신 있으니까, 얼른 가서 수빈을 기쁘게 해 주세요."

이준성은 미간을 살짝 찌푸렸다.

"이거 혹시 함정 아니오?"

중전은 눈을 깜박거리며 물었다.

"함정이요?"

"그렇소. 내가 수빈보다 중전을 더 사랑하는지 알아볼 목적으로 알아채기 힘든 교묘한 함정을 파 둔 게 아니냐 이 말이오."

중전은 입을 가리며 웃음을 터트렸다.

"전하를 시험하는 함정 같은 거 절대 아니에요. 걱정할 필요 없으세요. 신첩은 그렇게 속 좁은 아녀자가 아니라니까요."

이준성은 중전이 그렇게까지 나오는데 믿지 않을 도리가 없었다. 결국 새벽에 중궁전을 나와 수빈 처소로 향했다.

수빈 처소를 지키는 궁인들에게 수빈을 깨우지 말란 신호를 보낸 다음, 몰래 숨어들어 잠을 자는 그녀 옆에 누웠다.

수빈은 잠이 깊이 든 듯 코를 약간 고는 중이었는데, 그가 새벽에 그녀의 처소를 찾아올 줄 전혀 예상 못 한 눈치였다.

이준성은 이불 속으로 손을 쓱 집어넣어 수빈의 봉긋한 가슴을 슬쩍 만졌다. 소스라치게 놀란 수빈이 벌떡 일어나 자기 침소를 침범한 낯선 사내를 노려보았다. 그러나 곧 그 낯선 사내가 이준성임을 알아보고는 안도의 한숨을 내쉬었다.

수빈이 살짝 타박했다.

"애 떨어지는 줄 알았어요."

"오, 아이를 가진 거요?"

수빈은 한숨을 쉬며 대꾸했다.

"말이 그렇다는 거예요."

"하긴 하늘을 봐야 별을 따겠지. 다섯 달 동안 하늘을 본 적 없는데 별을 딸 리가 있나. 하지만 오늘부턴 하늘을 지겹도록 볼 테니, 수빈 역시 곧 큼지막한 별을 딸 수 있을 거요."

수빈은 하늘을 본다는 말이 무슨 뜻인지 이해한 듯했다.

그녀가 약간 부끄러워하며 물었다.

"한데 중전마마는 어찌하고 소첩의 침소로 넘어오신 거예 요?"

"그 중전마마가 보내서 왔소. 진짜요. 날이 밝으면 물어보시오."

그때, 거의 폭발할 지경에 처한 이준성이 수빈의 옷을 거칠게 벗겼다. 수빈은 영 싫진 않은 듯 그가 옷을 벗기기 편하게 엉덩이를 살짝 들어 주었다. 이윽고 알몸으로 변한 두 사람은 열정적으로 사랑을 나눴다.

그러나 한 번으론 다섯 달 동안 쌓인 욕정을 풀기에 모자랐다. 이준성은 새벽빛이 창문을 통해 새어 들어오기 전까지 수빈을 재우지 않았다.

다음 날, 이준성은 조회를 열어 다섯 달 동안 국내에 있었던 크고 작은 일들을 총리와 장관들에게 보고를 받았다. 보고를 받은 다음엔 그가 재가해야 하는 문서에 어보를 찍었다.

그런 문서 중에는 은호원과 감사원이 제주에서 했던 작업을 도성을 포함한 팔도 전역으로 확대 시행한다는 내용이 들어 있었다. 이준성은 즉시 문서에 어보를 찍었다.

나라가 망하는 원인 중 하나는 관원, 즉 공무원의 부패가 만연할 때였다. 이준성은 은호원, 감사원 두 기관을 이용해 부패한 공무원을 끝까지 발본색원해 처단할 뜻을 내비쳤다.

　조회 말미에는 제주에서 사 온 감귤을 그동안 고생한 총리와 장관들에게 선물로 나눠 주었다. 좀처럼 구하기 힘든 하사품을 전해 받은 총리와 장관들이 기뻐했음은 당연했다.

　이준성은 집무실로 돌아와 바로 경제부장관 이항복을 호출했다. 이항복은 빈손으로 오지 않았다. 그의 손에는 크기가 각각 다른 주화 다섯 개가 들려 있었다. 이는 개혁의 첫걸음이라 할 수 있는 화폐 개혁이 그리 멀지 않았다는 뜻이었다.

◆　◆　◆

　이준성은 그가 계획한 개혁 정책들을 유진을 이용해 계속 시뮬레이션해 보았다. 한데 한 가지 문제를 먼저 해결하지 않으면 개혁이 성공할 가능성이 낮다는 결론이 계속 나왔다.

　그 한 가지란 바로 화폐 개혁이었다.

　화폐는 두 종류로 나눌 수 있었다. 우선 화폐를 거론할 때 흔히 떠올리는 지폐, 동전 등은 명목 화폐라는 이름으로 불렸다.

　명목 화폐 그 자체는 가치가 크지 않지만, 사회적으로

합의가 이루어진 상태에서 유통하기 때문에 화폐 역할이 가능했다.

다른 하나는 실질 화폐였다. 실질 화폐는 쌀이나 베처럼 그 자체에 가치가 있는 화폐를 가리켰다. 쌀은 주식, 베는 옷을 만드는 데 쓰이기 때문에 화폐 자체가 필수품인 셈이었다.

조선은 지폐, 동전을 민간에 유통하기 위해 갖은 애를 써 왔지만, 번번이 실패했다. 백성은 종이로 만든 지폐와 구리로 만든 동전보다 쌀과 베 쪽이 훨씬 안전한 자산이라 믿었던 것이다.

이준성은 이러한 풍조를 바꿔야지만 그가 생각한 개혁 정책을 시행할 수 있단 생각에 화폐 개혁을 강하게 추진하기로 마음먹었다.

그 첫 작업으로 고토열도로 떠나기 전에 경제부장관 이항복을 만나 그에게 화폐 개혁 전담반을 만들란 어명을 내렸다. 오늘은 그 결과를 보고받는 자리였다.

이준성이 화폐 개혁 전담반에 내린 첫 번째 명령은 화폐로 도입할 주화를 제작하라는 명령이었다.

물론 주화를 제작할 때 사용한 재료와 도안은 모두 이준성의 머리에서 나왔다.

이준성은 이항복이 만들어 가져온 주화 다섯 종류를 책상 위에 나란히 올려놓은 다음, 먼저 주화의 재질부터 점검했다.

이준성은 처음부터 구리 대신 철을 재료로 사용해 주화를 만들 생각이었다. 한반도는 구리 산출량이 많지 않기 때문에 구리보단 철을 사용하는 편이 재료 수급에 용이했다.

그다음에는 철을 이용해 만든 주화가 녹이 슬지 않게 하는 일에 집중했다. 철은 부식에 대한 금속의 저항력을 의미하는 내식성이 상당히 나쁜 금속이기 때문에 주화를 오래 사용하려면 녹이 슬지 않게 미리 손을 써 두는 게 좋았다.

유진을 이용해 알아본 결과, 철에 녹이 슬지 않게 만드는 방법은 여러 가지였다. 니켈, 크롬처럼 내식성이 좋은 금속과 합금하는 방법, 따로 마그네슘 처리를 하는 방법 등이었다.

이준성은 그중에 금속을 섞는, 즉 합금하는 방법을 택했다. 물론 니켈, 크롬과 내식성 좋은 금속들은 한반도에서 구하기가 아주 힘든 축에 속했다.

그러나 그는 크게 걱정하지 않았다. 유진이 해결해 줄 수 있을 거라 믿었기 때문이었다.

유진은 곧 한반도에서 많이 나는 유기물, 무기물을 모두 조사해 금속의 내식성을 좋게 만들어 주는 약품을 조합해 냈다.

더욱이 이 약품을 철에 바르면 부식이 느려질 뿐만 아니라 은은한 은빛이 도는 광택 효과까지 있어서 철로 만든 철전이라기보다는 은으로 만든 은전처럼 보이는 효과마저 있었다.

이는 백성들이 주화를 은전으로 착각하게 만들 수 있단 뜻이었다.

　물론 이런 행동은 어리숙한 백성을 속여먹는 짓이지만, 주화를 이른 시일 안에 유통할 수 있다면 그보다 더한 짓도 할 수 있었다. 그만큼 명목 화폐의 도입이 중요했다.

　주화를 살펴본 이준성은 고개를 끄덕였다. 주화 다섯 개 모두 은은한 은빛을 뿜어내며 사람의 눈길을 잡아끌고 있었던 것이다.

　"재질은 일단 합격이군."

　이준성은 이어서 주화의 도안을 확인했다. 주화는 다섯 종류였다. 가장 큰 주화는 지름이 7센티미터였는데 앞에는 양각한 그림이, 뒤에는 한글로 일만이란 단어와 아라비아 숫자로 1,000이란 단어가 새겨져 있었다.

　아직 아라비아 숫자에 익숙하지 않은 백성이 많아 한글을 함께 표기해 둔 것이다.

　이준성은 1만 원짜리 주화를 집어 들어 무게를 직접 재 보았다. 묵직한 게 아주 마음에 들었다.

　나중에 10만 원짜리 주화를 만드는 날이 올진 모르지만 어쨌든 지금은 이 1만 원짜리 주화가 가장 비싼 주화였다. 비싼 만큼 주화를 소유한 사람에게 만족감을 줄 수 있는 크기와 무게가 필요했다.

　1만 원짜리 다음에는 1원, 10원, 100원, 1,000원짜리 주화를 차례대로 살펴보았다.

1만 원짜리 주화는 지름이 7센티미터였다. 반면, 그보다 가치가 적게 나가는 1,000원은 6센티미터, 100원은 5센티미터, 10원은 4센티미터, 1원은 3센티미터였으며, 무게 역시 가치가 적을수록 줄어드는 형태였다.

이준성은 마지막으로 주화 앞에 크게 양각해 둔 그림을 확인했다. 이준성이 앞다리를 높이 쳐든 흑왕에 올라탄 늠름한 자세로 열심히 군대를 지휘하는 모습을 묘사한 그림이었다.

본인을 묘사한 그림을 주화에 크게 박아 넣는 짓이 좀 낯간지럽기는 하지만, 백성들의 머릿속에 한국과 이준성이란 사람을 빨리 각인시키는 데는 이보다 좋은 방법이 없을 듯했다.

그러나 서민이 1만 원짜리 주화를 소유하기는 쉽지 않을 거란 생각에 가장 비싼 1만 원짜리 주화와 가장 값이 싼 1원짜리 주화 두 개에 그를 그린 그림을 양각해 집어넣었다.

나머지 1,000원, 100원, 10원짜리 주화에는 각각 백두산 천지, 눈 쌓인 한라산, 가을에 접어든 금강산을 새겨 넣었다.

다섯 개 주화를 양각하는 데 사용한 그림은 모두 한국 최고의 화가를 동원해 만들었기 때문에 위조하기가 쉽지 않았다.

더욱이 화폐 위조범들이 주화를 도금하는 데 사용한 약품의 정확한 재료와 성분 비율을 알 방법이 없으므로, 민간에서 주화를 위조해 유통하는 일은 사실상 불가능에 가까웠다.

이준성은 주화를 이항복에게 돌려주며 물었다.

"이대로 양산할 수 있겠소?"

"주조하는 데 사용하는 틀을 만들어 두었기 때문에 문제없사옵니다. 다만, 아직 한 가지 정해지지 않은 것이 있사옵니다."

이준성은 미간을 살짝 찌푸렸다.

"주화에 집어넣을 연호 말인가?"

"그렇사옵니다."

이항복은 주화에 집어넣을 연호가 필요하다며 이준성의 의향을 물어본 적이 있었다.

이미 명나라와는 거의 단절된 상태였기 때문에 명나라 황제의 연호를 쓰는 일은 사실상 불가능했다.

그렇다면 자체적으로 연호를 만들어 쓰든가, 아니면 단기나 불기를 써서 주화를 제작한 연도를 표시해야 했다.

이준성은 한참을 고민한 후에 서기와 양력을 써서 주화를 제작한 연도를 표시하기로 했다. 서기는 우리와 별 상관이 없는 기년법이지만 기축통화로 유통하기 위해서는 서기를 쓰는 편이 훨씬 수월했다. 양력 역시 그와 비슷한 이유였다.

주화 문제를 마무리 지은 이준성은 이항복을 돌려보낸 다음, 곧바로 외교부장관 이덕형을 불러 도성에 류큐국 대사관을 설치하도록 했다.

외교부가 대사관을 설치하면 쇼네이 왕이 보내 준 대사관 직원 10여 명이 그곳에서 근무할 예정이었다.

류큐국은 비록 작은 나라지만 한국에 생긴 외국의 첫 대사관이란 점에서 의의가 있는 사업이라 할 수 있었다.

류큐국 대사관 설치를 일단락 지은 이준성은 점심을 먹고 나서 잠시 중궁전에 들러 중전과 새로 태어난 아기를 만나 본 다음에 다시 집무실로 돌아와 다음 일정을 처리했다.

다음 일정은 절강여단 여단장 조광과 관련된 일이었다.

고토열도로 떠나기 전, 이준성은 조광을 따로 만나 절강에 있는 명나라 상단과 거래할 수 있도록 안면을 익혀 두란 명령을 내렸다. 조광은 지시한 대로 절강에 잠입해 그곳에 있는 명나라 상단 몇 군데와 접촉해 안면을 익힌 상태였다.

이준성은 조광을 불러 물었다.

"절강 쪽에 우리와 거래하겠다는 상단이 있던가?"

조광은 유창한 우리말로 대답했다.

"예, 거대 상단 두 곳이 거래 의사를 비춰 왔사옵니다."

"우리가 원하는 물건을 얼마나 준비해 줄 수 있다던가?"

"돈만 주면 얼마든지 준비해 주겠다고 했사옵니다."

"좋아. 난 지금부터 자네를 한국무역공사 명나라지사 지사장으로 발령할 걸세. 지금이야 우리와 명나라가 적대관계에 놓여 있기 때문에 명나라에선 인정하지 않는 비공식적인 지위지만, 곧 상황이 바뀌면 공식적으로 활동할 수 있을 것이네. 물론 지사는 절강 쪽에 만들 걸세. 어때? 할 수 있겠나?"

조광은 자기 고향에서 활동할 수 있다는 사실에 기뻐하면서도 한편으론 절강여단에 있는 부하들이 걱정되는 모양이었다.

"그럼 소장의 후임으론 누가 오게 되는 것이옵니까?"

이준성은 빙긋 웃으며 대답했다.

"쓸 만한 장수를 이미 물색해 뒀네."

즉답을 피한 그는 조광에게 편지를 두 통 주어 돌려보냈다. 한 통은 이번에 만든 한국무역공사의 사장으로 취임한 어영담에게 보내는 편지였다.

편지엔 어영담이 조광과 함께 절강을 방문해 지시한 품목을 사들이란 내용이 적혀 있었다.

물론 물건 대금은 왕직이 남긴 황금으로 치르게 했다. 이준성은 왕직이 남긴 황금의 반을 제물포 금고에 보관했기 때문에 거기서 바로 황금을 찾아 절강으로 출발할 수 있었다.

두 번째 편지는 왕중칙과 고산동 두 사람에게 보내는 편지였다. 편지에는 두 사람이 제물포에 있는 항만관리사무소의 도움을 받아 제물포에 해양학교를 세우란 명령이 적혀 있었다.

학교를 세운 다음엔 학생들을 받아 그들에게 원양항해에 필요한 지식과 기술을 가르치도록 했다. 교수가 더 필요하면 해적 중에 쓸 만한 자들을 골라 채용토록 했다.

편지를 받아든 조광이 돌아간 후에는 절강여단 신임 여단장을 집무실로 불렀다. 신임 여단장은 바로 명나라 출신 항장 양원이었다.

양원은 이여송, 오유충과 조명연합군을 지휘해 이준성을 공격했지만, 함정에 걸려 대패한 후 항복했다.

이여송, 오유충은 이준성 손에 죽었기 때문에 그는 운이 좋은 편이었다. 양원은 그동안 포로 신분으로 단천에 있는 광산에서 노역하던 중이었는데, 최근에 은호원과 가진 면담에서 한국에 귀순할 의사를 피력했기 때문에 도성으로 불렀다.

통역과 함께 들어온 양원은 이준성에게 절을 올리며 충성을 바칠 것을 맹세했다. 이준성은 그에게 술을 내린 다음, 조광이 떠난 바람에 비어 있는 절강여단 여단장에 임명했다.

양원이 거듭 감사를 표하며 돌아갔을 때였다. 그는 아침부터 이어진 일정에 피곤함을 느꼈지만, 아직 업무가 끝나지 않았다.

이준성은 밤늦게 은호원 원장 강태봉을 불러 은밀히 물었다.

"시키는 대로 소문을 퍼트렸나?"

"예, 전하. 도성과 지방에서 활동하는 상단 수장들의 귀에 정부가 곧 6만 명에 달하는 육군과 해군 병사들에게 쌀을 녹봉으로 지급할 거란 소문이 들어가게 조치해 두었사옵니다."

"내가 나가서 황금을 엄청나게 많이 구해 왔단 소문은?"

"그 소문 역시 퍼트렸사옵니다."

"그럼 상인들은 내가 그 황금으로 쌀과 보리 등을 사들인 다음, 그동안 고생한 병사들에게 지급할 거란 소문을 믿겠군."

"그럴 것이옵니다."

고개를 끄덕인 이준성은 즉시 명령을 내렸다.

"상인들이 곡식을 사재기하는지 확인한 뒤 보고하게."

"알겠사옵니다."

그로부터 보름쯤 지났을 때였다.

강태봉은 상인들이 쌀값 폭등을 노리고 팔도에 있는 쌀을 사재기하고 있다는 보고를 올렸다. 이는 이준성이 의도한 대로 상황이 흘러간다는 뜻이었다.

그로부터 다시 보름쯤 지났을 때였다.

제물포에 설립한 한국무역공사가 보고를 해 왔는데, 절강에 갔던 무역공사 선단이 거래를 성공적으로 마쳤단 보고였다.

더욱이 예상보다 많은 물량을 확보해 그가 하려는 작업에 탄력이 붙을 듯했다.

1,596년 봄, 이준성은 마침내 개혁의 칼을 뽑아 들었다. 그 개혁의 첫 대상은 한국 경제를 취약하게 하는 상인 집단이었다.

◆ ◇ ◆

　건설부장관 이붕수는 1,595년 겨울부터 1,596년 봄에 이르는 3개월 남짓 동안, 전국 38개 지역에 곡식을 저장할 수 있는 대형 창고, 즉 곡창을 건설하는 일에 총력을 기울였다.

　이준성이 열흘마다 한 번씩 곡창 건설 진행 상황을 직접 점검했기 때문에, 이붕수는 거의 신경쇠약에 걸리다시피 한 상태에서 한겨울에 곡창을 짓는 미친 작업을 강행해야 했다.

　어쨌든 그렇게 서두른 덕에 언 땅이 녹는 춘삼월이 찾아왔을 땐 마무리 작업까지 끝나 곡창 38군데를 완성할 수 있었다.

　이준성이 곡창을 만들라 지시한 지역은 서해, 남해, 동해에 있는 주요 항구도시와 내륙에 있는 각 지역의 거점도시였다.

　서해는 의주, 남포, 해주, 제물포, 태안, 보령, 목포, 진도 등에, 남해는 해남, 여수, 거제, 부산 등에 곡창을 설치했다.

　동해는 울산, 포항, 영덕, 울진, 강릉, 속초, 원산, 함흥, 단천, 경흥 등에 곡창을 설치해 말 그대로 한반도 해안 전체에 곡창을 설치한 셈이었다.

　또 해안에 있는 항구도시에 접근하기 쉽지 않은 내륙 백성들을 위해 각 도의 거점도시에 곡창을 설치해 모든 백성이 이용할 수 있도록 했다.

그러나 곡창만 있어선 일이 돌아가지 않았다. 곡창에 쌀을 나를 선단이 따로 필요했다. 이준성은 한국무역공사 산하에 해운국을 설립해 국내 해운과 국외 해운을 담당하게 했다.

쌀을 곡창으로 운송할 모든 준비를 마친 후에는 계획을 실행으로 옮겼다.

이준성은 한국무역공사가 세 차례에 걸쳐 절강에 있는 상단을 통해 사들인 쌀을 80킬로그램이 들어가는 가마니에 담아 포장했다. 가마니는 비교적 최근인 20세기 초에 일제가 들여온 저장 용기였다.

원래 우리는 곡식을 저장할 때 짚을 짜서 만든 섬이란 용기를 사용했지만, 섬은 무게가 10킬로그램에 달하는 데다 섬 한 장을 짤 수 있는 짚으로 가마니를 석 장 짤 수 있어 경제적이지 못했다.

이준성은 겨우내 포장까지 마친 쌀 수십만 가마니를 한국무역공사 해운국이 운영하는 국내선 선단에 실어 전국에 있는 곡창 38군데에 나눠 저장했다. 물론 배가 내륙에 있는 곡창까지 쌀을 실어 나를 순 없으므로, 일단 항구에 있는 곡창에 다 옮겼다가 그중 일부를 내륙에 있는 곡창으로 옮겼다.

1,596년 3월 말에 한국무역공사 사장 어영담으로부터 모든 운송작업을 완료했다는 보고를 받은 이준성은 경제부장관 이항복을 불러 조폐국이 주화 양산을 얼마나 했는지 물었

다.

"장병과 공무원에게 녹봉으로 지급할 수 있는 양을 보름 전에 완성했사옵니다. 현재는 민간에 풀 주화를 양산 중이옵니다."

"그럼 장병과 공무원에게 주화를 녹봉으로 지급하시오. 특히 장병의 경우에는 복무 개월을 계산해서 미지급분까지 전부 지급하도록 하시오. 장병들은 지금까지 무보수로 복무한 것이나 다름없으니 이젠 정당한 보상을 받아야 할 때이오."

"녹봉을 줘야 하는 공무원의 범위는 어디까지로 봐야 하옵니까?"

"말 그대로 공직에 종사하는 모든 사람이 공무원이오. 지금까진 역관과 같은 특수계통 종사자와 지방관청에서 아전으로 일하는 자들에겐 녹봉을 제대로 지급하지 않았는데, 이런 풍조를 완전히 없애야 부패를 뿌리 뽑을 수 있소. 정부가 녹봉을 제대로 지급하지 않는다는 이유를 내세워 부패를 당연시하는 지금의 이러한 풍조를 바꿔야 한다 이 말이오."

이항복은 미간을 찌푸리며 물었다.

"장병 6만 명과 지방관청 아전을 포함한 공무원 수천 명에게 녹봉을 지급하면 재정에 막대한 지출이 생길 것이옵니다. 더군다나 이번 한 번만 주고 그만둘 것이 아니라면 그러한 지출이 계속 생긴다는 뜻인데 재정이 견뎌 내겠사옵니까?"

"장병과 공무원에게 주는 녹봉은 내가 밖에서 구해 온 황금과 단천 등의 광산에서 채취한 금은으로 충당할 수 있을 거요."

이항복 역시 이번에는 쉽게 물러설 생각이 없어 보였다. 이준성의 선심성 정책 때문에 재정에 구멍이 생기면 나서서 이를 수습해야 하는 책임이 경제부 수장인 그에게 있는 것이다.

"황금이 무한정 있는 게 아닌 이상 결국 그 황금 역시 언젠가는 마르는 날이 올 텐데, 그때는 어찌할 생각이시옵니까?"

이준성은 유진을 이용해 계획을 자세히 검토해 둔 상태였다. 이항복의 생각처럼 막무가내로 밀어붙이는 게 아니었다.

"나 역시 최종적으로는 황금에 의지하지 않는 상태에서 우리가 거둔 세금을 이용해 장병과 공무원에게 녹봉을 주고 나라를 운영할 수 있길 원하오. 해서 난 세 가지 대책을 준비하였소. 첫 번쨘 암모니아 제조 기계를 통해 생산한 비료를 경기도를 포함한 전국 각지에 보급하는 것이오. 농업부가 제출한 보고서에 따르면 비료를 뿌리지 않은 농가와 비료를 뿌린 농가의 수확량 차이가 많게는 두 배, 적게는 반 배가량 났소. 아마 지금 생산하는 비료에 몇 가지 재료를 더 넣으면 수확량이 최소 두 배 이상으로 뛸 것이오. 그 말은 우리가 거둘 수 있는 세금 역시 두 배로 늘어난다는 뜻이오."

이항복은 머릿속으로 열심히 계산해 본 후에 황급히 물었다.

"그럼 두 번째 대책은 무엇이옵니까?"

"농사를 짓는 농지 그 자체를 늘리는 거요. 각종 규제에 묶여 있어 그동안 개발하지 못했거나 뭔가 다른 이유가 있어 사용하지 않는 농지를 찾아내 민간에 나눠 주는 거요. 물론 다른 곳에 피해가 가지 않는 선에서 화전, 간척 등으로 농지를 늘리는 방법 역시 적극적으로 권장할 생각이오."

이항복은 그제야 마음이 조금 놓인 듯했다.

"그렇게 해서 확보한 농지에 비료를 뿌려 수확량을 두 배로 만들어 낼 수 있다면 재정에 숨통이 트이긴 할 것이옵니다."

이준성은 의미심장한 미소를 지으며 물었다.

"이장관은 마지막 세 번째 대책이 뭔지 궁금하지 않소?"

이준성의 미소를 본 이항복은 떨떠름한 표정을 지으며 물었다.

"세 번째 대책은 무엇이옵니까?"

"세 번째 대책은 세금을 내는 인구를 늘리는 거요. 농사를 짓는 농가는 많지만, 그 농가가 전부 세금을 내고 있진 않소. 왕족과 권세 있는 양반이 소유한 농지라는 이유로, 또는 서원과 향교에 딸린 농지라는 이유로 세금을 면제받는 농가가 현재 수천 곳에 달하오. 난 소득 있는 곳에 세금이 있다는 철칙에 따라 이런 곳에 전부 세금을 부과할 것이오."

이항복은 약간 충격을 받은 목소리로 물었다.

"서원과 향교에까지 세금을 물릴 생각이시옵니까?"

"그렇소. 서원과 향교는 그동안 너무 많은 특혜를 받았소. 앞으론 공무원 시험으로 공무원을 뽑을 예정이기 때문에 유생을 가르치는 서원과 향교에 특혜를 부과할 이유가 없소."

"지주와 유생들 쪽에서 반발이 클 것이옵니다."

이준성은 개의치 않는다는 듯 한쪽 어깨를 으쓱했다.

"상관없소. 나에겐 충성을 바치는 정병 6만 명이 있소. 그들이 아무리 반발한들, 결국 내 뜻대로 일이 진행될 것이오."

"무력으로 모든 일을 진행하면 언젠가는 탈이 날 것이옵니다."

"개혁을 빨리 완수하려면 이 방법밖에 없소."

"흠, 알겠사옵니다."

이준성은 손가락으로 이항복에게 가까이 오란 신호를 보냈다. 이항복은 약간 당혹스러워했지만, 임금이 오라는데 가만있을 순 없어 무릎걸음으로 이준성 쪽으로 좀 더 다가갔다.

이준성은 가까이 다가온 이항복의 귀에 속삭였다.

"마지막 세 번째 대책에 관해 아는 사람은 나와 이 장관 두 명뿐이오. 나야 이 대책을 시행하기 전까진 이 일을 입에 담을 생각이 없으니 정보가 새어 나간다면 그 책임은 이 장관에게 있을 거요. 만약 지주와 서원, 향교 등이 세금을 피할 목적으로 땅을 거래한단 소문이 들리면, 각오해야 할 거요."

이항복은 침을 꿀꺽 삼키며 고개를 끄덕였다.

"명심하겠사옵니다."

"아, 마지막으로 하나 더. 장병과 공무원에게 녹봉을 주면서 쌀은 반드시 전국에 설치한 곡창에서 구매해야 한다고 하시오. 만약 이를 어기는 장병과 공무원이 있을 땐, 그들의 신분이 신분인 이상 엄한 처벌을 받을 수밖에 없을 것이오."

"알겠사옵니다."

대답한 이항복은 이준성이 시킨 대로 일을 진행했다. 먼저 6만 명에 달하는 장병에게 그동안 밀린 녹봉까지 전부 계산해 지급했다. 물론 녹봉은 조폐국이 만든 주화로 지급했다.

이준성과 함께 대호골에서부터 봉기한 장병은 햇수로 5년째 복무 중이기 때문에 쌀 30여 가마니에 해당하는 녹봉을 받아 단숨에 인생이 펴는 행운을 누렸다. 또 출신 성분에 상관없이 녹봉을 지급했기 때문에 항왜와 명나라 출신 병사들 또한 차별 없이 복무한 개월 수에 맞는 녹봉을 받았다.

장병과 공무원은 정부가 지시한 대로 근무지 근처에 있는 곡창을 방문해 쌀을 사는 데 녹봉으로 받은 주화를 사용했다.

그러나 장병과 공무원은 받은 녹봉으로 쌀만 구매하지 않았다. 가족을 먹여 살리려면 쌀 말고도 필요한 필수품이 많기 때문이었다. 그들은 곧 옷감, 소금처럼 다른 필수품을 구매하기 시작했는데, 이는 이준성의 예상을 빗나가는 결과를 불러왔다.

그들은 곡창에서 구매한 쌀로 다른 필수품을 구매했다. 즉 구매한 쌀을 전처럼 실질 화폐로 사용한 것이다. 이래선 녹봉을 주화로 지급한 이유가 퇴색할 수밖에 없었다.

이준성은 급히 장병과 공무원에게 쌀로 옷감, 소금과 같은 다른 필수품을 사지 말라는 어명을 내렸다. 그 대신 상인에게 물건 대금으로 주화를 지급하게 했다. 그러면 그 상인은 곡창을 찾아 받은 주화로 쌀을 사서 돌아갈 것이기 때문이었다.

일을 두 번 해야 하는 번거로움이 있긴 했지만, 정부의 정책이란 말 한마디면 다들 수긍하는 기색을 보였다. 시중에 갑자기 엄청난 양의 돈이 쏟아져 들어오는 이유가 바로 정부가 세운 그 경제정책에서 기인하기 때문이었다. 부자가 될 수 있다면 곡창이야 얼마든 방문할 수 있었다.

한데 그중 똑똑한 상인들, 아니 어쩌면 곡창을 매번 찾아가기 귀찮았던 게으른 상인 몇 명이 잔꾀를 하나 냈다. 바로 자기 대신 다른 사람이 곡창을 방문하게 만들어 버린 것이다.

상인들은 물건을 대주는 1차 생산자와 거스름돈을 받아가는 손님, 또 자기 밑에서 일하는 직원에게 주화를 지급했다.

그렇게 하면 자기 대신에 1차 생산자와 손님, 직원이 곡창을 방문해 주화를 쌀로 바꾸게 할 수 있었다. 그렇게 한 달쯤 지났을 때, 주화가 들어와도 곡창에 들러 주화를 쌀로 바꾸지 않는 사람이 하나둘 생겨났다. 곡창에 쌀이 있는 한, 지금 가든 나중에 가든 별 차이가 없었기 때문이었다. 드디어 주화가 쌀과 같은 실질 화폐를 대신하기 시작했다.

그로부터 다시 얼마 후에는 쌀 80킬로그램 한 가마니의 가격이 주화 1,000원으로 정해진 상태에서 옷감, 소금, 고기, 생선 등의 가격이 차례로 정해졌다.

마침내 백성과 상인들이 쌀 외의 다른 품목들을 주화로 거래하기 시작한 것이다.

한데 그러다 보니 장병과 공무원에게 지급한 주화로는 시장이 요구하는 주화의 수량을 맞추기 힘들었다. 이항복은 급히 조폐국이 생산한 주화 수십만 개를 시중에 더 풀어 주화가 화폐 역할을 완벽히 대신할 수 있는 환경을 구축했다.

화폐 개혁이 성공했다는 보고를 받은 이준성은 은호원 원장 강태봉을 불러 쌀값 폭등을 노리고 쌀을 사재기한 상인들의 근황을 들었다.

예상대로였다. 그들은 이준성이 절강에서 들여온 쌀이 저렴한 가격으로 시장에 풀리는 바람에 파산 직전에 놓여 있었다.

그는 경제부장관 이항복에게 쌀을 사재기한 상인들을 찾아가 시가와 거의 비슷한 가격으로 그들이 저장해 둔 쌀을 사들이게 했다.

쌀을 사재기한 상인들은 그런 가격에 팔면 엄청난 손해

를 봐야 하는 처지였지만, 어차피 지금 팔지 못하면 그보다 큰 손해를 감수해야만 했다.

경제부는 상인들이 판 쌀을 곡창에 저장했다. 백성들 처지에선 쌀이 곧 주화이기 때문에 곡창에 쌀이 가득 차 있어야지만 안심한 상태에서 주화를 거래할 수 있었다.

만일 쌀이 부족하단 소문이 돌면, 다른 사람보다 먼저 주화를 쌀로 교환하기 위해 곡창을 찾은 백성들로 난장판이 벌어질 것이다.

며칠 후, 이준성은 조회를 열어 총리와 장관들을 모았다.

"오늘 두 번째 개혁조치를 단행하겠소. 오늘부터 쌀, 소금과 같은 필수품 몇 가지를 국가가 직접 생산자에게 사들이는 전매 제도를 시행할 것이오. 또 앞으로 한동안은 토지와 노비 같은 재산을 거래하는 행위를 금지하는 조치를 시행할 것이오. 나는 이를 감독하기 위해 보름 전에 국군을 팔도에 배치해 두었소. 경들은 이 두 가지 개혁조치가 성공적으로 이뤄질 수 있게 각자의 자리에서 최선을 다해 주시오."

국무총리와 대신들은 마침내 올 것이 왔다는 듯 숨조차 크게 내쉬지 못한 상태에서 이준성이 하는 말에 귀를 기울였다.

9장. 과감한 결단

　이준성은 손가락을 튕겨 강주봉에게 시작하란 신호를 보
냈다. 신호를 받은 강주봉은 봉에 걸어 둔 커다란 전도를 하
나 가져와 대신들이 잘 볼 수 있도록 옥좌 바로 옆에 설치했
다.

　전도 옆에 선 이준성은 대신들을 둘러보며 입을 뗐다.

　"전매 제도와 재산 매매 금지 조치의 의미를 모르거나, 혹
은 마음대로 곡해해 이해하는 사람이 있을지 몰라 임금인 내
가 직접 여러분에게 두 조치의 취지를 설명하는 자리를 갖겠
소."

　이준성은 지휘봉으로 전도를 한 장 넘겼다. 전도 두 번째

장에는 전매 제도를 요약한 내용이 한글로 크게 적혀 있었
다.

"내가 직접 두 조치의 취지를 설명하는 자리는 이번밖에
없을 거요. 나중에 자기는 노안이 와서 제대로 못 봤네, 귀가
어두워 잘 못 들었네, 변명하지 말고 다들 앞으로 나오시오."

이준성의 말에 대신들이 순한 양처럼 옥좌 앞에 모여들었
다.

"자, 잘 들으시오. 전매 제도는 정부가 특정 품목의 가격
안정과 생산자의 소득을 보장하기 위해 도입하는 제도요. 다
들 이젠 한글을 읽을 줄 알 테니까 전도에 적은 내용을 따로
읽진 않겠소. 전도에 나와 있듯 전매 제도를 시행하는 품목
은 크게 경제와 관련한 품목과 국방과 관련한 품목 두 가지
로 나눌 수 있소. 우선 경제와 관련한 품목부터 살펴보면, 우
리 민족의 주식인 쌀, 보리, 조, 수수 이 네 가지가 대표적이
라 할 수 있소. 난 거기에 소금 등 몇 가지 품목을 더해 전매
제도를 대대적으로 시행할 생각이오. 쉽게 말해 정부가 농가
와 같은 1차 생산자에게 쌀을 사들인 다음, 그것을 정부 주도
하에 안정적인 가격으로 민간에 공급하는 거요. 이렇게 하면
1차 생산자는 손해를 보지 않은 선에서 안정적인 생산 활동
을 이어 갈 수 있소. 또 소비자는 전보다 훨씬 합리적인 가격
으로 원하는 품목을 구매할 수 있소. 물론 세금 역시 확실하
게 거둘 수 있소. 사들인 가격에 약간의 세금을 더해 민간에

판매할 수 있기 때문이오."

이준성은 다음 장을 넘겼다.

"이번엔 국방과 관련한 전매 제도를 설명하겠소. 사실, 국방과 관련한 전매 제도는 그 특수성으로 인해 앞서 설명한 경제와 관련한 전매 제도와는 성격이 약간 다를 수밖에 없소. 우선 국방과 관련한 전매 제도를 시행하는 품목의 종류를 공표하겠소. 금, 은, 철, 구리, 주석 등 우리 한반도에서 생산 가능한 금속 대부분에 전매 제도를 시행할 예정이오. 물론 국가의 재산인 광산을 개인이 함부로 개발하는 행위를 국법으로 엄격히 금지한 상태이긴 했지만, 개인 혹은 조직이 비밀리에 개발하는 광산이 있단 말을 들었소. 특히 정부가 감시하기 쉽지 않은 사금, 사철광산이 많단 사실을 은호원을 통해 알아냈소. 난 그런 광산을 모두 찾아내 국가의 재산으로 귀속시킬 생각이오. 이렇게 하면 금속의 경우에는 1차 생산자를 정부로 일원화시킬 수 있소. 정부는 금속을 생산한 다음, 거기에 세금을 더해 민간에 공급할 것이오."

이준성은 세 번째 장을 넘기며 대신들을 돌아보았다. 전도 세 번째 장에는 빨간 물감으로 휘갈겨 쓴 '사형'이란 글자만 크게 적혀 있을 뿐, 그 외에 다른 설명은 붙어 있지 않았다.

이준성은 맨 앞에 서 있는 국무총리 류성룡에게 물었다.

"총리는 이게 무엇을 뜻하는 것 같소?"

류성룡은 헛기침을 살짝 하며 대답했다.

"전매 제도 다음에 나온 내용이니 신이 감히 추측하기론, 토지나 노비 같은 재산을 매매하는 일과 관련 있는 듯하옵니다."

"정확하오."

이준성은 고개를 돌려 옆에 있는 국방부장관 권율에게 물었다.

"국방부장관은 여기 적혀 있는 사형이란 글자가 무슨 뜻 같소?"

"토지, 노비와 같은 사유재산을 거래하다가 발각되면, 전하께서 직접 국문을 열어 사형에 처할 거라는 의미 같사옵니다."

"정확하오. 긴말하지 않겠소. 본인이 왕족이든, 나는 새를 떨어트리는 권신이든 상관없소. 재산을 매매하다 들키면 국법을 어긴 죄로 잡아 처넣어 모가지를 싹 베어 버릴 거요."

그동안 극도로 화가 난 이준성이 저지르는 짓들을 옆에서 지켜본 대신들은 약간 겁에 질린 표정으로 고개를 끄덕였다.

이준성은 만족한 표정으로 말을 이어 갔다.

"지금부턴 내가 사유재산을 거래하지 못하도록 하려는 이유를 설명하겠소. 지금부터는 약간 복잡할 수 있소. 정신들 똑바로 차리시오. 아니면 나중에 개고생할 위험이 있으니까."

대신들은 이제 진짜 중요한 게 나오나 싶어 눈을 크게 떴다.

이준성은 전도 네 번째 장을 펼치며 설명했다.

"지금부턴 세금 제도의 개혁에 관해 얘기하겠소. 현재 정부는 전세, 군역, 부역, 공납 이 네 가지 방식으로 세금을 백성에게 부과하는 중이오. 한데 난 이 중 군역, 부역, 공납 이세 가지 세금을 없앨 작정이오. 앞으로 군역은 상비군으로, 부역은 국가가 직접 고용하는 방식으로, 공납은 국가에서 비용을 지급해 구매하는 방식으로 각각 교체할 것이오."

대신들은 숨이 멎은 사람처럼 하얗게 질려 이준성을 보았다. 군역, 부역, 공납은 재정 지출을 최소화하는 핵심 정책이었다. 한데 이준성은 이 세 가지 세금을 없애겠다고 공표했다.

그러나 이준성은 대신들의 반응에는 별 관심이 없는 듯했다.

"그렇다면 다들 세금을 대체 어디서 충당할 건지 궁금할 거요. 나는 전세를 확대 개편함과 동시에 소득세를 새로 도입할 생각이오. 참, 전세는 앞으로 재산세란 이름으로 바꿀 생각이오. 다시 본론으로 돌아와서 재산세는 말 그대로 개인이 가진 자산에 부과하는 세금이오. 이 자산에는 개인이 보유한 집, 전답, 선산을 포함한 모든 토지, 노비 등이 들어가오. 다시 말해 노비를 한 명 소유한 상태면 얼마, 열 명 소유한 상태면 얼마 하는 식으로 자산을 계산해 세금을 부과할 거란 뜻이오. 두 번째로 소득세를 설명하겠소. 우선 소득세란 개념이 잘 와닿지 않을 것 같은데, 의외로 간단하오. 그 사람이 얼마를 벌었는지에 따라 세금을 부과한단 뜻이오."

이준성은 기침 소리만 들리는 대청을 슬쩍 바라본 다음에 전도를 한 장 넘겨 재산세와 소득세를 본격적으로 설명했다.

"재산세와 소득세의 핵심은 누진세란 점이오. 말 그대로 재산과 소득이 높으면 높은 비율로, 재산과 소득이 낮으면 낮은 비율로 계산해 세금을 부과할 거란 뜻이오. 여러분이 이해하기 쉽게 간단한 예를 하나 들어 보겠소. 도성 밖에 사는 농부가 30평짜리 자기 집과 700평에 해당하는 전답을 보유했다 칩시다. 물론 이 농부는 노비가 없는 관계로 집과 전답에 관해서만 세금을 부과받을 것이오. 은호원을 시켜 이 농부가 가진 집과 전답을 시가로 계산해 봤더니 100만 원이란 금액이 나왔소. 이때, 이 농부에게 부과하는 재산세는 보유한 자산 총액의 1리에 해당하는 1,000원이오. 또 이 농부가 본인이 가진 700평 전답을 이용해, 한 해 동안 열심히 농사를 지어 쌀 열 가마에 해당하는 1만 원을 벌었다 치면, 소득세로 소득의 1할에 해당하는 1,000원을 내야 하오. 즉 이 농부는 1년에 재산세 1,000원과 소득세 1,000원을 합쳐 2,000원의 세금을 내야 하는 것이오."

대신 몇 명은 이해한 듯 고개를 끄덕였다.

그러나 다른 대신들은 여전히 멍한 표정으로 서 있었다.

이준성은 경제부장관 이항복을 보며 물었다.

"여기서 적용한 세율이 각각 얼마인지 장관은 아시오?"

"재산세는 1리, 소득세는 1할이옵니다."

"정확하오."

이준성은 대신들이 즉각 체감할 수 있는 예를 하나 더 들었다.

"그럼 이젠 다른 예를 하나 들어 보겠소. 알기 쉽게 여기에 있는 대신 한 명의 예를 들어 설명할 텐데, 누군지 밝히진 않겠지만 은호원이 샅샅이 조사해 계산한 내용이니 그 내용에 틀린 점은 없을 거라 장담하오. 이 대신은 도성에 200평, 고향에 700평이 넘는 저택을 두 채 갖고 있소. 또 도성과 고향에 총 89명의 노비를 보유하고 있으며, 선산과 전답 역시 무려 2만 8천 평을 보유한 상태요. 은호원이 계산한 바에 따르면 이 대신이 보유한 자산은 1억 원이란 거액에 해당하오. 이 대신이 조금 전에 설명한 농부와 같은 세율로 세금을 낸다면 재산 가치의 1리에 해당하는 10만 원을 내야 하지만 누진세를 적용하면 많이 달라지오. 앞서 말했듯 누진세는 가진 재산이 많으면 많을수록 높은 세율을 적용받는 제도이기 때문에 이 대신은 1푼이란 초고액 자산가의 세율을 적용받아 100만 원의 세금을 당국에 내야 하오."

그때, 대신들 사이에서 기침 소리가 크게 터져 나왔지만, 이준성은 개의치 않는다는 듯 세금 제도에 관해 계속 설명했다.

"지금부터는 이 대신이 매년 내야 하는 소득세에 관해 알아보겠소. 이 대신은 현재 두 가지 방법으로 돈을 벌고 있소. 첫 번째는 나라에서 주는 녹봉이오. 참고로 이 대신은 여러분들처럼 1년에 녹봉으로 5만 원을 받고 있소. 이는 쌀 50가마니에 해당하는 녹봉으로 가계를 꾸려가는 데 있어 충분한 녹봉이라 생각하오. 그러나 이 대신의 주 수입원은 녹봉이 아니오. 녹봉은 부수입이나 다름없소. 이 대신은 자기가 보유한 전답을 고향에 있는 노비와 소작농에게 일구게 하여 매년 500만 원이란 어마어마한 소득을 올리는 중이오. 그렇게 따지면 이 대신의 1년 총수입은 505만 원이란 계산이 나오오. 한데 이 대신이 조금 전에 예를 든 농부처럼 1할의 세율을 적용받는 것으로 계산하면, 50만 5천 원을 소득세로 내야 하는 게 맞소. 그러나 실제로는 초고소득자이기 때문에 누진세의 적용을 받아 3할에 해당하는 151만 5천 원의 세금을 내야 하오. 그렇다면 여러분 또한 이 대신이 매해 재산세와 소득세로 얼마를 내야 하는지 쉽게 계산할 수 있을 거요. 맞소. 251만 5천 원을 내야 하오."

이준성은 다시 이항복을 보며 물었다.

"경제부장관은 이 대신이 적용받은 세율이 얼마인지 알겠소?"

"예, 전하. 재산세는 1푼, 소득세는 3할이옵니다."

"전에 예를 든 농부와 비교하면 어떻소?"

"농부는 재산세로 1리, 소득세로 1할을 냈기 때문에 대신과 농부는 재산세에선 10배, 소득세에선 3배 차이가 나옵니다."

"바로 그 차이가 새 세금 제도의 핵심인 누진세요."

이준성은 전도를 덮으며 대신들의 표정을 살폈다. 몇 명은 표정의 변화가 거의 없었지만, 몇 명은 거의 쓰러지기 직전이었다. 특히 자산을 많은 대신일수록 얼굴이 썩어 있었다.

이준성은 쐐기를 박았다.

"새로운 세금 제도가 바뀌는 일은 절대 없을 것이오. 또한 이 세금 제도를 비껴갈 수 있는 사람 또한 절대 없을 것이오. 만약 이에 반발해 저항하겠다면, 말리지 않겠소. 앞서 말했다시피 이미 전국에 내 명령만 따르는 정병 6만 명이 배치되어 있소. 이 새로운 세금 제도에 저항하면 어떤 결과를 불러올지는 나보다 여러분이 더 잘 알 것으로 생각하오."

이준성은 마지막으로 새로운 세금 제도를 자세히 설명한 100장짜리 두꺼운 규정집을 대신들에게 하나씩 나눠 주었다.

"궁금한 사항은 규정집에 다 나와 있소. 그걸 열흘 후까지 완벽히 숙지하도록 하시오. 숙지하지 못하면 아주 힘들어질 테니까."

그 말을 남긴 이준성은 집무실로 돌아갔다.

한편, 대신들은 급히 규정집을 펼쳐 자신들이 관심 있어 하는 항목부터 살폈다. 노비가 많은 대신이라면 노비에 관한 세율을, 땅이 많은 대신은 땅에 관한 세율부터 먼저 파악했다.

대신들은 노비에 적용하는 세율이 엄청난 것을 보며 신음을 뱉거나 자기 이마를 짚었다. 노비는 특별 세율을 적용받아서 오히려 데리고 있는 게 훨씬 손해일 지경이었다.

대신들은 그제야 이준성이 왜 재산 매매 금지조항에 노비를 넣었는지 알 수 있었다. 노비를 데리고 있을수록 손해라면 어떻게든 처분해야 하는데 이젠 처분할 방법이 마땅치 않았다.

어떤 대신 하나가 조용히 부르짖었다.

"저, 전하께서는 노비 제도를 아예 혁파하실 생각이 분명합니다!"

다들 그 말에 말없이 고개를 끄덕였다.

그 대신의 예측이 옳았다는 듯 후속 조치가 연이어 이어졌다. 관기, 관노비를 시작으로 관아에 속한 모든 노비, 천인, 칠반천역 등이 앞으론 양인의 대우를 받는단 어명이 떨어졌다.

이는 한반도에 개혁의 폭풍이 거세게 몰아칠 징조였다.

이준성은 바로 다음 작업에 착수했다. 새로운 세금 제도의 결과가 나오기까지 최소 석 달은 필요하므로, 그사이 새로운 세금 제도가 초래할 문제를 미리 처리해 둘 속셈이었다.

그는 매일 조회를 열어 대신들에게 일거리를 잔뜩 안겨 주었다.

이준성은 경제부장관 이항복 앞에 두툼한 서류를 내려놓았다.

"이건 국세청 설립에 관한 서류요. 현재 세금은 판적사가 맡아 처리하는 중이지만, 지금 판적사의 수준과 규모로는 업무를 제대로 하기 어렵소. 경제부장관은 경제부 산하에 국세청을 신설해 국세청이 세금과 관련한 모든 업무를 처리케 하시오. 서류 안에 설립과 운영방법, 회계방법 등이 모두 들어 있소. 서류대로만 하면 큰 문제는 없으리라 생각하오."

이항복은 1,000페이지가 넘는 서류를 보며 당황하여 물었다.

"국세청에서 일할 공무원은 어디서 충당해야 하옵니까?"

"그럴 줄 알고 국립고등학교를 졸업한 학생 중에 회계과목 성적이 좋은 학생들을 미리 추려 놓았소. 그들을 고용하면 도성과 지방 48개소에 국세청을 신설하는 데 문제없을 거요."

이항복의 표정이 놀라움에서 경악으로 바뀌었다.

"48개소나 만들어야 하옵니까?"

"세금 업무를 완벽하게 처리하려면 그 정도는 필요할 것이오."

그때, 국무총리 류성룡이 다급한 목소리로 물었다.

"국세청을 48개소나 만드신단 말씀은 지방관청이 전담하던 지방의 세금 업무까지 다 국세청이 도맡는다는 뜻이옵니까?"

"그렇소. 앞으로 지방관청은 행정과 관련한 일만 맡을 것이오. 다시 말해 지방관청이 지금까지 담당하던 세금, 치안, 국방, 법무 등의 업무를 다른 기관으로 이관할 거란 의미요."

대꾸한 이준성은 다시 이항복 쪽으로 시선을 돌렸다.

"모든 작업을 3개월 안에 마치시오. 직원들이 밤을 새우든, 코피를 쏟듯 상관없소. 번갯불에 콩 구워 먹듯 해치우시오."

이준성은 이항복의 불만스러운 표정을 무시한 상태에서 이번엔 건설부장관 이봉수 앞에 두꺼운 서류를 하나 내려놓았다.

"이건 도로공사 설립에 관한 서류요."

그러나 이준성은 그게 끝이 아니라는 듯 두꺼운 서류를 두 개 더 가져와 바닥에 놓인 서류 위에 차곡차곡 쌓아 올렸다.

"그리고 이건 주택공사와 항만공사에 관한 서류요. 건설부는 기관 산하에 이 세 관청을 설립하시오. 기간은 역시 3개월이오. 만약 그 안에 설립하지 못하면 각오하는 게 좋을 거요."

이준성은 고개를 돌려 다른 대신들을 쳐다보았다. 다른 대신들은 이준성이 저승사자쯤으로 보이는지 시선을 슬슬 피했다.

피식 웃은 이준성은 국방부장관 권율 앞으로 걸어갔다.

권율은 침을 꿀꺽 삼키며 이준성을 올려다보았다.

이준성은 그런 권율 앞에 두꺼운 책자를 내려놓았다.

"이건 방위사업청, 즉 방사청 설립에 관한 서류요. 앞으로 군에서 필요로 하는 모든 물건의 생산을 방사청에서 담당할 것이오. 국방부장관은 3개월 안에 방위사업청을 설립하도록 하시오. 방위사업청이 첫 번째로 해야 할 일은 전국 주요 도시에 군함을 건조하는 조선국, 무기를 제작하는 병기국, 군복과 같은 피복류를 제작하는 방직국, 화약, 비료, 농약 등을 생산하는 화학국 등을 만드는 것이오. 어느 곳에 어떤 사업장을 만들어야 하는지는 이 책자에 다 나와 있소. 이대로 따라 하면 3개월이 그리 짧게 느껴지진 않을 것이오."

권율은 침을 삼킬 힘조차 없는 듯 말없이 자기 앞에 쌓여 있는 서류의 산을 지켜보았다. 마치 혼이 나간 사람 같았다.

이준성은 행정부장관 정문부 앞에는 앞으로 전국의 치안을 담당할 경찰청 설립에 관한 서류를, 법무부장관 이원익 앞에는 검찰청과 법원 설립에 관한 서류를 각각 내려놓았다.

특히 법무부장관 이원익 앞에 쌓여 있는 서류가 유독 많아 거의 산처럼 보였는데, 이는 앞으로 한국이 도입할 각종 헌법, 형법, 민법 등을 총망라한 법전이 쌓여 있기 때문이었다.

장관들에게 일거리를 골고루 안겨 준 이준성이 입을 열었
다.

"이번에 지시한 업무를 얼마나 성실하게, 또 얼마나 완벽
하게 이행하는지에 따라 그 대신의 능력을 평가할 생각이오.
그러니 피똥을 싸는 한이 있더라도 반드시 완수해 내시오."

대신들은 서로 눈치를 살피다가 결국 머리를 조아렸다.

"서, 성은이 망극하옵니다!"

이준성은 껄껄 웃었다.

"하하, 속으로 '성은은 개뿔. 우릴 개처럼 부려먹을 생각이
구먼.'이라 생각하겠지만, 어쩔 수 없지 않겠소? 난 임금이고
그대들은 내게 충성을 바치기로 맹세한 신하이니 말이오. 아
참, 몸이 아프다거나 집에 일이 생겨 도중에 그만두겠다며
뻗대는 일은 용서하지 않을 거요. 죽으려면 관청에 출근해
죽으시오. 그럼 내 장례를 후하게 치러 드릴 테니."

대신들은 속으로 이준성을 악마처럼 생각할는지 모르지
만, 당연히 그 속마음을 밖으로 드러낼 정도로 간 큰 대신은
없었다.

그로부터 며칠 후, 이준성은 교육부장관 정탁을 불러들였
다. 정탁은 몸이 좋지 않아 집에서 쉬던 중이었는데, 건강을
회복하기 무섭게 이준성의 부름을 받아 집무실을 찾았다.

정탁은 이준성에게 절을 올린 다음, 머리를 재빨리 조아렸
다.

"심려를 끼쳐 드려 황공할 따름이옵니다."

"그래, 건강은 좀 어떻소?"

"많이 좋아졌사옵니다."

"다행이군. 하루만 더 늦게 나왔으면 교육부장관을 다른 사람으로 교체할 생각이었거든. 그러면 한국 역사에서 가장 중요한 개혁으로 꼽힐 교육개혁 역사에서 정 장관의 이름이 빠졌겠지. 나였으면 억울해 눈조차 제대로 감지 못했을 거요."

정탁은 급히 다시 머리를 조아렸다.

"앞으론 건강에 좀 더 신경을 쓰겠사옵니다."

"좋소. 참, 다른 장관들이 지금 개 발에 땀 날 만큼 뛰어다니는 중이란 소식은 들어 알고 있을 거요. 한데 그런 일에 가장 중요한 교육부가 빠져서야 쓰겠소? 그렇지 않소?"

정탁은 이미 각오했다는 듯 비장한 표정을 지었다.

"뭐든 시켜만 주시옵소서. 성심을 다해 완수하겠나이다."

"좋은 자세요. 이봐, 강 실장! 그거 가져와!"

이준성이 부르는 소리를 들은 강주봉은 즉시 책 수십 권을 정탁 앞에 차곡차곡 쌓아 놓기 시작했다. 책이 얼마나 많은지 내관 대여섯 명이 두 차례 왕복해야 다 옮길 수 있었다.

정탁은 비현실적인 광경을 본 사람처럼 입을 쩍 벌렸다.

"이, 이 책들은 다 무엇이옵니까?"

"앞에 몇 권은 교육부가 앞으로 추진해야 할 사업에 관해

적어 놓은 책들이오. 교육부는 지금부터 국립초등학교를 전국 108개 지역에, 국립중등학교를 83개 지역에, 국립고등학교를 55개 지역에, 국립대학교를 11개 지역에 각각 설립해야 하오. 책에 어느 지역 어디에, 어떤 학교를 지어야 하는지 다 나와 있소. 또 학생으로 누굴 뽑아야 하는지, 뽑은 학생들에게 뭘 가르쳐야 하는지, 각 학교의 교육목표는 무엇인지, 교사는 어떻게 수급해야 하는지까지 다 나와 있소. 일종의 교육백서라 할 수 있지. 책에 나온 대로만 시행하면 교육부는 이번 개혁을 성공적으로 완수할 수 있을 것이오."

정탁은 한 번에 너무 많은 정보를 받은 사람처럼 잠시 어리벙벙한 표정을 지었다. 그러나 이준성은 그가 정신을 차릴 때까지 기다릴 만큼 성격이 느긋한 사람이 결코 아니었다.

"그 외 나머지 책들은 내가 5개월 동안 해외를 돌아다니며 작성한 책들이오. 정 장관은 잘 모르겠지만 배를 타면 할 일이 별로 없는 탓에 심심풀이 삼아 적어 놓은 것들이지. 간략히 소개하면 경제학, 법학, 사회학, 인문학, 수학, 물리학, 의학, 언어학 같은 10여 개 분야에 입문하는 학생들을 위한 개괄서 같은 거요. 정 장관은 국립대학교를 설립한 다음에 이 책을 가르칠 학과를 대학 안에 만들도록 하시오. 물론 이 책들은 조금 어려우므로 먼저 완벽히 이해한 상태에서 학생들을 가르칠 교수가 많이 필요할 거요. 정 장관은 국립고등학교를 아주 우수한 성적으로 졸업한 학생들에게 이 책을 나눠 쳐서 공부를 시킨 다음, 그들을 교수로 임용하시오. 임용한 다음에는 다른 학생들을 가르치게 하는 거지."

정탁은 머리가 핑핑 도는지 잠시 멍한 표정으로 앉아 있었다.

이준성은 그런 정탁을 위해 좀 더 자세히 설명했다.

"국립초등학교의 교육목표는 일상생활에 필요한 지식, 즉 한글과 산수 같은 필수지식을 학생들에게 가르쳐 주는 데 있소. 또 국립중등학교는 일반 공무원과 병사를, 국립고등학교는 고위 공무원과 장교를 양성하는 데 있을 것이오. 마지막으로 국립대학교는 학문을 연구하는 학자를 양성하는 게 최종목표요. 물론 학교 입학 조건은 신분, 남녀, 나이에 차별을 두지 않아야 하오. 즉, 교육을 원하는 사람이 있으면 학교는 무조건 그들을 가르칠 의무가 있단 뜻이오."

정탁은 마지막에 가서야 정신을 차린 듯했지만 그렇다고 기분이 좋아졌냐 묻는다면 그건 아니었다. 차라리 좀 더 아파서 잘리는 게 더 나았을지 모르겠다는 표정으로 돌아갔다.

그로부터 한 달쯤 지났을 때, 류성룡이 급히 찾아왔다.

"전하, 각 부서에 할당된 업무가 너무 과중한 탓에 힘들다며 괴로움을 호소하는 공무원들이 아주 많사옵니다. 좀 더 여유를 가지고 개혁을 천천히 진행하시는 게 어떻겠사옵니까?"

이준성은 그럴 줄 알았다는 벌떡 일어나 한반도 지도를 펼쳤다.

"내가 전에 총리에게 만주에 있는 여진족을 경계해야 한다고 말한 적 있을 거요. 한데 만주에 잠입한 은호원에게서 건주여진의 누르하치란 족장이 세력을 키워 만주에 있는 다른 부족들을 야금야금 먹어 치우는 중이란 정보를 받았소."

이준성은 지휘봉으로 지도의 백두산 인근 지역을 가리켰다.

"여진족의 한 갈래인 건주여진을 통일한 누르하치는 몽골 코르친과 해서여진 아홉 부족이 연합해서 해 온 공격을 물리쳐 만주에서 가장 강한 세력을 구축했소. 아마 곧 만주 전체를 통일한 다음 명나라를 치기 전에 한반도로 먼저 쳐들어올 거요. 총리는 누르하치가 언제 쳐들어올 거라 생각하오?"

류성룡은 약간 고민해 본 후에 고개를 저었다.

"잘 모르겠사옵니다."

"나 역시 잘 모르겠소. 그들이 언젠가는 쳐들어올 게 분명한데, 그게 내년일 수도 아님 30년 후일 수도 있소. 나는 그들이 언제 쳐들어올지 모르기 때문에 내부를 먼저 빨리 개혁해 안을 단단히 굳힌 상태에서 그들을 상대하려는 거요."

물론 역사대로 흘러간다면 후금 또는 청나라가 쳐들어오기까지는 여유가 있는 편이었다.

그러나 그가 역사를 바꿨기 때문에 그 시기를 가늠할 수 없다는 말은 정말 사실이었다.

이준성은 목소리를 낮춰 속삭였다.

"한데 문제는 여진족뿐만이 아니오."

눈치 빠른 류성룡이 조금 놀란 목소리로 물었다.

"그럼 왜군이 또다시?"

"그렇소. 도요토미 히데요시가 한반도를 재침략하기 위해 군비를 확충하는 중이란 보고를 받았소. 한데 이건 여진족과 달리 언제 쳐들어올지 확실히 알 수 있소. 바로 내년이오. 내년 여름에 놈들이 다시 쳐들어올 가능성이 아주 크오."

왜군이 쳐들어올 준비를 한다는 기밀정보를 얻은 류성룡은 오히려 자기가 먼저 장관들을 재촉하겠다며 집무실을 나갔다.

그로부터 다시 두 달쯤 흘렀을 때였다.

이준성은 은호원 원장 강태봉을 불러 세금 제도 개혁에 관한 첫 보고를 받았다. 물론 대부분은 그의 예상대로 결과가 나왔지만, 일부는 그의 예상을 빗나갔다. 그는 사람이 다른 사람에게 얼마나 지독할 수 있는지 잠시 잊어버리고 있었다.

◆ ◈ ◆

이준성이 노비 제도, 아니 신분 제도를 타파하려는 이유는 신분 제도가 그가 가진 상식에 맞지 않아서가 아니었다.

지금의 신분 제도는 세금을 내지 않는 사람이 너무 많기 때문이었다.

땅을 소유한 양반 출신 지주들은 편법을 써서 세금을 덜 내거나 아니면 아예 내지 않았다. 또 호구조사에 따르면 인구의 15퍼센트에 달하는 150여만 명이 노비, 천인 등이란 이유로 세금을 내지 않았다.

이처럼 양반과 노비, 천인이 세금을 내지 않기 때문에 모든 부담을 오롯이 중간에 끼어 있는 농민이 져야 하는 상황이었다. 조선의 재정이 형편없을 정도로 취약한 이유가 바로 이런 이유에 기인했다.

그렇다면 해결 방법은 간단했다. 양반이 먼저 기득권을 어느 정도 내려놓은 상태에서 노비 제도를 혁파하거나, 아니면 노비 숫자를 줄이든 해서 세금을 내는 숫자를 늘려야 했다.

그러나 조선의 양반은 그러지 않았다. 그들은 기득권을 내려놓지 않았을뿐더러, 노비의 숫자 역시 줄일 생각을 하지 않았다. 양반들의 기득권을 상징하는 게 노비였기 때문이다.

물론 조선 후기에 노비종모법을 도입하여 노비 숫자를 인위적으로 줄여 보려고 시도했지만, 이미 시기를 놓친 후였다.

이준성은 이 문제를 해결하기 위해 계엄령을 내려 군정을 만든 상태에서 노비 제도를 강제로 혁파할 생각까지 해 봤지만, 득보다 실이 많을 것 같아 우회하는 방법을 선택했다.

그것은 바로 노비를 가진 주인에게 세금을 물리는 방법이었다. 그렇게 하면 양반들이 세금이 두려워 그들이 가진 노비를 자발적으로 면천을 시켜줄 거란 예측을 했었다.

한데 결과는 그렇지 않았다.

인간의 욕심은 상상을 초월하기 때문이었다.

이준성은 싸늘한 목소리로 강태봉에게 물었다.

"다시 한 번 말해 보아라."

강태봉은 겁을 집어먹은 목소리로 방금 한 말을 되풀이했다.

"노비에게 돈을 받고 강제로 면천시키는 주인이 많단 사실을 확인했사옵니다. 거부하는 노비는 두들겨 패서 면천을 시키기 때문에 노비들은 이를 거부할 방법이 없다 하옵니다."

"노비가 면천하는 대가로 주인에게 줘야 하는 돈이 얼마인가?"

"대부분 100만 원을 훌쩍 넘어간다 들었사옵니다."

100만 원은 쌀 1,000가마니에 해당했다. 노비가 운 좋게 금맥을 발견하지 않고서는 절대 마련할 수가 없는 거액이었다.

이준성은 미간에 깊은 주름을 만들며 물었다.

"노비들이 대체 그 많은 돈을 어디서 구한단 말인가?"

"그게 바로 주인들이 노리던 바였사옵니다. 노비들은 그런 거액을 갑자기 구할 방법이 없으므로 주로 주인에게 자신이 빚을 졌다는 내용이 담긴 차용증을 써 준 다음에 면천하옵니다. 한데 그 차용증에 언제까지 빚을 다 갚지 못하면 다시 노비로

환속해야 한단 조항이 있다 하옵니다. 그 바람에 서류상으론 면천해서 노비가 아니지만, 실제론 여전히 주인에게서 벗어날 수 없는 신세로 전락하는 것이옵니다."

이준성은 고개를 살짝 저었다.

"개새끼들이 세금을 피하려고 꼼수를 부리는군."

강태봉은 어두운 표정으로 이준성의 눈치를 살피며 대답했다.

"그렇사옵니다. 하, 한데 그보다 심한 짓을 하는 주인이……."

"그보다 심한 짓을 하는 자들이 있어?"

"그렇사옵니다. 노비에게 물리는 세금을 피하려고 노비를 몰래 죽인 다음, 태우거나 땅에 묻는 자들이 많다 하옵니다."

이준성은 벌떡 일어나 강주봉을 불렀다.

"비서실장은 가서 국방부장관을 불러와라!"

"예, 전하."

잠시 후, 호출을 받은 국방부장관 권율이 서둘러 입실해 물었다.

"찾으셨사옵니까?"

"국방부는 전국에 배치한 국군을 동원해 불법을 저지른 죄인들을 도성으로 모두 압송해 오시오! 불법을 저지른 죄인들이 누구인지는 은호원장이 알고 있소! 그에게 물어보시오!"

"예, 전하."

권율은 서슬이 시퍼런 이준성의 모습을 보곤 바로 강태봉과 상의해 불법을 저지른 죄인들을 체포해 도성으로 압송했다.

곧 전국에서 500명이 넘는 죄인이 체포당해 도성으로 끌려왔다. 이준성은 바로 국청을 열어 죄인들을 신문한 다음, 한강변에 마련해 둔 처형장에서 모두 목을 베어 처형했다.

또한 죄인이 가진 재산을 전부 몰수했으며, 그들이 소유하던 노비들 역시 모두 면천시켜 자유의 몸으로 만들어 주었다.

죄인들을 처형한 다음 날, 이준성은 조회를 열었다.

"난 그들을 위해 합리적인 방법을 택했는데, 그들은 그게 전혀 합리적이지 않다고 생각한 것 같소! 해서 나 역시 전혀 합리적이지 않은 방법을 택하기로 했소! 오늘부터 이 대한민국에는 신분을 차별하는 신분 제도는 더 이상 존재하지 않소!"

신분 제도 철폐를 천명한 이준성은 군에 명령을 내려 관청과 개인이 소유한 노비 문서를 모두 불태우게 했다.

물론 이준성의 조치에 반항하는 자들이 없진 않았지만, 그들은 모두 체포당해 목이 잘려 죽었다.

1,596년 여름부터 그해 가을까지 신분 제도 철폐를 따르지 않다가 체포당해 죽은 자가 2,000여 명에 이르렀다. 유례없는 대옥사가 벌어진 것이다.

물론 신분 제도 철폐가 불러온 혼란 역시 만만치 않았다. 수십만이 직장을 잃었기 때문에 그들을 지원할 방책이 필요했다.

  이준성은 우선 군과 각 관청 산하에 있는 도로공사, 항만공사, 주택공사, 방사청 등이 이들을 직원으로 고용하게 했다. 그렇게 하면 일단 먹고사는 문제는 잠시 해결할 수 있었다.

  그러나 제도상으로는 신분제가 사라졌지만, 사람들 마음속에서까지 신분제가 완전히 사라지진 않은 모양이었다. 사람들은 여전히 별 거리낌 없이 백정과 같은 천인을 차별했다.

  이준성은 차별금지법을 공표해 전의 신분으로 다른 사람을 차별하는 행위를 금지했다. 그 결과 10만 명에 달하는 범죄자가 삽시간에 생겼지만, 그는 개혁 정책에 브레이크를 잡지 않았다.

  다른 사람이 뭐라 하든, 후세 역사가들이 그를 어떻게 표현하든 상관없었다. 그는 처음부터 악독한 독재자가 되기로 마음먹었기 때문에 정책을 계속 밀어붙였다.

  그 10만 명이 저지른 죄의 경중을 따져 심한 자는 사형, 덜 심한 자는 노역형에 처해 광산, 염전 등에서 노역하게 했다.

  이준성은 1,596년 늦가을에 두 번째 개혁조치를 과감히 단행했다. 바로 모든 토지를 국유화하는 조치였다. 원래는 재산세를 강화하여 토지를 국가가 사들이는 방향으로 서서히 진행하려 했는데, 현실적인 문제에 부딪치며 진척이 쉽지 않았다.

지주들은 이준성이 내린 자산 매매 금지 조치를 비웃듯 그들이 데리고 있던 소작농에게 차용증을 쓰게 한 후에 땅을 팔아 버리거나 지방관과 결탁해 재산을 은폐하려 들었다.

이준성은 1년 동안 시행한 양전을 통해 이미 누가, 얼마만큼의 토지를 소유했는지 정확히 파악해 둔 상태였기 때문에 그들은 제 발로 죽을 곳을 찾아 들어간 것이나 다름없었다.

이준성은 불법을 저지른 지주들을 모두 잡아들여 처형한 다음, 그들의 재산을 국고에 몰수해 토지 국유화 조치의 첫발을 떼었다.

앞서 신분제를 철폐할 때 몰수한 토지의 양이 상당했기 때문에 이번 조치와 합쳐 4할에 가까운 토지를 국고에 환수할 수 있었다. 이는 다시 말해 소수의 지주가 국가의 토지 대부분을 소유하고 있었단 증거에 해당했다.

이준성은 남은 6할의 토지 역시 사들이거나 재산세, 소득세 등을 감면해 주는 조건으로 소유권을 넘겨받았다.

그렇게 해서 1,596년 겨울이 되었을 때는 한반도에 있는 민간 소유의 토지 전체를 국고로 환수하는 데 성공을 거두었다.

그다음에는 개혁의 마지막이라 할 수 있는 토지 재분배 작업에 착수했다. 이준성은 환수한 토지를 작게 쪼개 민간에 나눠 주었다.

물론 공짜로 나눠 주지는 않았다. 국가가 분배한 토지를 받은 사람들은 예전의 재산세에 해당하는 금액을 임대료로 매해 내야 했다. 다시 말해 국가가 땅 주인 자격으로 매해 임차인에게 토지사용료를 받아 내는 방식이었다.

그 결과, 가장 먼저 지주와 소작농의 관계가 역사 속으로 사라졌다. 이젠 국가가 모든 땅을 소유한 상태기 때문에 특정한 개인이 많은 토지를 소유해 지주로 거듭날 방법이 없었다.

또 농지가 없어 지주의 땅을 대신 일구고 약간의 품삯 받아 생활하는 소작농 또한 같이 역사 속으로 사라졌다.

게다가 정부가 무리해 가며 고용하던 노비 출신 백성에게 집터와 농지를 나눠 줄 수 있어 재정압박에서 벗어나는 데 성공했다.

1,597년 봄에는 이렇게 해서 생긴 새로운 가호가 거의 100만 호를 넘어가 작년보다 거의 세 배 이상의 세금을 거둘 수 있었다.

거기에 소득세, 전매 제도 등을 통해 벌어들인 세금을 더하면 다섯 배까지 늘어났기에 10만 명으로 기존보다 두 배 이상 늘어난 국군과 폭발적인 증가추세를 보이는 중인 공무원을 세금으로 먹여 살릴 수 있는 재정을 확보할 수 있었다.

이준성은 재정 안정성을 기하기 위해 개간사업과 간척사업을 대대적으로 벌여 농사를 지을 수 있는 땅을 더 확보했다.

확보한 다음에는 그곳에 국영 농장을 대규모로 만들어 나라가 직접 농사를 지었다. 비료, 농약 등 최신 농사기법을 적극적으로 활용해 농사를 지었기 때문에 수확량이 일반 농지의 두 배에 달했다.

이준성은 거기서 나온 수확으로 재정을 튼튼하게 하는 한편, 농사를 지으며 개발한 신농법을 민간에 전파해 농지 단위 면적당 생산량을 높였다. 면적당 생산량이 많아지면 소득세를 더 받을 수 있었다.

아직 제대로 시행하지 못해 결과가 나오진 않았지만, 제도가 정착하는 3, 4년 후에는 재정 건전성이 아주 좋아질 것이다.

이준성은 또 토목사업을 대대적으로 벌여 실업률을 낮추었다.

먼저 건설부 산하에 있는 항만공사, 도로공사, 주택공사가 정규직을 대거 채용하도록 만들었다. 그런 다음에는 공사마다 대규모 토목사업을 벌이게 하였는데 예를 들어 항만공사의 경우에는 항만시설을 개축, 증축하게 하였다.

또 도로공사의 경우에는 기존에 있는 도로를 깨끗하게 다시 포장하거나 아예 새로운 도로를 건설하게 했다.

마지막으로 주택공사의 경우에는 정부가 소유한 땅에 주택 단지를 건설해 근처에서 거주하는 백성에게 분양하게 했다.

여성들의 경우에는 도로공사나 주택공사 등에서 일하기가 쉽지 않기 때문에 군 산하에 있는 방사청이 채용하게 하였다.

방사청에는 군복과 같은 피복을 생산하는 방직공작과 세밀한 부품을 제작해 납품하는 각종 부품공장 등이 많아 근력이 떨어지는 여성이 할 수 있는 업무가 많은 편이었다.

개혁이 거의 마무리된 1,597년 5월, 이준성은 종교의 자유를 허락하는 조치와 과거시험을 공무원 시험으로 개편하는 개혁 조치에 서명한 뒤 다시 원래 업무로 돌아갔다.

바로 외적을 막는 업무였다.

이준성은 방사청 청장으로 자리를 옮긴 조인호를 불러들였다.

"가져왔는가?"

"예, 전하. 이것이옵니다."

조인호는 상자 안에서 꺼낸 총을 두 손으로 이준성에게 바쳤다.

"이것이 뇌우 1호이옵니다."

이준성은 뇌우 1호를 받아 햇빛에 자세히 비춰 보았다. 뇌우 1호는 이준성이 직접 개발한 국군의 차기 제식 소총이었다.

독재자

10장. 정유재란

　뇌우 1호는 이준성이 1년 동안 연구와 수정을 반복한 끝에 만들어 낸 역작이었다.

　전장식 활강총 구조를 채택했다는 점만 보면 조총과 크게 달라진 점이 없지만, 소총의 가장 중요한 격발 방식이 매치 락에서 퍼커션 캡으로 바뀌었다.

　매치 락은 화승총처럼 불을 붙인 심지로 약실 접시에 담은 화약을 불에 태워 격발하는 방식을 가리켰다.

　한데 이 방식은 심지에 불을 붙여 격발하기 때문에 비가 오 거나 날씨가 습한 날에는 격발 불량이 자주 일어난다는 단점 이 존재했다.

그러나 퍼커션 캡은 달랐다. 퍼커션 캡은 공이로 뇌관을 때려 화약에 불을 붙이는 방식이기 때문에 날씨에 크게 좌우되지 않은 상태에서 언제든 격발이 가능하단 장점이 있었다.

물론 퍼커션 캡 방식 역시 완벽하지는 않았다. 비가 많이 오면 화약이 젖어 불발이 나기는 마찬가지였다. 기후와 상관없이 격발이 가능해지는 건 금속 탄피의 등장 이후였다.

퍼커션 캡으로 격발하는 퍼커션 캡 머스킷은 전장식 활강형의 최종 진화 형태였다. 이 퍼커션 캡 머스킷의 다음 단계가 바로 탄피를 쓰는 후장식 강선형 소총이기 때문이었다.

이준성은 뇌우 1호를 책상 위에 올려놓은 상태에서 분해하기 시작했다. 뇌우 1호의 가장 큰 특징은 퍼커션 캡이 아니었다. 가장 큰 특징은 지금처럼 분해가 가능하단 점이었다.

이준성은 뇌우 1호를 20여 개 부품으로 분해해 각 부품을 다시 정밀하게 관찰했다. 각 부품의 수치가 그가 요구한 수치와 거의 정확하게 맞아떨어졌다.

물론 기술자가 일일이 손으로 가공해 만든 부품이기 때문에 100퍼센트 일치하지는 않았지만, 어쨌든 이 정도 질을 계속 유지해 준다면 격발 중에 총신이 폭발하는 불상사는 일어나지 않을 것 같았다.

이준성이 뇌우 1호에 들어가는 부품을 철저히 규격화해 누구나 쉽게 분해와 조립을 할 수 있도록 만든 이유는 두 가지였다.

하나는 수리와 보수를 더 간편하게 하기 위해서였다. 분해가 편리하면 고장 난 부품을 빨리 교체할 수 있었다.

두 번째 이유는 양산이 쉽단 점이었다. 부품을 규격화하지 않은 상태에선 기술자 몇 명이 몇 주에 걸쳐 뇌우 1호 몇 정을 생산하는 게 고작이지만, 부품을 규격화한 상태에서 조립공정을 도입하면 그 몇 배의 속도로 양산이 가능해졌다.

기술자는 기계와 달리 숙련할 수 있단 장점이 있었다. 첫날에는 부품 한두 개를 만드는 게 고작이지만, 시간이 지나 손에 익기 시작하면 하루에 다섯 개를 만들어 낼 수 있었다.

이런 식으로 모든 부품을 미리 제작해 둔 상태에서 라인을 돌려 조립하면 생산능력을 몇 배로 끌어올릴 수 있었다.

이준성은 부품을 조립해 뇌우 1호를 다시 원래 모습으로 돌려놓았다. 돌려놓은 다음에는 어깨에 견착해 천장을 조준해 보았다. 무게와 길이 역시 설계도와 전혀 차이가 없었다.

"시험 발사를 해 보고 싶군."

"그러실 것 같아 사격장에 미리 연락해 두었사옵니다."

이준성은 행궁 옆에 딸린 왕궁 사격장으로 이동해 뇌우 1호를 직접 시험해 보았다. 사격장에는 각각 50미터, 100미터, 150미터 사로가 있는데, 그는 우선 50미터 사로로 걸어갔다.

격발 방식으로 퍼커션 캡을 사용하면 장전 과정을 무려 세 단계로 줄일 수 있었다. 화승총이 대여섯 번의 과정을 거쳐야 한다는 점을 생각해 보면 그야말로 획기적인 발전이었다.

이준성은 먼저 총구가 하늘을 보게 뇌우 1호를 수직으로 세운 상태에서 화약과 납 탄두가 든 종이 탄피를 찢어 총구에 집어넣었다. 이때, 화약을 탄두보다 먼저 총구 안으로 집어넣어야 했다. 그래야 화약이 만든 가스가 새지 않아 탄두를 원하는 속도로, 원하는 거리까지 날려 보낼 수 있었다.

그는 화약과 탄두를 장전한 상태에서 뇌우 1호 총신 밑에 달아둔 램로드, 즉 꽂을대를 총구에 쑤셔 넣어 탄두가 총신 안까지 들어가게 했다. 그런 다음엔 뇌우 1호를 어깨에 견착한 상태에서 방아쇠와 이어진 공이를 뒤로 젖혀 고정했다.

여기까지 하면 장전은 거의 끝난 것이나 다름없었다. 이준성은 공이 앞에 튀어나와 있는 니플에 뇌홍이 든 구리 뇌관을 부착한 다음, 50미터 앞에 있는 원형 표적지를 조준했다.

그가 뇌우 1호 방아쇠를 당기는 순간, 뒤로 젖혀 놓은 공이가 앞으로 튕기며 니플에 부착한 뇌관을 정확히 때렸다.

뇌관 안에는 약한 충격에도 쉽게 폭발하는 성질을 지닌 뇌홍이 들어 있으므로 총강 안쪽에 밀어 넣은 화약에 곧 불이 붙었다.

타앙!

불이 붙은 화약이 탄두를 밀어내며 총성이 크게 울렸다. 발사를 마친 이준성은 뇌우 1호 총구를 밑으로 내림과 동시에 재빨리 표적지의 탄착점을 확인했다. 탄두는 표적지 중앙에서 오른쪽으로 5센티미터 떨어진 지점을 관통한 상태였다.

이준성은 즉시 재장전에 들어갔다. 그는 꽂을대로 화약 찌꺼기가 남은 총신을 깨끗이 청소한 상태에서 종이 탄피를 찢어 총구 안에 집어넣었다. 장전한 다음엔 뇌관을 뇌우 1호 니플에 끼우고선 표적을 조준하여 방아쇠를 잡아당겼다.

탕!

이번에는 탄두가 표적지 중앙을 관통했다. 그와 같은 숙련된 사수가 뇌우 1호를 쏠 경우, 50미터 거리에선 빗나갈 가능성이 적단 뜻이었다.

그는 곧 100미터, 150미터 사로로 이동해 시험 발사를 이어 갔다. 100미터는 6할, 150미터는 3할이 명중했다. 활강총이란 점을 고려하면 놀라운 수치였다.

이준성은 뇌우 1호를 조인호에게 건네주며 칭찬했다.

"아주 잘 만들었군. 그동안 고생 많았어."

"황송하옵니다."

"지금 방사청 산하에 병기국 공장이 몇 개나 있지?"

"도성과 개성, 평양, 대구, 광주, 함흥을 합쳐 총 6개이옵니다."

"그럼 하루에 뇌우 1호를 몇 정이나 생산할 수 있나?"

"50정이옵니다."

"150정으로 늘리게."

조인호가 헛바람을 집어삼키며 떨리는 목소리로 물었다.

"세, 세 배로 말이옵니까?"

"8월이 오기 전에 최소 2만 정에서 3만 정은 생산해야 하네."

잠시 고민하던 조인호가 목소리를 낮춰 물었다.

"이렇게 서두르시는 이유가 있사옵니까?"

이준성은 조인호를 힐끗 보며 대답했다.

"그 수량을 맞추지 못하면, 병사들의 피가 온 산하를 적실 거야. 임진년처럼 말이야. 내 말이 무슨 뜻인지 알아들었겠지?"

조인호는 침을 꿀꺽 삼키며 고개를 끄덕였다.

"아, 알겠사옵니다. 어떻게 해서든 수량을 맞춰 보겠사옵니다."

조인호를 돌려보낸 이준성은 방사청 조선국 국장인 나대용을 불렀다. 나대용은 군함개발과 건조를 책임진 사내였다.

"지금까지 몇 척이나 건조했나?"

"해룡 1호 21척과 해왕 1호 12척을 건조했사옵니다."

"해신 1호는?"

"총 세 척을 건조하여 현재는 시험 항해를 진행하는 중이옵니다."

"그럼 8월 전에 몇 척을 더 건조할 수 있을 것 같은가?"

"8월 전이면…… 해룡 1호 다섯 척과 해왕 1호 네 척, 해신 1호 한 척이옵니다. 건조를 좀 더 서두르라 명하신다면 조선소

다섯 곳을 모두 가동해 해룡 1호는 여덟 척, 해왕 1호는 여섯 척, 해신 1호는 두 척으로 늘릴 수 있사옵니다."

이준성은 미간을 살짝 찌푸렸다.

"8월에 전쟁이 벌어질지 모른다는 정보를 들었나 보군."

나대용이 급히 머리를 조아렸다.

"소, 송구하옵니다. 해군 쪽에서 계속 독촉하는 바람에……."

"괜찮아. 어쩔 수 없는 부분이니까. 하지만 입조심하는 게 좋을 거야. 이런 정보는 아는 것보다 모르는 편이 나으니까."

"며, 명심하겠사옵니다."

나대용을 돌려보낸 이준성은 계속해서 전쟁 준비 상황을 점검했다. 냉병기와 진천 1호, 유성 3호, 군량 등은 모두 차질 없이 군이 요구한 수량을 확보한 상태였다. 여기에 군함과 뇌우 1호까지 충분히 확보하면 일단 준비는 마친 셈이었다.

그러나 배와 무기를 가지고 있다고 적과 싸울 수 있는 건 아니었다. 물론 싸울 순 있지만, 효과적으로 싸울 수는 없으므로 그 배와 무기를 운용할 병사들의 훈련 상태가 중요했다.

이준성은 훈련에 앞서 육군을 재편하는 과정을 밟았다. 해군이야 이미 합참의장 겸 해군참모총장인 이순신 장군의 지휘 아래 동해함대, 서해함대, 남해함대, 충무함대의 4함대 체제를 완성해 바꿀 필요가 별로 없지만, 4만에서 8만으로 병력이 증가한 육군은 어느 정도 재편이 필요한 시점이었다.

이준성은 국방부장관 권율, 합참의장 이순신, 육군참모총장 강문우 세 사람과 상의하여 먼저 각 지역 방위를 책임질 지역사단 10개를 창설했다.

차례대로 열거하면 함경도 방위를 책임지는 백두사단, 평안도 방위를 책임지는 묘향사단, 강원도 방위를 책임지는 설악사단, 황해도 방위를 책임지는 구월사단, 경기도 방위를 책임지는 관악사단, 도성 방위를 책임지는 북악사단, 충청도 방위를 책임지는 계룡사단, 전라도 방위를 책임지는 지리사단, 경상도 방위를 책임지는 가야사단, 제주도 방위를 책임지는 한라사단 등이었다.

이들 10개 지역사단은 전방의 경우에는 4,000명, 그렇지 않은 지역은 2,000명의 상비군으로 유지할 예정이었다. 앞으로 이들이 맡을 임무는 외적의 침입을 방어하며 경찰 힘으로 해결하기 힘든 사건이 생겼을 때 출동해 지원하는 것이었다.

이준성은 이 지역사단 10개를 묶어 천갑군단으로 만든 다음, 천갑군단 군단장에 수성, 방어의 달인인 유경천을 임명했다.

천갑군단을 새로이 창설해 본토 방어준비를 완벽하게 해놓은 이준성은 공세 임무를 맡을 예정인 중앙군을 설립했다. 중앙군은 아시온군이란 이름으로 6만 병력을 지휘하여 강력한 반격을 통해 외적의 침입을 분쇄함과 동시에 육로와 해로 양쪽에서 공세적인 작전을 수행할 힘을 갖출 예정이었다.

이준성은 이 아시온군 사령관에 육군참모총장 강문우를 임명해 강문우가 육군 전체와 아시온군을 같이 통솔하게 하였다.

아시온군은 산하에 사단 다섯 개와 여단 네 개를 거느렸다.

먼저 사단은 흑표사단, 백랑사단, 금강사단, 자유사단, 절강사단이었으며, 여단은 천마기동여단, 천궁포병여단, 청오공병여단, 황돈보급여단이었다.

마지막으로 아시온군 편제에서 빠진 비룡여단은 끝까지 이준성의 직할부대로 남았다.

육군을 비룡여단, 아시온군, 천갑군단 세 체제로 바꾼 이준성은 이들을 훈련시킬 방법을 모색했다.

물론 기초훈련이야 각 사단 및 여단 훈련소에서 이미 다 받은 상태지만, 4만 명 가까이가 전투를 경험해 보지 못한 신병이라 실전에 투입하기에 앞서 뭔가 현실적인 훈련을 시켜 볼 생각이었다.

이준성은 고민 끝에 좋은 방법을 하나 만들어 냈다. 바로 해수 구제사업이었다.

한반도는 예로부터 호랑이, 표범, 곰, 늑대 등이 많기로 유명해 이로 인한 피해가 심각한 수준이었다.

이준성은 훈련을 시키는 김에 백성을 괴롭히는 해수를 같이 구제할 목적으로 병력을 산속에 집어넣어 훈련을 시켰다.

각 제대별로 경쟁을 시켰기 때문에 훈련 성과는 아주 만족스러웠다. 불과 석 달 만에 인가 근처에 돌아다니는 맹수를 깡그리 없앨 수 있었다.

그는 병사들이 너무 신이 난 나머지 호랑이, 표범 등을 아예 멸종시킬지 모른단 생각에 맹수 일부는 산 채로 포획해 동물원 같은 곳으로 옮겼다.

무기 생산과 병력 훈련까지 모두 끝난 7월 말, 왜국에 잠입해 있는 은호원 왜국지부장 이홍발이 한국으로 급보를 보내왔다. 도요토미 히데요시가 20만이 넘어가는 대군을 2천여 척이 넘는 군함에 태워 한국을 재침략하려 한다는 급보였다.

이준성은 즉시 전국에 전시 상황을 의미하는 1급 경계경보를 내린 다음, 왜적을 저지할 대규모 작전계획에 돌입했다. 이제 임진년처럼 멍하니 앉아 있다가 기습당할 일은 없었다.

도요토미 히데요시가 임진왜란을 일으킨 이유에 관한 설은 몇 가지로 요약할 수 있었다.

우선 도요토미 히데요시가 천하를 잡는 바람에 생긴 여러 불만을 외부로 돌리기 위해서란 설이 가장 유력했다.

또 전쟁이 갑작스레 끝나는 바람에 백수로 전락할 위기에 처한 신흥 무사 계층에게 할 일을 만들어 주기 위해서란 설과 영지 재편 과정에서 불만이 생긴 영주들을 달래기 위해서라는 설이 그다음 순위를 차지했다.

　마지막으로 소수긴 하지만 오로지 경제적인 이유로 조선을 침략했다거나 경쟁자인 다른 영주들이 조선 원정에 참여함으로써 그들의 군비를 소진하게 만들려는 목적이었다는 설이 존재했다.

　이준성은 그중에 도요토미 히데요시가 임진왜란을 일으킨 진짜 이유가 무엇인지 알지 못했다.

　어쩌면 위에 열거한 설이 전부 맞을지 모르지만, 그는 도요토미 히데요시가 아니기에 맞는지 아닌지는 알지 못했다.

　그러나 그는 도요토미 히데요시가 정유재란을 일으킨 진짜 이유는 확실히 알았다.

　결론부터 말하자면 도요토미 히데요시는 노망이 들어 정유재란을 일으켰다.

　이미 임진왜란 초기부터 조짐을 보인 도요토미 히데요시는 정유재란을 일으키는 1,597년에는 완전히 정신이 나가 버려 자기가 무슨 말을 하는지조차 몰랐다.

　은호원이 규슈에 잠입시킨 왜국지부장 이홍발의 보고에 따르면 병세가 깊어진 도요토미 히데요시는 규슈 나고야 대본영을 나와 자기 근거지가 있는 오사카 성으로 돌아간 상태였다.

한데 노망이 들어 정신이 나가 버린 도요토미 히데요시는 마치 불구덩이에 뛰어들어 남은 생을 불살라 없애 버리려는 사람처럼 부하들에게 조선을 재침략해 한반도에서 죽은 15만 병사의 원혼을 달래 줘야 한단 헛소리를 줄기차게 해 댔다.

도요토미 히데요시가 평범한 위치에 있는 사람이라면 헛소리로 치부할 수 있지만, 불행히 그는 평범한 위치에 있지 않았다. 그는 여전히 왜국 최고의 실력자였다.

비록 임진왜란의 대패와 도요토미 히데츠구 일가를 몰살시킬 때 보여 준 잔혹함 때문에 많이 꺾이기는 했지만, 여전히 태합으로 왜국의 신민을 발아래에 둔 천하 제일인의 위치에 있었다.

그런 이유로 도요토미 히데요시가 내뱉은 헛소리는 헛소리가 아니었다. 왕이 부하에게 내리는 지상명령과 같았다.

심복과 가신과 그를 따르던 영주들이 강하게 만류했지만, 정신이 오락가락하는 도요토미 히데요시는 들을 생각이 없었다.

그렇다고 명령을 받는 처지에서는 주인이 미쳐서 헛소리하는 것 같으니까 명령을 따르지 말자고 주장할 순 없는 노릇이라 울며 겨자 먹기 식으로 전쟁을 준비할 수밖에 없었다.

그러나 이런 결정은 도요토미 히데요시의 심복이 아닌 영주에게 반발을 일으키는 결과를 초래했다.

특히 임진왜란에 참전했다가 엄청난 손실을 본 규슈, 주코쿠, 시코쿠의 영주들이 크게 반발했는데, 이에 도요토미 히데요시의 심복들은 꾀를 하나 내었다.

바로 이번에 하는 재침략은 조선군 손에 억울하게 전사한 아버지와 자식, 형제와 친척, 친구와 동료의 원혼을 달래기 위한 전쟁이라 선동한 것이다. 선동은 잘 먹혀들었고, 규슈와 주코쿠, 시코쿠에서 수만 명이 몰려들었다.

그 결과 임진왜란보다 오히려 병력이 늘어난 23만 명의 병력을 2천여 척의 군함에 실어 조선을 재침략하는 데 성공했다.

이준성은 이홍발이 보내온 보고서를 읽으며 만족한 미소를 지었다. 아마 적이 23만 명이란 대군을 동원했단 소식을 들은 후에 미소를 지은 사람은 한국에 그밖에 없을 듯했다.

그는 실제 역사에서 왜군이 1,598년에 퇴각할 때 몇 명을 살려 돌아갔는지 몰랐다. 그러나 그로부터 2년 후에 벌어진 세키가하라 전투에서 양측이 20만을 동원해 전투를 벌였던 점을 고려하면, 만약 그가 이 23만을 전부 살려 돌려보내지 않을 경우 왜국은 텅 빈 섬과 같다는 결론이 나왔다.

이준성은 이홍발의 보고서를 몇 장 넘겨 보았다. 보고서 마지막에 정유재란에 병력을 동원한 영주의 이름과 그 영주가 동원한 병력의 숫자를 나열해 적어 놓은 표가 붙어 있었다.

"마에다 도시이에, 다테 마사무네, 우에스기 카게카츠, 시마즈 요시히로, 모리 테루모토, 고바야카와 히데카네, 후쿠시마 마사노리, 유키 히데야스, 마쓰다이라 다다요시…… 임란 때, 운 좋게 도망친 놈부터 처음 보는 놈까지 아주 다양하군."

이준성은 유키 히데야스와 마쓰다이라 다다요시 옆에 별표가 있는 모습을 보곤 보고서에서 고개를 들어 강태봉에게 물었다.

"이 두 놈은 왜 이름 옆에 별표가 붙어 있지?"

"그 두 놈은 도쿠가와 이에야스가 낳은 자식들이옵니다. 전에 전하께서 도쿠가와 이에야스를 집중하여 감시하라 명하셨기 때문에 이홍발이 별표를 붙여 보고서를 제출한 듯하옵니다."

이준성은 고개를 끄덕였다.

"한데 도쿠가와 이에야스의 이름은 또 보이지 않는군."

"그렇사옵니다. 이홍발이 보낸 추가 보고서에 따르면, 도쿠가와 이에야스와 그의 후계자로 꼽히는 도쿠가와 히데타다는 전염병이 들었다는 핑계로 이번 원정에서 빠졌다 하옵니다."

이준성은 피식 웃었다.

"도쿠가와 이에야스가 이번 원정에 또 빠지면 뒷말이 무성할 테니 별 필요 없는 자식인 유키 히데야스와 마쓰다이라 다다요시 두 명을 보낸 모양이군. 체면치레를 위해서 말이야."

"그렇사옵니다. 하지만 어린 아들들에게 병력을 4만 명이나 붙여 준 걸 보면 도쿠가와가 아주 무심한 것 같지는 않사옵니다."

"흠, 두고 보면 알겠지. 도쿠가와는 너구리니까 말이야."

이준성은 국무총리 류성룡에게 조회를 소집하란 명령을 내렸다.

다음 날 아침, 총리와 장관, 차관이 넓지 않은 대청을 가득 채웠다. 이준성은 강주봉, 강태봉 두 심복과 마지막에 입장했다.

이준성을 본 대신들이 일제히 절을 올리며 외쳤다.

"기체후 일향만강하셨사옵니까!"

이준성은 가볍게 답례한 후에 옥좌에 앉아 대신들을 응시했다.

"모이느라 고생했소. 아는 사람은 알겠지만, 왜적이 또다시 우리 한국을 침략하기 위해 23만 명이란 대군을 보낸 상태요."

다들 소문을 들어 이미 아는 탓인지 놀라는 대신은 얼마 없었다. 이준성은 냉정함을 유지하는 대신들이 마음에 들었다. 만약 겁을 먹은 표정을 보이거나 흥분해 소리를 치는 대신이 있었다면, 한소리 할 생각이었다. 23만 명이란 숫자에 놀라는 대신은 그의 정부에 있을 필요가 없었다.

흡족한 표정으로 고개를 끄덕인 이준성은 권율을 부르며 말했다.

"왜적을 상대할 작전계획의 개요를 국방부장관 권율이 설명할 것이오. 오늘 모인 대신은 권 장관의 설명을 들은 후에 국방부가 자기 임무를 완벽히 수행할 수 있도록 도와야 할 것이오."

"명심하겠사옵니다!"

대신들의 대답을 들은 이준성은 권율에게 발언권을 넘겨주었다.

잠시 후, 권율이 앞으로 나와 왜적을 상대할 작전계획을 설명했다.

작전계획은 크게 세 부분으로 나누어져 있었는데, 대담함을 넘어 무모해 보이기까지 하는 작전이었다.

그러나 대신들은 별말이 없었다. 이준성이란 사람 그 자체가 원래 무모한 사람이었기 때문에 그가 어떤 작전을 세워도 놀라지 않았다.

권율의 작전 설명이 끝난 직후, 이준성이 벌떡 일어나 경고했다.

"난 지금부터 작전지역으로 내려가 작전을 총괄할 생각이오. 내가 없는 동안, 대신들은 국무총리 류성룡을 나로 생각하며 따라야 할 것이오. 만약 내가 자리를 비운 동안 조정에 알력이 생겼단 소문이 내 귀에 들려오면, 가만두지 않을 거요."

"황공하옵니다, 전하!"

대신들이 대답하는 소리가 대청을 쩌렁쩌렁 울렸다.

이준성은 고개를 돌려 류성룡을 바라보았다.

"국무총리는 내가 자리를 비운 동안, 시행 중인 개혁 정책 이 차질을 빚지 않도록 특별히 신경 써야 할 것이오. 또 왜적 이 쳐들어온 틈을 타 명나라와 여진족이 어부지리를 취하려 들는지 모르오. 총리는 국방부장관 권율, 천갑군단 군단장 유경천 장군과 상의해 북쪽 국경을 철저히 단속해야 할 것이 오."

류성룡은 즉시 머리를 조아리며 대답했다.

"유념하겠사옵니다."

이준성은 조회를 끝내기 전에 마지막으로 당부했다.

"이번 전쟁에 단순히 국가의 존망만 걸려 있는 게 아니오! 대신들 역시 이젠 내가 준 세계 지리 교과서를 읽어 왜국과 가장 가까운 나라가 우리 한국이란 사실을 알았을 것이오! 그 렇다면 생각해 보시오! 왜국의 국력이 강해지면 그들이 가장 먼저 어디부터 노릴 것 같소? 맞소. 바로 한반도에 사는 우리 요! 그러므로 이번 전쟁에서 놈들을 절멸시켜 놈들이 우리를 떠올릴 때마다 똥오줌을 지릴 만큼 겁을 집어먹게 해야 하오! 그래야 놈들이 다신 우린 우리를 어쩌지 못할 것이오!"

대신들은 일제히 부복해 외쳤다.

"지당하신 말씀이옵니다!"

이준성은 대신들을 보며 고개를 끄덕인 후에 대청을 나왔다.

집무실로 돌아온 이준성은 몇 가지 서류에 결재한 다음, 건설부장관 이붕수와 왕실부장관 최배천을 불러 명령을 내렸다.

"왜군에게 불탄 경복궁, 창덕궁 등을 복원토록 하시오. 경복궁 등은 조선 왕실이 쓰던 궁이라 나완 별 상관이 없지만, 크게 보면 후손에게 물려줄 소중한 문화재라 더 이상 복원을 미룰 수 없소. 두 장관은 전심전력을 다해 경복궁, 창덕궁 등을 복원하시오. 또 경복궁 앞 육조거리에 각 부의 관청이 입주할 건물을 새로 건립하도록 하시오. 앞으로 도성 북쪽을 관가로 만들 생각인데 이번 사업은 그 첫발에 해당할 것이오."

이준성은 두 장관에게 그가 직접 구상해 계획한 새로운 도성의 청사진을 보여 주었다. 청사진에는 경복궁, 창덕궁, 창경궁뿐만 아니라 각 관청이 들어설 육조거리, 공무원이 사용할 관사, 궁과 관청을 잇는 도로 등이 자세하게 나와 있었다. 심지어 상수도, 하수도를 어떻게 설치해야 하는지까지 나와 있어 말 그대로 도성 북쪽을 새로 짓는 거나 다름없었다.

이붕수는 엄청난 공사 규모에 놀라, 말을 제대로 잇지 못했다.

"전쟁을 치르는 데 비용이 많이 들 텐데, 정말 괜찮겠사옵니까?"

"비용은 걱정하지 마시오. 내게 재정을 충당할 방법이

있으니까."

두 사람을 돌려보낸 이준성은 중궁전과 수빈전에 차례로 들러 아내들과 작별하는 시간을 가졌다.

그가 해적을 치러 갔을 땐 중전이 임신했었다. 한데 왜적과 결판을 내려는 지금은 수빈이 임신을 하여 산달이 다섯 달쯤 남은 상태였다.

그는 그 때문에 뭔가 큰일을 앞두면 정자의 활동성이 강해져 아내가 임신하는 건 아닌가 하는 쓸데없는 생각을 했었다.

아내들과 작별한 다음에는 비룡여단과 함께 남쪽으로 내려갔다. 전쟁이 벌어질 경상도 해안가의 작전지역에서는 이미 강문우가 지휘하는 아시온군이 동원과 배치를 완료한 상태였다.

강문우는 먼저 아시온군 6만 명을 동원하여 경상도 해안가에 사는 백성 50만 명을 소개하는 작전을 수행했다. 곧 전쟁이 벌어질 지역에 민간인을 버려두는 행동은 전쟁 범죄와 다름없으므로 그들을 소개해 안전한 후방지역으로 대피시켰다.

이준성은 그렇게 소개한 백성 50만 명을 도성으로 올려 보내 강남에 마련해 둔 임시 숙소에 머물 수 있게 조치했다. 또 가장이 전쟁 기간에 가족들을 먹여 살릴 방법을 마련해 주기 위해 건설부 주택공사와 도로공사에 취직할 수 있는 길을 열어 주었다. 앞으로 그들은 건설부와 왕실부가 시행하는 도성

대규모 재개발사업에서 핵심 인력으로 참여할 예정이었다.

처음 세운 작전계획에선 소개한 백성을 대구와 같은 내륙으로 옮긴 다음 생필품을 보급할 계획이었는데, 몇만에 달하는 노동력을 그냥 썩히기 아까워 도성 재개발사업에 투입하기로 했다.

피난민 역시 이준성의 그러한 결정을 쌍수를 들어 환영했다. 주택공사와 도로공사가 주는 임금이 쏠쏠하므로 돌아갈 때 위로금 조로 한몫 챙겨 갈 수 있기 때문이었다.

모든 준비를 마친 이준성은 부산진성에 머물며 왜군이 도착하기를 손꼽아 기다렸다.

1,597년 8월 29일, 왜군 선봉함대가 부산포 앞바다에 모습을 드러냈다. 부산진성에 머물던 이준성은 즉시 서쪽에 있는 진주성으로 자리를 옮겼다.

마침내 정유재란의 본격적인 막이 오르는 순간이었다.

◆ ◈ ◆

이준성은 성인군자가 아니었다. 오히려 성인군자의 대척점에 있는 악인에 가까웠다.

도요토미 히데요시가 내부의 문제를 해결하기 위해 임진왜란을 일으켰듯 누구 못지않은 악인인 그 역시 이번 전쟁을 그런 목적으로 이용할 생각이었다.

현재 한국은 급격한 개혁 정책의 영향으로 불만이 팽배해져 있는 상황이었다.

특히 이준성이 추진한 개혁 정책에 연속으로 얻어맞아 권력과 재산을 잃은 기득권층의 불만이 점점 높아지는 추세로 마치 폭발하기 직전의 화산과 같은 상황이었다.

물론 지금은 이준성의 힘이 강대하므로 화산이 잠들어 있는 상태지만, 그 힘이 약해지려는 기미가 보이면 언제든 폭발할 수 있었다.

한데 그에게 뜻밖의 기회가 찾아왔다. 도요토미 히데요시가 재침을 선택한 것이다. 그는 곧 이번 전쟁을 기회로 삼아 내부의 결속을 단단히 해야겠다는 마음을 먹었다.

그가 이번 전쟁에서 압도적인 승리를 거두면 권력과 재산을 잃은 기득권층에게는 회복 불가능한 절망감을 안겨 줄 수 있었다. 또 그에게 지지를 보내는 대다수 백성에게는 그들의 선택이 틀리지 않았단 사실을 다시 한 번 일깨워 줄 수 있었다.

그는 그런 결과가 나오면 그가 추진하는 개혁 정책에 탄력이 붙어 정책이 퇴행하는 사태는 오지 않을 거란 계산을 하였다.

물론 문제가 전혀 없지는 않았다. 앞서 말했듯 그는 이번 전쟁에서 압도적인 승리를 거둬야 했다. 더구나 육군과 해군 7만 명으로 23만에 달하는 적을 압도적으로 이겨야 했다.

보통 자신감이 아니면 생각하기 쉽지 않은 일이었다.

진주성에 입성한 이준성은 해군참모총장 이순신 장군에게 바닷길을 열어 왜군이 부산포에 상륙하게 놔두라는 명령을 내렸다.

어떤 군대든 23만 병력을 한 번에 수송하기는 힘들었다. 왜군 역시 별반 다르지 않았다. 그들은 규슈 나고야 대본영과 이키 섬, 대마도를 해상거점으로 삼아 병력을 차례차례 투입했는데, 전쟁 첫날에는 고작 2만 명을 상륙시켰을 뿐이었다.

만약 이때 그가 이순신 장군이 지휘하는 한국 해군을 내보내 부산포 앞바다를 장악한다면, 아직 상륙하지 못한 나머지 왜군 21만 명은 이키섬과 대마도에 발이 묶일 수밖에 없었다.

해군이 가진 전력을 생각하면 왜국 수군과의 전투에서 패할 리 없었다. 또 부산포에 상륙한 왜군 2만의 퇴로를 차단함과 동시에 상륙을 준비하는 21만 명을 옴짝달싹 못 하게 할 수 있었다. 그러나 이는 그의 의도와 맞지 않는 결과였다.

이준성은 왜군 23만 명 전부가 부산포에 상륙하길 원했다. 그래야 뒤에 이어질 후속 작전에서 그가 도요토미 히데요시보다 우위에 설 수 있었다.

이순신 장군은 이준성의 명령대로 바닷길을 개방해 왜군이 부산포에 상륙할 수 있게 했다.

왜군은 첫날 2만 명, 둘째 날 3만 명, 셋째 날 2만 명 하는 식으로 병력을 계속 축차 투입해 보름쯤 지났을 때는 병력 23만 명과 그들이 사용할 막대한 군수물자 수송을 완료했다.

물론 먼저 상륙한 왜군 역시 놀고만 있지 않았다. 그들은 부산포를 중심으로 단단한 방어진을 펼쳐 뒤에 상륙할 후속 부대를 보호했다.

또 경상도 북부와 서부로 병력을 진격시켜 한국군의 방어 상태를 살펴보기 위한 위력정찰을 시도했다.

위력정찰에 시도한 왜군 정찰부대는 신이 나서 이번 원정의 총사령관을 맡은 마에다 도시이에에게 보고를 올렸다. 부산포 근방 20여 킬로미터 안에 한국군이 없었기 때문이었다.

물론 20여 킬로미터 안에 한국군만 없지는 않았다. 한국 국민 또한 하늘로 솟아 버린 것처럼 종적을 찾아보기 힘들었다.

하지만 적이 점령할 것에 대비해 민간인과 물자를 비우는 청야전술은 방어군이 자주 쓰는 전술이라 대수롭지 않게 여겼다.

한데 뒤에 들려온 후문에 따르면 정찰부대의 보고를 받은 마에다 도시이에는 오히려 깊은 한숨을 내쉬었다고 한다.

임진왜란 때는 조선군이 침략 시점을 전혀 예측하지 못해 기습의 이점을 살릴 수 있었지만, 이번 전쟁은 초장부터 달랐다.

침략 시기를 간파한 한국군이 청야전술로 대응해 온 상황이었다.

즉, 한국군이 만반의 준비를 마친 상태에서 왜군이 공격해 오기를 기다렸단 뜻이나 마찬가지인 것이다. 하여 마에다 도시이에는 즉시 전 부대에 신중하게 행동하란 엄명을 내렸다.

그러나 그가 어찌해 볼 수 없는 부분이 하나 있었다. 23만 대군과 함께 부산포에 궁둥이를 붙이고 앉아 있다가 도요토미 히데요시가 죽기만 기다릴 수 없는 노릇인 것이다.

상륙한 지 17일이 지난 양력으로 9월 중순에 이르렀을 무렵, 마에다 도시이에는 마침내 육군, 수군에게 진격 명령을 내렸다.

마에다 도시이에는 육군 병력을 네 개로 나누어 경상도 세 방향으로 진격시켰는데, 우에스기 카게카츠와 유키 히데아스, 마쓰다이라 다다요시 등은 5만 병력을 대동한 채 김해를 거쳐 진주로, 시마즈 요시히로와 다테 마사무네, 후쿠시마 마사노리 등은 5만 병력과 함께 김해를 거쳐 밀양 방면으로, 모리 데루모토와 모리 히데모토, 고바야카와 히데아키 등 범 모리가가 주축을 이룬 4만 명은 기장을 거쳐 울산으로 각각 진격했다.

마지막으로 마에다 도시이에는 이시다 미쓰나리, 오타니 요시쓰구 등과 5만 명을 이끌며 앞선 세 부대를 후방에서 지원했다.

또 수군 쪽에선 도도 다카토라가 지휘하는 왜선 600여 척이 부산포를 출발해 서쪽으로 진격하며 보급로를 열기 시작했다.

한편, 이준성은 진주성에 설치한 작전상황실에 앉아 계단 밑에 놓여 있는 가로세로 10미터 크기의 작전지도를 유심히 살펴보았다.

작전지도는 지형을 입체적으로 표현한 입체지도였다. 국방부 합참 작전 요원들이 무려 3개월에 걸쳐 직접 발로 뛰며 알아낸 정보를 통대로 경상도 남부 해안가의 지형을 한눈에 알아볼 수 있는 정교한 입체지도를 만든 것이었다.

지금은 작전 요원들이 그 입체지도에 군 정찰부대와 수색부대, 은호원 요원들이 보내온 정보를 표시하느라 정신이 없었다.

이준성은 곧 입체지도 위에서 왜군 육군을 의미하는 붉은색 화살표 네 개가 진주, 밀양, 울산, 김해 방면으로 각각 향하는 모습을 볼 수 있었다.

또 부산포 앞바다를 출발한 파란색 화살표 하나는 가거도를 통과해 거제도로 이동 중이었다.

이준성은 계단 밑으로 내려가 작전지도를 가까이서 살펴보았다. 왜군 육군과 수군을 의미하는 각각의 화살표 뒤에는 왜국 영주가 쓰는 가문의 공식 문장과 함께 그들이 동원한 병력의 수와 병과를 자세히 기록한 팻말이 몇 개씩 붙어 있었다.

군과 은호원이 보내온 정보가 100퍼센트 확실하다면, 그가 있는 진주성 방향으로 오는 부대는 우에스기 카게카츠와 유키 히데아스, 마쓰다이라 다다요시 등이 이끄는 5만 병력이었다.

이준성은 사실 진주성 쪽으로 오는 5만 병력에 관해서는 큰 걱정을 하지 않았다.

그가 걱정하는 대상은 강문우가 지휘하는 수비 병력이 있는 곳으로 진격하는 왜군 대부대 두 개였다.

강문우는 4만 병력으로 거의 100킬로미터에 달하는 긴 전선을 유지해야 했다. 물론 천궁포병여단이 그쪽에 모두 포진해 있어 화력은 아주 뛰어났지만, 전선에 구멍이 뚫리는 날에는 후방을 위협받아 작전 전체에 차질을 빚을 위험이 있었다.

전쟁 지휘를 위해 얼마 전에 진주성으로 내려온 권율이 물었다.

"걱정이 있으시옵니까? 표정이 좋지 않아 보이시옵니다."

이준성은 고개를 끄덕이며 대답했다.

"강문우 쪽이 걱정이오. 그가 모루 역할을 잘해 줘야 망치로 때려 부술 수 있는데, 모루가 깨져 버리면 소용없지 않겠소?"

권율은 바로 이준성을 안심시켰다.

"걱정하지 마시옵소서. 강문우 장군은 그동안 수많은 전투를 대승으로 이끈 일세의 명장이 아니옵니까? 그렇지 않아도 신이 진주성으로 내려오기 전에 밀양에 주둔하던 강 장군을 만나 보았사온데, 이번 전투에 임하는 각오가 대단했사옵니다."

이준성은 말없이 고개를 끄덕였다. 어차피 이번 전쟁에서 그는 망치 역할을 맡을 수밖에 없으므로 그 대신에 모루 임무를 수행해 줄 지휘관이 한 명은 반드시 있어야 했다.

한데 그 한 명이 강문우라면 어느 정도 마음이 놓이는 게 사실이었다.

강문우는 그가 지금까지 해 온 거의 모든 전투에서 핵심적인 임무를 맡아 완벽히 수행했다. 이젠 그를 믿어 줄 차례였다.

이준성은 피식 웃었다.

"하긴 강문우가 아무리 임무를 잘 수행해도 내가 진주성에서 적에게 박살 나 버리면 이번 작전은 의미가 없어질 테지. 지금은 강문우가 아니라 내 쪽을 더 걱정해야 할 것 같군."

이준성은 다시 작전지도 쪽으로 시선을 돌렸다.

물론 그의 시선은 다섯 개의 화살표 중 진주성 방향으로 다가오는 중인 우에스기 카게카츠의 부대에 꽂혀 있었다.

우에스기 카게카츠는 명장으로 이름을 날린 우에스기 겐신의 양자였지만, 양부 정도의 실력을 갖춘 사내는 아니란 정보를 받았다.

그러나 우에스기 겐신에게는 없던 것이 그에게는 하나 있었는데, 바로 그를 옆에서 보좌하는 뛰어난 책사의 존재였다.

우에스기 카게카츠의 책사 나오에 가네쓰구는 머리가 영민하게 돌아가는 자로 살려 두면 골치가 아파질 가능성이 컸다.

"이놈을 어떻게 처리하는지가 이번 전투의 승패를 가를 듯하군."

그로부터 이틀쯤 지났을 때였다.

이준성은 진주성 동쪽 성벽에 올라가 창원에서 진격해 오는 왜군 대부대를 내다보았다.

군 정찰부대와 은호원이 전해 온 정보와 일치했다. 우에스기 카게카츠가 지휘하는 5만 대군이 진주성 동쪽 산마루와 그 앞의 들판에 진영을 구축하는 모습이 그의 시야에 잡혔다.

날이 슬슬 저물려는 낌새를 보일 때, 첫날은 공격할 생각이 없는 듯 진영 안에서 밥 짓는 연기가 구름처럼 올라왔다.

이준성은 뒤를 힐끗 돌아보았다. 비룡여단 흑룡대대 소속 병사 1,000여 명이 비장한 표정으로 명령을 기다리는 중이었다.

이준성은 그들을 향해 소리쳤다.

"지금부터 흑룡대대는 2교대로 수면과 경계를 취해라!"

"예, 전하!"

대답한 흑룡대대 병사들은 시키는 대로 번갈아 수면과 경계를 취했다. 그날 자정 무렵, 이준성은 흑룡대대 1,000여 명과 함께 진주성 서문을 몰래 빠져나와 북쪽을 크게 우회했다.

2시간에서 3시간가량 야간 행군을 진행했을 때, 마침내 이준성 앞에 그가 노리던 표적이 나타났다. 바로 나오에 가네쓰구였다.

나오에 가네쓰구는 우에스기 카게카츠의 가신이지만, 지금은 거의 반독립한 상태와 마찬가지여서 본인만의 가문 문장이 따로 있었다. 덕분에 우에스기 카케카츠의 진영에서 그를 찾아내는 일은 그렇게 어렵지 않았다.

나오에 가네쓰구의 진영에 뛰어든 이준성은 가장 큰 막사를 향해 몸을 날렸다.

경계를 서는 왜군 몇 명을 재빨리 제거한 이준성은 직접 나오에 가네쓰구가 머무르는 막사에 뛰어들어 안을 둘러보았다.

그때 잠을 자던 나오에 가네쓰구가 깜짝 놀라 침상에서 벌떡 일어났지만, 이미 이준성의 언월도가 허공을 가른 후였다.

<6권에 계속>

이계로 간 초능력자

아한비 퓨전 판타지 장편소설

FUSION FANTASY STORY

이계로 간 초능력자

세계가 극찬하는 최고의 마술사 이강현.
그리고 그만이 가지고 있는 또 다른 직함.

'인류 최초의 초능력자'

남부러울 것 없이 살아가던 그가
불의의 사고로 죽음을 맞이한 순간,
마법의 세계에서 새로운 삶을 맞이한다!

이계에서도 최고가 되어 보이겠다!
신이 선택한 재능러 이강현의 이계 정복